franckh Eisenbahnbibliothek

Rolf Löttgers

Die Ablösung V 100

Franckh'sche Verlagshandlung
Stuttgart

Mit 109 Schwarzweißfotos und 7 Zeichnungen.
Alle im Buch nicht näher bezeichneten Fotos stammen vom Verfasser. Die Zeichnungen wurden sämtlich MaK-Druckschriften entnommen.

Umschlag gestaltet von Kaselöw Design, München, unter Verwendung einer Werkaufnahme der MaK Kiel aus dem Jahre 1959.
Die Ablösung: P 8 neben der V 100 006 im Kieler Hauptbahnhof.
Dieses Erprobungsmuster für die DB wurde schon ein Jahr später in V 100 2001 umgezeichnet.

CIP-Kurztitelaufnahme der Deutschen Bibliothek

Löttgers, Rolf:
Die Ablösung V 100 / Rolf Löttgers. –
Stuttgart: Franckh, 1987.
  (Franckh-Eisenbahnbibliothek)
  ISBN 3-440-05746-1

Danksagung
Der Verfasser dankt den Herren Asmussen von Krupp-MaK (Kiel) und Große (Schwalbach/Ts) für die umfassende Hilfe bei der Beschaffung von Material.

Seite 2:
Freie Fahrt für die V 100: Bis zum Sommer 1969 haben die Ulmer 211 (Foto: 211 361) einen Großteil der Eilzugleistungen auf der Strecke Tübingen – Sigmaringen von der P 8 übernommen (Ebingen, 14. 9. 69).

Franckh'sche Verlagshandlung, W. Keller & Co., Stuttgart / 1987
Das Werk einschließlich aller seiner Teile ist urheberrechtlich geschützt. Jede Verwertung außerhalb der engen Grenzen des Urheberrechtsgesetzes ist ohne Zustimmung des Verlages unzulässig und strafbar. Das gilt insbesondere für Vervielfältigungen, Übersetzung, Mikroverfilmungen und die Einspeicherung und Verarbeitung in elektronischen Systemen.
© 1987, Franckh'sche Verlagshandlung, W. Keller & Co., Stuttgart
Printed in Germany / Imprimé en Allemagne
L 10 hu H Ste / ISBN 3-440-05746-1
Gesamtherstellung: Wilhelm Röck, Weinsberg

Die Ablösung – V 100

Von der V 65^2 bis zur Steilstrecken-V 100 . . 6
Vorgeschichte: Das DB-Typenprogramm . . 6
Die Bauserien 11
Die Varianten im Überblick 12

Beschreibung der Diesellokomotive V 100 für Nebenbahndienste der DB 16
Hauptdaten 16
Fahrzeugteil und Gesamtanordnung 18
Motoranlage 21
Kraftübertragungsanlage 22
Steuerung 22
Bremsanlage und Druckluftanlage 23
Heizdampferzeuger 24
Zusatzeinrichtungen und Umbauten 24

Die Steilstreckenloks 30
Aufgabenstellung und Lösung dieser Aufgabe 30
Die hydrodynamische Bremse 32
Die Steilstreckenloks im Betrieb 32

Der Einsatz der V 100 im Überblick 35
Die Zuteilung der fabrikneuen Loks 35
Zwei Jahrzehnte treue Dienste 38
Die V 100-Bws 42

Der Einsatz der V 100 bei den einzelnen Bws 45
Vorbemerkung 45
BD Hamburg 47
Bw Flensburg (47), Bw Lübeck (47), Bw Hamburg-Harburg (49), Bw Hamburg-Altona (51)
BD Hannover 52
Bw Hannover (52), Bw Braunschweig (1) (53), Bw Göttingen (1) (54), Bw Bremerhaven (55), Bw Delmenhorst (56), Bw Rahden (57), Bw Oldenburg (Hbf) (57), Bw Osnabrück (Rbf, 1) (57)
BD Essen 61
Bw Bielefeld (61), Bw Münster (63), Bw Hagen-Eckesey (Hagen 1) (64), Bw Siegen (66)
BD Köln 69
Bw Wuppertal-Steinbeck (bzw. Wuppertal) (69), Bw Dieringhausen (71), Bw Köln-Nippes (bzw. Köln 1) (73), Bw Krefeld (75), Bw Düren (75), Bw Aachen (77), Bw Koblenz (= Mosel) (77)
BD Frankfurt/M 79
Bw Kassel (79), Bw Fulda (80), Bw Marburg (81), Bw Gießen (82), Bw Limburg (84), Bw Frankfurt/M-Griesheim (Frankfurt/M 1) (84), Bw Hanau (84), Bw Darmstadt (1) (85), Bw Mainz (87)
BD Saarbrücken 88
Bw Gerolstein/Jünkerath (88), Bw Trier (89), Bw Simmern (90), Bw St. Wendel (90), Bw Saarbrücken (Hbf, 1) (91), Bw Kaiserslautern (92)
BD Karlsruhe 92
Bw Ludwigshafen (92), Bw Mannheim (92), Bw Karlsruhe (1) (93), Bw Landau (94), Bw Villingen (94), Bw Freiburg (95), Bw Haltingen (96)
BD Stuttgart 96
Bw Kornwestheim (96), Bw Tübingen (98), Bw Ulm (100)
BD Nürnberg 100
Bw Aschaffenburg (100), Bw Würzburg (1) (101), Bw Bayreuth (104), Bw Bamberg (104), Bw Ansbach (104), Bw Nürnberg Hbf (1) (105), Bw Regensburg (108), Bw Schwandorf (108), Bw Plattling (108), Bw Passau (109), Bw Hof (109)
BD München 111
Bw Augsburg (1) (111), Bw Nördlingen (113), Bw Kempten (113), Bw Ingolstadt (115), Bw München Hbf (116), Bw München-Ost (117), Bw Rosenheim (118), Bw Mühldorf (118)
V 100-Bws für einige Tage 119

Ausmusterung und Verkäufe 120
Die Privatbahn-V 100 (V 100 Pa) 124
Literatur 131
Baureihe V 100^{10}/V 100^{20} – Übersicht über die einzelnen Fahrzeuge 134

Von der V 65² bis zur Steilstrecken-V 100

Vorgeschichte: Das DB-Typenprogramm

Aus heutiger Sicht waren die fünfziger Jahre – was die Entwicklung neuer Fahrzeuggenerationen angeht – eine unglaublich produktive Epoche, in manchem vergleichbar dem, was in den dreißiger Jahren auf Initiative der Reichsbahn entstand. Der Uerdinger Schienenbus, der ETA 150, 23er, 65er und 82er, der 26,4-m-Reisezugwagen und die V 80 als erste Großdiesellok, sie alle kamen in jenen Jahren heraus und wurden in größerer Stückzahl gefertigt.

Die technischen Blätter jener Jahre sind voll von Fahrzeugbeschreibungen und Erfahrungsberichten, Zeugen einer zumindest damals noch ungebrochenen Gläubigkeit an die „moderne Eisenbahn", als Vehikel eines langandauernden wirtschaftlichen Aufschwungs.

Mittlerweile ist der Glanz dahin, mußten die letzten Neubau-Dampfloks lange vor Erreichen der Altersgrenze auf den Schrott, haben auch der Schienenbus und der ETA praktisch ausgedient. Nicht mehr das Material ist es, was das meiste Geld kostet, sondern die Löhne und Gehälter sind es. Fragen der Langlebigkeit von Eisenbahnfahrzeugen sind also zweitrangig geworden; die Unterhaltung von Fahrzeugen ist in erster Linie eine Frage der dabei entstehenden Personalkosten geworden.

Inzwischen werden auch Dieselloks massiv ausgemustert und ins Ausland verkauft, V 100 in die Türkei, V 60 nach Jugoslawien und Norwegen, und dies ist erst der Anfang. *Für Ende 1990* hat der Bundesbahn-Vorstand einen *Gesamtbedarf* von 1120 Strecken- und 1120 Rangier-Dieselloks ermittelt. Vorhanden sind aber – Stand 30. Juni 1986 – 1560 bzw. 1379 dieser Fahrzeuge. Man kann sich also schon an den zehn Fingern abzählen, wie es in den kommenden Jahren mit den Bestandszahlen der V 60 und V 100 weitergehen wird.

Vor diesem Hintergrund wirkt ein Blick dreißig Jahre zurück geradezu wohltuend. Kurt Friedrich hat in einem Aufsatz in der ETR (Juni 1958) ausführlich beschrieben, wie die Planung des *Diesellok-Typenprogramms* der DB ablief. 1954/55 arbeitet das Bundesbahn-Zentralamt in München an einem Typenprogramm, das fünf Modelle vorsieht:
– eine Lok für Rangier- und Übergabezüge,
– eine Lok für den gemischten Nebenbahndienst,
– eine Lok für den leichten Zugdienst auf Hauptstrecken,
– eine Lok für den mittelschweren Hauptbahn-Zugdienst, vorzugsweise F-Zug-Dienst und
– eine Lok für den schweren Zugdienst auf Hauptbahnen, besonders den schnellen F-Zug-Dienst.

Unschwer erkennt man hinter diesen Funktionsbeschreibungen, wie sie 1955 formuliert worden sind, die späteren Baureihen V 60, V 100, V 160, V 200 und V 320. Eine Lok interessiert an dieser Stelle natürlich besonders: die V 100. Sie sollte anfangs als V 65² bezeichnet werden, getreu der nummernmäßigen Zuordnung Leistung = Baureihe und unter Berücksichtigung der möglichen Serienfertigung der V 65⁰ (die Prototypen trugen die Bezeichnung V 65⁰, die Serienloks wären dann V 65¹ geworden, womit für eine weitere 650-PS-Lok der Zweihunderter-Kreis frei gewesen wäre). Diese 650-PS-Streckenlok mausert sich schnell zur V 100. So verschwindet denn auch die Bezeichnung V 65² wieder aus den Angaben des Typenprogramms. Hartnäckig hält sie sich nur bei Lehmann/Pflug (1960), wenngleich auch hier – die Bilder belegen es – längst von der 1000-PS-Variante ausgegangen wird.

Die Verwandtschaft der V 100 mit den vierachsigen Dieselloks von MaK ist unverkennbar – immerhin sollte die V 100 ursprünglich ja auch als Baureihe V 65^2 bezeichnet werden. Zwischen Ruwer und Trier liegen die Gleise der privaten Moselbahn neben denen der Strecke Hermeskeil – Trier. V 100 2231 vom Bw St. Wendel überholt die V 64 der Moselbahn (26. 8. 65).

Was aus dem Diesellok-Typenprogramm geworden ist, ist bekannt. Die V 60 wird **die** Rangierlok der DB, die V 100 und die V 160 (mit ihren sämtlichen Spielarten) verdrängen die Dampflok von Neben- und nichtelektrifizierten Hauptbahnen. Statt der „Rangier-V 100" entsteht die V 90 als eigenständige Entwicklung. Und die V 200 und V 320 haben letztlich keine Zukunft. Die V 320 bleibt ein Einzelstück, und die V 200 verdingt sich heute fast ausnahmslos im schweren Güterzugdienst, träumt nur noch vom „F-Zug-Dienst", für den sie (auch) gedacht war.

Bei der Planung der fünf Diesselloktypen von 1955 werden eine Reihe *Setzungen* vorgenommen: es sollen bereits bewährte Bauteile verwendet werden, die Loks sollen einfach in der Unterhaltung sein, niedrige Beschaffungskosten und möglichst geringe Betriebskosten verursachen, und es sollen möglichst viele Bauteile untereinander austauschbar sein.

Diese allgemeinen Planungsgrundsätze sind nicht neu; im Grunde genommen wurde bei der Entwicklung der Einheits-Dampfloks kaum anders vorgegangen. Für die Industrie wirken solche Prämissen als mehrfacher Ansporn, dreht es sich hierbei doch nicht nur um die Lieferung von einem Dutzend Fahrzeuge oder Bauteile dafür, sondern um einen möglichen Großauftrag, der für Jahre Beschäftigung und Umsatz sichert. Diese Tatsache erklärt, warum die deutsche Industrie in den fünfziger Jahren dermaßen viel Geld in die Entwicklung von Prototypen gesteckt hat, die nicht selten „Flops" gewesen sind (man denke nur an die V 200-Konkurrenten von Deutz und MaK). Es hätte ja auch etwas Großes dabei herauskommen können.

Die möglichst große *Austauschbarkeit von Bauteilen* umfaßt ein weites Feld: Maschinenanlage, Hilfsbetriebe, Steuerung, Wagenteil, Laufwerk und Bremse. Einige Beispiele mögen dies verdeutlichen.

Da sind zunächst die *„1100-PS-Einheits-Diesel-*

Schienenbus und V 100 – ein seit Jahrzehnten eingeübtes Gespann auf DB-Nebenstrecken. Mitte der sechziger Jahre ist beiden noch eine lange Zukunft beschieden (V 100 2292 vom Bw Hagen-Eckesey neben VT 98 im Bahnhof Iserlohn am 20. 9. 66).

motoren" von MAN, Maybach und Daimler-Benz. Die beiden erstgenannten Motoren sollen nicht nur in der V 100[10], sondern auch in der V 200[0] Verwendung finden, während der Daimler-Benz-Motor mit 1350 PS sowohl in der V 100[20] als auch in der V 200[1] vorkommt. Sämtliche Motoren haben zwölf Zylinder.

Die Daten:

Hersteller	MAN	Maybach	Daimler-Benz	
Typ	L 12 V 18/21	MD 650	MB 820 Bb	MB 835 Ab
Nennleistung (PS)	1100	1100	1100	1350
bei U/min	1500	1500	1500	1500
Zylinder-$\varnothing$ (mm)	180	185	175	190
Kolbenhub (mm)	210	200	205	230
Zylinder-Inhalt (l)	64	64,5	59,28	78,25
Aufladung, Abgasturbine	MAN L 12/629	Maybach AGL 123	BBC VTR 250	BBC 2×VTR 250

Kühlerelemente und Lüfter der V 100, V 160 und V 320 sollen seitlich in einem festen Rahmen angeordnet und einzeln austauschbar sein.

Die Brennstoff-Versorgungsanlage der V 100, V 160 und V 320 soll nach einem einheitlichen Schema entwickelt werden.

V 100 und V 160 erhalten selbsttätig arbeitende, ölgefeuerte Zwangsdurchlauf-Kesselanlagen der Bauart „Vapor Heating Größe 4616" mit einer Dampfleistung bis zu 725 kg/h (Hagenuk).

V 100, V 160 und V 320 werden vereinfachte, elektrische Steuereinrichtungen bekommen; statt

Die Rangierlok V 60 und die Nebenbahn-Streckenlok V 100 wurden in den fünfziger Jahren unmittelbar nacheinander entwickelt. Das Foto (Siegen, 6. 9. 81) verdeutlicht die wesentlichen konzeptionellen Unterschiede.

über bisher sechs Fahrstufen kann der Fahrzeugdiesel nunmehr über 15 Fahrstufen wesentlich feiner geschaltet werden.

Bei einer solch großen Spanne, wie sie die Typenreihe umschließt, gibt es natürlich auch eine ganze Reihe konzeptioneller Unterschiede, die an dieser Stelle nicht im einzelnen dargelegt werden sollen. Hingewiesen werden soll nur auf zweierlei. Wie die V 60 bekommt auch die V 100 (im Gegensatz zu den stärkeren Streckenloks) ein Mittelführerhaus, allerdings mit zwei getrennten Führerständen und Führerpulten, was bei der V 60 nicht der Fall ist. Im Gegensatz zur V 160 und V 320 (bzw. vorher schon zur V 80 und V 200) erhält die V 100 keinen selbsttragenden Wagenkasten in geschweißter Blechkonstruktion, sondern der Kosten wegen einen Profilrahmen mit nichttragenden Blechaufbauten, wie er auch für die V 60 gewählt worden ist.

Die Arbeiten schreiten zügig voran, wie ein Auszug aus dem „Vorläufigen Jahresrückblick der DB 1957" belegt: *„Die Entwicklung einer Diesellokomotive für den Nebenbahndienst mit einer Motorleistung von 1100 bis 1200 PS (Baureihe V 100), einer vierachsigen Diesellokomotive für leichten Hauptbahndienst mit einer voraussichtlichen Motorleistung von 1600 bis 1800 PS (Baureihe V 160) und einer stärkeren Kleinlokomotive (Leistungsgruppe III) mit einer Leistung von 158 PS am Zughaken wurde soweit abgeschlossen, daß je*

Oben: Die von MaK auf eigene Rechnung gebaute Probelok V 100 000 wird 1958/59 vor allem in Süddeutschland ausgiebig erprobt. Gegenüber der Münchner Blockstelle Hbr, unweit des Hauptbahnhofs, setzt sich die Lok vor einen schweren Erzzug (Foto: MaK).

Unten: Reges Treiben herrscht zu diesem Zeitpunkt im Bw München Hbf. 64er, 78er und 98er geben sich gemeinsam mit der V 100 000 ein Stelldichein (Foto: MaK).

sechs Probefahrzeuge in Auftrag gegeben werden konnten. Die ersten Maschinen sollen ab Sommer 1958 in betriebliche Erprobung gehen..."

Die Entwicklung der V 100 geschieht in enger Zusammenarbeit zwischen dem BZA München und der *Kieler Firma MaK*. MaK baut nach den Münchner Vorgaben eine entsprechende Lok und läßt diese V 100 000 für mehrere Monate vor allem in Süddeutschland auf ihre Tauglichkeit hin untersuchen. MaK ist zwar federführend, aber wesentliche Bauteile stammen von anderen Herstellern. So bleibt das Kieler Unternehmen mit seiner reichen Palette an erprobten Dieselmotoren quasi „vor der Tür", kann nur die Privatbahn-Version der V 100 mit eigenen Aggregaten bestücken. Die Motoren für die Bundesbahn-V 100 aber kommen von Maybach, Daimler-Benz und – in geringem Maße – von MAN. Voith liefert das Getriebe, Gmeinder – abgesehen von den Erprobungsloks – die Achstriebe, Deutz einen Teil der Drehgestelle.

Angesichts dieser Tatsache ist es wenig verwunderlich, daß MaK den Löwenanteil aller V 100 für die Bundesbahn gebaut hat, insgesamt 312 Loks: V 100 001–007, 1008–1026, 1044–1113, 2002–2021, 2022–2106, 2232–2331 und 2332–2341. An zweiter Stelle liegt Deutz mit insgesamt 125 V 100: V 100 1114–1168, 2202–2231, 2342–2381, gefolgt von Henschel mit 113 Maschinen: V 100 1169–1223, 2107–2164. Jung hat insgesamt 84 V 100 beigesteuert: V 100 1027–1043, 1324–1353, 2165–2201, und mit jeweils einem einzigen Auftrag werden auch Krupp (V 100 1224–1273) und Krauss-Maffei (V 100 1274–1323) mit jeweils 50 Loks und die Maschinenfabrik Esslingen mit bescheidenen zehn Loks (V 100 1354–1365) bedacht.

Die Bauserien

Die Literatur unterscheidet bei der V 100 in „Erprobungsmuster", „Vorserie" und „Großserien". Die Bezeichnungen gehen verschiedentlich etwas durcheinander, zumal einige Bestellungen nachträglich geringfügig modifiziert worden sind. Die sechs *Erprobungsmuster* V 100 001–006 treffen Ende 1958/Anfang 1959 bei der DB ein. Die auf eigene Rechnung von MaK gebaute und ausgiebig auf Bundesbahngleisen getestete V 100 000 wird 1959 von der DB ebenfalls übernommen (V 100 007).
Im Geschäftsjahr 1959 gibt die DB eine *Vorserie* von 19 V 100[10] in Auftrag, die im Laufe des Jahres 1960 auf insgesamt 36 Maschinen aufgestockt wird.

V 100	Hersteller	Vertrag vom
1008–1026	MaK	24. 12. 59
1027–1043	Jung	18. 03. 60

Während diese Loks 1961/62 anrollen, sind die Erprobungsmuster längst in V 100 1001–1005, 1007 und V 100 2001 umgezeichnet.
Die (einzige) *Großserie* aus V 100[10] schließt sämtliche darüber hinaus gebauten Loks dieser Bauart ein, dazu zwanzig V 100[20], also insgesamt 342 Maschinen. Sämtliche Verträge mit den Herstellern werden im Dezember 1960 geschlossen:

V 100	Hersteller	Vertrag vom
1044–1113	MaK	05. 12. 60
1114–1168	Deutz	15. 12. 60
1169–1223	Henschel	08. 12. 60

V 100 2027, vorgesehen für das Bw Lübeck, befindet sich im April 1963 auf Überführungsfahrt. Mitten in der Kieler Innenstadt wird für den Werksfotografen von MaK ein Fotohalt eingelegt.

1224–1273	Krupp	06./18. 12. 60
1274–1323	Krauss-Maffei	08./06. 12. 60
1324–1353	Jung	09. 12. 60
1354–1365	Esslingen	?
2002–2021	MaK	05. 12. 60

Diese Loks treffen zwischen Oktober 1961 und März 1963 (V 100[10]) bzw. Januar 1962 und August 1962 (V 100[20]) bei der DB ein.
Auf die erste Großserie folgt 1962 die Auftragserteilung für eine zweite Großserie über nochmals 210 V 100 der stärkeren Variante V 100[20]:

V 100	Hersteller	Vertrag vom
2022–2106	MaK	05. 07. 62
2107–2164	Henschel	?
2165–2201	Jung	02. 10. 62
2202–2231	Deutz	?

und im Herbst 1963 schließlich eine dritte Großserie mit weiteren 150 V 100[20], darin eingeschlossen zehn Loks mit Steilstreckeneinrichtung, die später als 213er geführt werden:

V 100	Hersteller	Vertrag vom
2232–2331	MaK	26. 11. 63
2332–2341	MaK	26. 11. 63*)
2342–2381	Deutz	10. 12. 63

Die Varianten im Überblick

Die V 100 soll in erster Linie die Nebenbahn-Dampfloks ablösen und lokbespannte Nebenbahnzüge (Berufsverkehrszüge, Nahgüterzüge) ähnlich rentabel machen helfen wie es ansonsten der Uerdinger Schienenbus für seinen Bereich geschafft hatte. Für den Einsatz auf *Nebenstrecken*, namentlich zum Ersatz der Baureihen 64

*) Steilstreckenloks

V 100 006, die spätere V 100 2001, wird vor ihrer Abnahme durch die Bundesbahn im Zugdienst im Großraum Kiel erprobt, wie hier vor der Kulisse des Kieler Hafens (Foto: MaK).

und 86, reicht die 1100 PS starke Variante bei weitem aus. Im Langsamgang (60 bzw. 64 km/h) kann sie dabei auch die fallweise recht langen Nahgüterzüge über die Strecke bringen, andererseits aber die Personenzüge mit der für die Strecke größtmöglichen Geschwindigkeit befördern. Beim Übergang auf Hauptstrecken, etwa bis zur nächstgrößten Stadt, behindert sie mit den im Schnellgang möglichen 100 km/h (Prototypen zunächst 90 km/h) nicht den übrigen Betriebsablauf.

Zudem wird die V 100 durch die Vielfachsteuerung noch wendiger. Einerseits erlaubt diese, Züge in Doppelbespannung von einem Führerstand aus zu bedienen. Andererseits sind die solchermaßen ausgerüsteten Loks auch wendezugfähig; das Umsetzen der Lok am Endpunkt oder bei Richtungswechsel entfällt also.

Die schon frühzeitig eingeleitete Erprobung einer stärkeren Version der V 100, zunächst in Gestalt der V 100 006, später 2001, führt zu einer 1350 PS starken Variante, die letztlich zahlenmäßig stärker ist als die ursprüngliche Form mit 1100 PS. Hauptbahnabschnitte werden nun nicht mehr nur im Zulauf auf anschließende Nebenstrecken mit V 100 befahren, sondern die V 100 übernimmt einen beträchtlichen Anteil vormals dampfgeführter Nahverkehrszüge auf *Hauptstrecken*. Einstweilen stehen hierfür keine schwereren Streckenloks zur Verfügung. Erst mit der Beschaffung der V 160 mit ihren sämtlichen Varianten – eine Maßnahme, die sich bis Ende der sechziger Jahre hinziehen soll – wird der Anteil der V 100-Fahrten auf Hauptstrecken wieder reduziert. Umstellungen auf elektrischen Betrieb besorgen ein übriges.

Aus der 1350-PS-V 100 wird eine Version für den Betrieb auf *Steilstrecken* abgeleitet. Auch hier geht es um den Ersatz des recht aufwendigen Dampfbetriebes. Loks der Baureihen 82 und 94, ausgerüstet mit Gegendruckbremsen, sollen abgelöst werden, zunächst auf der Murgtalbahn im Schwarzwald, später wird dies auch der Fall im

Westerwald und im Lahn-Dill-Gebiet sein. Für diesen Zweck und die dabei benötigte kleine Stückzahl rentiert sich eine Fahrzeug-Neuentwicklung nicht. Von daher paßt es gut, daß bei Voith die Entwicklung einer hydrodynamischen Bremse soweit gediehen ist, daß sie unverzüglich für eine von der dritten Großserie abgezweigte Teilserie von immerhin zehn Loks übernommen werden kann. Diese zunächst in die „normalen" V 100^{20} eingereihten Loks bekommen später eine eigene Baureihenbezeichnung zugewiesen (213).
Wie die bis hierhin gemachten Ausführungen zeigen, lassen sich damit *vier Varianten* der V 100 unterscheiden:
– die Erprobungsloks V 100 001–007,
– die Serienloks der Baureihe V 100^{10} (V 100 1008–1365),
– die Serienloks der Baureihe V 100^{20} (V 100 2002–2331, 2342–2381) und
– die Steilstreckenloks (V 100 2332–2341).
Die sieben *Erprobungsloks* weichen in vielfacher Hinsicht voneinander ab. Einer Aufstellung des BZA München von 1961 nach enthalten die V 100 1001–1003 damals den 1100-PS-Maybach-Diesel MD 650, die V 100 1004 + 1005 den MAN-Diesel L12 V18/21 mit ebenfalls 1100 PS, die V 100 1007 einen Daimler-Dieselmotor mit 1100 PS (die MaK-Lieferliste nennt für die vormalige V 100 000 den Maybach MB 650!) und die V 100 2001 den Standardmotor der V 100^{20}, den MB 835Ab von Daimler-Benz mit 1350 PS. Nur die V 100 1005 besitzt dieser Aufstellung zufolge Vielfachsteuerung, während die übrigen Erprobungsloks mit Einzelsteuerung ausgerüstet sind. Die 60,4 t schweren Loks laufen maximal 90 km/h.
Standardmotor für die *V 100^{10}* der Serienausführung werden die weiterentwickelten Aggregate von Maybach (MD 650/1B mit 1200 PS) und Daimler-Benz (MB 820 Bb mit 1140 PS bei 1500 U/min). Aus den MaK-Lieferungen sind die V 100 1008–1026 und 1104–1113 mit dem MD 650/1B ausgestattet, die übrigen aber (V 100 1044–1103) mit dem MB 820 Bb. Die 61,2 t schweren Loks sind für 100 km/h zugelassen.

Die *V 100^{20}* erhalten überwiegend den 1350 PS starken Dieselmotor MB 835Ab von Daimler-Benz, bei den MaK-Lieferungen z.B. die Betriebsnummern 2002–2018, 2020, 2024–2106 und 2232–2341, gegenüber nur vier MAN-Motoren (V 100 2019, 2021–2023). Auch in die Steilstreckenloks werden die MB 835Ab eingebaut
Standardgetriebe für die V 100 wird das Voith-Getriebe L 216 rs. Abweichungen hiervon gibt es nur bei den Erprobungsloks, bei einigen wenigen Serienloks sowie bei den Steilstreckenloks. So bekommt die V 100 001 das Getriebe LT 306 r, die V 100 2001 das L 215 rs, in die V 100 1109, 1111 + 1112 wird das Mekydro-Getriebe K 203 von Maybach eingebaut und in die Steilstreckenloks V 100 2332–2341 das auf diese Lok zugeschnittene L 620 brs.
Wie ein Blick in das Merkbuch von 1970 zeigt, sind bei Motoren und Getrieben in der Zwischenzeit etliche Vereinheitlichungen vorgenommen worden. MAN-Diesel bei den 211 004 + 005 gibt es nicht mehr. Durch das Zusammenlegen der Motorproduktion von Daimler-Benz und Maybach in der neuen MTU gibt es bei der Baureihe 211 nur noch zwei Motortypen, den MD 12V 538 TA10 und den MB 12V 493 TZ10, wohinter sich nichts anderes verbirgt, als die vorher mit MD 650/1B und MB 820 Bb bezeichneten Aggregate.
Bei den Loks der Baureihe 212 ist der MAN-Motor der 212 019 zwischenzeitlich durch einen Motor der neuen MTU ersetzt worden. Hier heißt der vormalige MB 835Ab mittlerweile MB 12V 652 TA10. Maybach-Motoren besitzen die 211 008–026, 104–193, 224–273, 285 und 289.
Das Einheitsgetriebe L 216 rs hat sich allgemein durchgesetzt, ausgenommen bei den Steilstreckenloks und der weiterhin mit Mekydro-Getriebe versehenen 211 113.
Und ein letzter – wenngleich minimaler – Unterschied der einzelnen Varianten: Für alle Loks bis zur ersten Großserie gilt die LüP von 12 100 mm, für die Loks der zweiten und dritten Großserie (also ab V 100 2022) hingegen der Wert von 12 300 mm.

Nur sieben Baujahre liegen zwischen der ersten V 100, V 100 001 (Foto: MaK) ...

... und der V 100 mit der höchsten Betriebsnummer, der späteren 212 381 vom Bw Nürnberg Hbf (Beilngries, 20. 7. 83).

Die V 100 1008 vom Bw Bielefeld ist die erste Serienlok der V 100[10]. Die Aufnahme von R. Todt datiert vom Juli 1962. Im Unterschied zur V 100⁰⁰ der Serienausführung sind die Kühlerlamellen waagerecht angeordnet.

Beschreibung der Diesellokomotive V 100 für Nebenbahndienste der Deutschen Bundesbahn

Hauptdaten

Achsanordnung	B'B'
Abmessungen	
– Spurweite	1435 mm
– Länge über Puffer	12 100 mm
– Drehzapfenabstand	6000 mm
– Drehgestellachsstand	2200 mm
– größte Höhe	4250 mm
– größte Breite	3115 mm
– Treibraddurchmesser neu/abgenutzt	950/870 mm

Motor:
Maybach MD 650 oder MAN L 12V 18/21
– UIC-Leistung bei 1500 U/min	1200 PS
– Gebrauchsdauer-Leistung bei 1500 U/min	1140 PS
– Beschleunigungs-Leistung bei 1548 U/min	1255 PS

oder Daimler-Benz MB 835
– UIC-Leistung bei 1500 U/min	1350 PS

Turbogetriebe Voith L 216 rs
(2 Wandler; Kupplung; mit eingebautem Stufengetriebe und Wendegetriebe)

V 100 2001 entstammt dem Los von insgesamt sieben Erprobungsloks. Wegen des nachträglich eingebauten 1350 PS starken Motors wird sie als V 100 2001 zum Prototyp der V 100[20] (Münster, 12. 5. 67).

Ein Vergleich der Erprobungs-V 100[20] und der späteren Serienausführung offenbart eine Menge Unterschiede im Detail (212 121 vom Bw Koblenz, Erbach/Ww, 16. 5. 81).

Geschwindigkeiten
Größte Geschwindigkeit bei Gebrauchsdauer-Leistung und halbgenutzten Radreifen
- im großen Streckengang   93 km/h
- im kleinen Streckengang   64 km/h

Gewichte
- Gesamtgewicht (= Reibungsgewicht)   62,4 t
- Dienstgewicht mit 2/3 Vorräten   60,4 t
- Achsdruck bei vollen Betriebs-
  vorräten   15,6 t

Betriebsvorräte
- Dieselkraftstoff   ca. 2600 l
- Heizöl   ca. 600 l
- Kesselspeisewasser   ca. 3000 l
- Sand   ca. 250 kg

Fahrzeugteil und Gesamtanordnung

Der Fahrzeugteil der Diesellokomotive V 100 besteht aus dem Lokomotivrahmen, dem etwa in der Mitte der Lokomotive angeordneten Führerhaus, einer vorderen und einer hinteren Maschinenverkleidung und den beiden zweiachsigen Drehgestellen. Die Maschinenverkleidungen sind so schmal ausgeführt, daß an ihren Außenseiten das Rahmendeckblech als Laufsteg ausgebildet werden konnte. Unter der vorderen Maschinenverkleidung sind der Lokomotivdieselmotor, die Kühlanlage und ein Hilfsdieselaggregat untergebracht. Unter der hinteren Maschinenverkleidung befinden sich der Dampferzeuger für die Zugbeheizung, der Speisewasserbehälter, die Lichtanlaßmaschine, die Akkumulatorenbatterie, ein elektrisch angetriebener Druckluftkompressor sowie der Kraftstoffhochbehälter. Die Treibstoffbehälter sind in der Mitte der Lokomotive neben den Rahmenlängsträgern untergebracht. Der Heizölbehälter ist in dem Raum zwischen Motor und Turbogetriebe eingebaut. Unter dem Führerhaus ist das Turbogetriebe an den Rahmenträgern aufgehängt.

An die beiden Flansche der Abtriebswelle des Turbogetriebes sind die Gelenkwellen angeschlossen, welche die Leistung unmittelbar auf die nächstliegenden Achsgetriebe der inneren Drehgestellradsätze übertragen. Von diesen Achsgetrieben aus wird die Leistung mittels Gelenkwellen auf die Achsgetriebe der äußeren Radsätze weitergeleitet.

Der *Lokomotivrahmen* ist im wesentlichen aus zwei verstärkten Längsträgern hergestellt. Die Längsträger bilden zusammen mit den Querträgern aus U- und Z-Profilen und den beiden Stirnplatten eine robuste Rahmenkonstruktion mit hoher Biege- und Knickfestigkeit.

Das auf Gummileisten gelagerte *Führerhaus* besitzt zwei diagonal einander gegenüberliegend angeordnete Bedientische, die gleichartig ausgeführt sind. In zwei Geräteschränken sind elektrische Einrichtungen, Heizungsarmaturen sowie ein Kleiderfach untergebracht.

Die beiden *Maschinenverkleidungen* sind aus Stahlleichtprofilen mit aufgeschweißten Stahlblechen gefertigt und auf den Lokomotivrahmen aufgeschraubt. Zwischen dem Rahmen und den Unterkanten der Verkleidungen sind Gummileisten eingefügt. Im Bereich des Lokomotiv-Dieselmotors ist der Maschinenraum von den Seiten und von oben durch Schiebetüren zugänglich. Eine Reihe von Drehtüren geben den Zugang zu den verschiedenen Hilfseinrichtungen, wie Hilfsdieselaggregat, Dampferzeuger, Bremsluftkompressoren, Akkumulatorenbatterie frei.

Die Rahmen der beiden zweiachsigen *Drehgestelle* sind geschweißte Rohrkonstruktionen. Die Hauptbauteile sind zwei Rohrlängsträger und zwei Rohrquerträger, letztere zwischen den beiden Achsen angeordnet. An den überkragenden Enden der Längsträger sind die Hängeeisen für die Klotzbremsen und die Sandkästen befestigt.

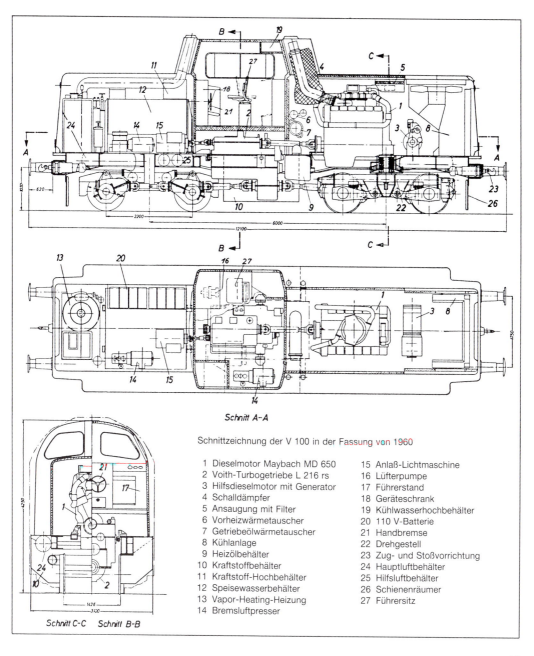

Schnittzeichnung der V 100 in der Fassung von 1960

1 Dieselmotor Maybach MD 650
2 Voith-Turbogetriebe L 216 rs
3 Hilfsdieselmotor mit Generator
4 Schalldämpfer
5 Ansaugung mit Filter
6 Vorheizwärmetauscher
7 Getriebeölwärmetauscher
8 Kühlanlage
9 Heizölbehälter
10 Kraftstoffbehälter
11 Kraftstoff-Hochbehälter
12 Speisewasserbehälter
13 Vapor-Heating-Heizung
14 Bremsluftpresser
15 Anlaß-Lichtmaschine
16 Lüfterpumpe
17 Führerstand
18 Geräteschrank
19 Kühlwasserhochbehälter
20 110 V-Batterie
21 Handbremse
22 Drehgestell
23 Zug- und Stoßvorrichtung
24 Hauptluftbehälter
25 Hilfsluftbehälter
26 Schienenräumer
27 Führersitz

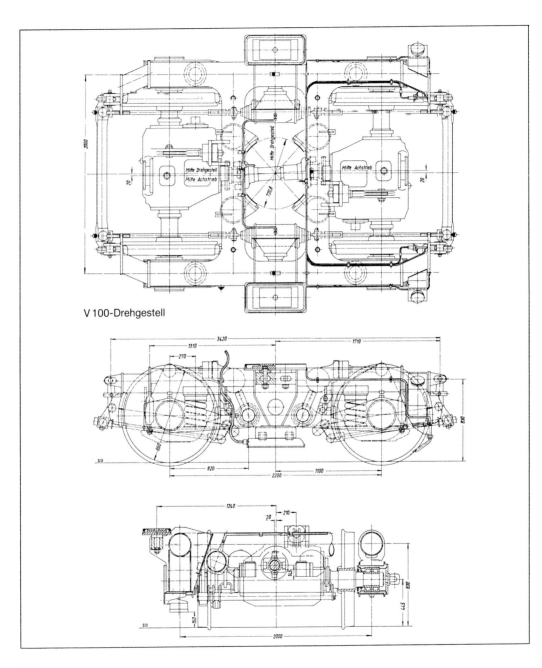

V 100-Drehgestell

Der Lokomotivrahmen wird an vier Punkten über je zwei Schraubenfedern auf dem Drehgestellrahmen abgestützt. Zur Aufnahme von je zwei Federn dienen Federtöpfe, die mit dem Lokrahmen nur mittels Gummielementen verbunden sind. Die Radsätze haben außenliegende Zylinderrollenlager, die in die Achslenker eingebaut sind. Die Achslenker sind mit Gummigelenken an Konsolen des Drehgestellrahmens angeschlossen. Die Achsfeder, eine Schraubenfeder, ist unmittelbar neben dem Achslager auf der Seite des Anlenkpunktes im Achslenker gelagert.

Motoranlage

Für die *Antriebsanlage* der Lokomotive sind verschiedene, gegeneinander austauschbare Motorvarianten vorgesehen. Es handelt sich dabei um den Maybach-Motor MD 650, den MAN-Motor L 12V 18/21 mit einer UIC-Nennleistung von 1200 PS sowie den Daimler-Benz-Motor MB 835 mit einer UIC-Leistung von 1350 PS. Alle Motoren haben Aufladeturbinen. Diese Motoren, zu deren Lieferumfang die zu ihnen passende Motorlagerung gehört, werden an einheitlichen Befestigungspunkten auf dem Lokomotivrahmen gelagert. Die Verbrennungsluft wird an der höchsten Stelle der Maschinenverkleidung angesaugt und über auswechselbare Naßluftfilter und Ansaugschläuche dem Aufladeaggregat zugeführt.

Die Abgase werden über einen Schalldämpfer, der unter der Maschinenverkleidung unmittelbar vor dem Schott zwischen Führerhaus und Maschinenverkleidung untergebracht ist, nach oben abgeleitet. Der Auspuffschacht, der als zusätzlicher Schalldämpfer dient, liegt zwischen den Stirnfenstern unmittelbar vor der Führerhausstirnwand.

Die *Treibstoffanlage* besteht im wesentlichen aus zwei Hauptbehältern mit je 1260 Liter Inhalt und dem Entnahmebehälter mit 125 Liter Inhalt. Die Hauptbehälter sind in Lokomotivmitte außerhalb der Rahmenlängsträger aufgehängt und sind an ihrer Unterseite zum Schutz gegen Steinschlag aus stärkerem Blech gefertigt. Beide Behälter sind durch ein Verbindungsrohr miteinander verbunden. Eine elektrisch betriebene Zahnradpumpe, die an der hinteren Führerhausstirnwand befestigt ist, saugt den Treibstoff aus dem rechts liegenden Hauptbehälter und fördert ihn in den hochgelegenen Entnahmebehälter, der unter dem Dach der hinteren Maschinenverkleidung eingebaut ist, und von dem aus der Motor mit Treibstoff versorgt wird.

Die *Kühlergruppe* zur Rückkühlung des Motorkühlwassers ist als geschlossen vormontierte Baugruppe ausgeführt, die als Ganzes auf dem vorderen Ende des Lokomotivrahmens elastisch gelagert ist.

Der Kühlerblock besteht aus einer Anzahl genormter, auswechselbarer Teilblöcke. Vor den stirnseitigen Teilblöcken ist eine automatisch verstellbare Jalousie vorgesetzt, während die seitlichen Teilblöcke von Hand verstellbare Jalousien besitzen, die nur während der warmen Jahreszeit vor Aufnahme des Fahrbetriebes geöffnet werden. Die Regelung der Lüfterdrehzahl und damit der geförderten Luftmenge erfolgt thermostatisch und in Abhängigkeit von der Temperatur des Kühlwassers am Austritt aus dem Motor. Derselbe Thermostat steuert auch die stirnseitige Jalousie.

Das Motorschmieröl, das Turbogetriebeöl und das Kolbenkühlöl werden durch die vom rückgekühlten Motorkühlwasser durchflossenen Wärmetauschern ebenfalls rückgekühlt. Ein Teil des Kühlwassers wird zur Beheizung des Führerhauses, des Batteriekastens und eines Speisenwärmers abgezweigt. Zur Vorwärmung der Motoranlage dient ein weiterer Wärmetauscher, durch den das Motorkühlwasser mittels einer elektrisch angetriebenen Pumpe gefördert wird.

Kraftübertragungsanlage

Die Leistung des Dieselmotors wird über eine elastische Kupplung und eine Gelenkwelle auf die Eingangswelle des Voith-Turbogetriebes L 216 rs übertragen. Das Getriebe L 216 rs besitzt zwei Wandler und einen dritten, mittels einer Strömungskupplung geschalteten Gang. Das Turbogetriebe ist in drei Kugelgelenkpunkten im Rahmen aufgehängt. Neben dem Wendegetriebe ist außerdem noch ein bei stehender Lokomotive schaltbares Stufengetriebe mit einem großen und einem kleinen Streckengang im Getriebegehäuse eingebaut.

Steuerung

Die Steuerung des Dieselmotors und des Turbogetriebes erfolgt von jedem der beiden Bedientische aus mittels eines Steuerhandrades. Das Steuerungssystem ist elektro-pneumatisch, d. h. von dem am Handrad angeschlossenen elektrischen Fahrschalter werden eine Reihe von Magnetventilen gesteuert, die den am Motor und am Turbogetriebe angebauten pneumatischen Regelgeräten die Steuerluft zuteilen.
Die Steuerungsanlage hat folgende Aufgaben:
– Regulierung der Brennstoff-Füllung des Dieselmotors,

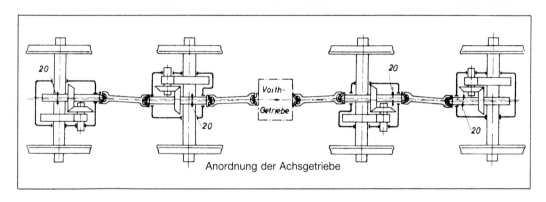

Anordnung der Achsgetriebe

Die Flansche der Antriebswelle des Turbogetriebes liegen, von der Seite gesehen, genau symmetrisch zur Mitte der Lokomotive. Von dieser Welle aus werden die nächstliegenden, d. h. die inneren Radsätze der Drehgestelle mittels Gelenkwellen angetrieben. Von den inneren Radsätzen der Drehgestelle wird dann die Leistung auf die äußeren Radsätze weitergeleitet.

– Beeinflussung des Schaltreglers am Turbogetriebe,
– Steuerung der Füllung des Turbogetriebes,
– Schaltung des Wendegetriebes.
Der Fahrschalter selber hat 17 Stellungen. In der Stellung 0 ist das Turbogetriebe entleert und der Dieselmotor läuft mit Leerlaufdrehzahl. Wenn die Lokomotive anfahren soll, wird der Fahrschalter auf Stellung 1 gebracht, in der bei unveränderter Drehzahl des Motors, d. h. bei Leerlaufdrehzahl, eine Teilfüllung des Tur-

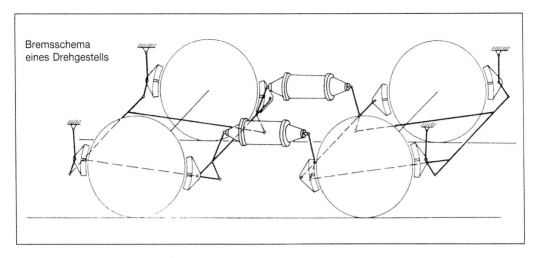

Bremsschema eines Drehgestells

bogetriebes erfolgt und eine geringe Zugkraft erzeugt wird. In der Fahrschalterstellung 2 wird der Anfahrwandler des Turbogetriebes voll gefüllt, wobei der Motor immer noch mit Leerlaufdrehzahl läuft, jedoch eine gegenüber der Stellung 1 wesentlich erhöhte Zugkraft entwikkelt wird. Eine weitere Steigerung der Motordrehzahl, der Motorleistung und damit auch der Zugkraft wird durch ein Weiterdrehen des Fahrschalters auf die Stellungen 3 bis 16 erreicht.

Bremsanlage und Druckluftanlage

Die Bremsanlage wirkt auf vier Doppelbremszylinder. Diese bestehen aus je einem Zylinder mit zwei entgegengesetzt drückenden Kolben und sind zwischen den Radsätzen am Drehgestellrahmen befestigt.
Die Handbremse wirkt nur auf die Bremsklötze des hinteren Drehgestelles.

Die direkte Bremsung wird mit dem Führerbremsventil Z b 3 betätigt. Zur Betätigung der indirekten Bremse dient das Führerbremsventil Nr. 8Da. Außerdem ist in die Lokomotive erstmals das Steuerventil KE 1a K eingebaut, wodurch eine mehrlösige Lokbremse geschaffen wurde.
Als Sicherheitsfahrschaltung wird das elektrische System von BBC verwendet.
Die Besandung wird durch elektro-pneumatische Ventile, die mittels Kippschaltern betätigt werden, ausgelöst.
Zur Druckluftanlage gehören ferner vier pneumatische Scheibenwischer, zwei Makrofone und ein Läutewerk. Zur Erzeugung von Druckluft dienen zwei Kompressoren VV 100/100 mit einer Ansaugleistung von etwa 1600 l/min. Die Kompressoren werden von Elektromotoren angetrieben. Die komprimierte Luft wird in vier Hauptluftbehältern mit zusammen 600 Liter Inhalt gespeichert.

Heizdampferzeuger

Der ölbefeuerte Heizkessel mit ca. 450 kg/h Dampfleistung ist am Ende der hinteren Maschinenverkleidung eingebaut und durch eine Stirntüre sowie zwei Seitentüren zugänglich. Der Speisewasserbehälter hat einen Inhalt von 3000 Liter und der Heizölbehälter einen solchen von 600 Liter. Der stündliche Ölverbrauch beträgt 34 kg. Der Dampfleistung des Heizkessels stehen folgende Verbrauchswerte gegenüber:
- ein 26,4-m-Reisezugwagen: 50 kg/h Dampfbedarf
- ein B3yg-Personenwagen: 35 kg/h Dampfbedarf.

Dabei sind Undichtigkeiten in der Dampfleitung und eine Außenlufttemperatur von −20 °C berücksichtigt.

Zusatzeinrichtungen und Umbauten

Bei einer solch großen Stückzahl ist es wenig verwunderlich, daß im Laufe der Jahre zahlreiche Umbauten und Motorwechsel bei den V 100 vorgenommen worden sind. Die Unterscheidung 211 = 1100-PS-Loks, 212/213 = 1350-PS-Loks trifft in dieser Form daher seit langem nicht mehr zu.

Die ersten Verbesserungen finden relativ früh statt. Schon ab 1967 läuft ein Programm zur Umstellung des Daimler-Benz-Motors MB 835 Ab auf Kolbenkühlung. Die bis 1970 fortgeführte Maßnahme erfaßt 127 Motoren der V 100[20]. Zu diesem Zeitpunkt kommt erstmals der Plan auf, die mittlerweile in die MTU-Typenreihe eingebrachten Daimler-Benz-Motoren der 1100-PS-Leistungsklasse Zug um Zug durch 1350 PS starke Aggregate zu ersetzen. Statt des MB 12V 493 (vormals MB 820) sollen also MB 12V 652 (vormals MB 835) zum Einbau kommen. Damit freilich gilt die im Merkbuch 1970 genannte Aufteilung nicht mehr, werden die eigentlich „schwächeren" 211er den „stärkeren" 212ern angepaßt.

Der *Einbau stärkerer Motoren* wird über einen längeren Zeitraum fortgesetzt, findet dann aber schnell ein Ende, als deutlich wird, daß die vielen V 100 gar nicht mehr beschäftigt werden können. Die Maßnahme bleibt also mitten in der Ausführung stecken. Zurück bleibt ein gehöriges Durcheinander, gibt es 1350-PS-Loks als Baureihe 211 und 212; man kann also an der Betriebsnummer allein gar nicht mehr feststellen, um was für eine Variante es sich handelt. Immerhin kann man es hören. Das Anfahrgeräusch der 1350-PS-Loks ist deutlich gedämpfter, das für die „alte" 211-typische Aufheulen entfällt. Und auch die Abgaswolke bleibt – wenigstens optisch – kleiner.

Bekannte Umbauten von 211ern auf 1350 PS

Der Rahmen der V 100, aufgenommen bei MaK (Foto: MaK).

sind: 211 012, 032–036, 048, 050–053, 060–062, 064–066, 070, 072–077, 079, 087–092, 094, 100–103, 133, 142, 159, 161, 163, 178, 200, 201, 204, 217, 218, 223, 235, 242, 243, 247, 253, 256–258, 268, 276, 282, 283, 293–297, 302, 321, 324, 325, 344, 346, 347, 349 (LOKRUNDSCHAU 1985).

Durch die zahlreichen Motorwechsel bei AW-Aufenthalten dürfte ohnehin keine einzige V 100 mehr ihren bei Anlieferung eingebauten Motor enthalten. Die Austauschbarkeit des 1100-PS-Motors zwischen V 100, V 200 und VT 601 hat ein lebhaftes Hin und Her zur Folge gehabt. Zum Beispiel der Maybach-Motor MB 650/1B, Fabriknummer 5380511, ursprünglich V 100 1134. Sein weiterer Weg: V 100 1245, V 100 1265, V 100 1267, 211 022, 211 245, 211 289, 211 026, 211 191, 211 150, 211 137, 211 124, 211 241, 220 055, 601 018, 220 001 und 211 249 (LOKRUNDSCHAU 1983).

Bald 300 V 100 besitzen *Vielfachsteuerung* für Doppeltraktion und Wendezugbetrieb. Während Doppeltraktion bei der V 100 stets die Ausnahme geblieben ist (zumal bald schon genügend stärkere Loks für diese Dienste auf nicht elektrifizierten Strecken zur Verfügung standen), wird die V 100 im Wendezugbetrieb nach wie vor gern eingesetzt (obwohl nicht ganz in dem Maße, wie man technisch imstande wäre).

Durch diese Vielfachsteuerung ist es möglich, in Doppeltraktion fahrende V 100 von einem Führerstand aus zu fahren bzw. die Wendezuglokomotive vom Steuerwagen aus zu bedienen. Zu diesem Zweck *„ist die Lokomotive über den ganzen Zug mit dem Steuerwagen durch Steuerleitun-*

Mangels geeigneter Dieselloks befördern die V 100 anfangs häufig auch schwere Eil- und Schnellzüge, wie diese beiden Münsteraner V 100[20] (Lünen, 19. 8. 67).

Zwanzig Jahre später sind Doppeltraktionen längst zur Rarität geworden. Doppelt bespannte Wendezüge, wie dieser E 3176 nach Flensburg, haben mitunter eine einfache Erklärung: 212 024 schiebt den Zug aus dem Kieler Hbf heraus, 212 038 läuft nur leer mit. Bei vier „Silberlingen" wären 2700 PS nun auch wirklich pure Energieverschwendung (27. 8. 86)!

gen über 36polige Kupplungen verbunden. Wird die Maschinenanlage der nicht besetzten Lokomotive durch eine Überwachungseinrichtung abgestellt, so wird dies am Führerpult der besetzten Lokomotive oder am Wendezugsteuerwagen durch Meldelampen angezeigt. Auf die Übertragung von Meßwerten (Kühlwassertemperatur, Getriebeöltemperatur, Schmieröltemperatur usw.) vom unbesetzten zum besetzten Führerstand wird verzichtet" (Englmann u. Ludwig 1963, S. 77).

Einen Sonderfall stellt die V 100 2001 dar, die 1960/61 versuchsweise mit der sogenannten Tonfrequenz-Multiplex-Fernsteuerung ausgerüstet worden ist. Diese Einrichtung bedient sich der durchgehenden elektrischen Heizleitung der Wagen als Leiter von Wechselströmen verschiedener Frequenzen. Die vom Steuerwagen gegebenen Schaltimpulse werden über einen Sender im Steuerwagen in Wechselströme verschiedener Frequenzen umgeformt, über die Heizleitung zum Empfänger in der Lok übertragen und dort in die ursprünglichen Schaltimpulse rückgewandelt.

Mit Einrichtung für Wendezugbetrieb sind ab Werk die 36 Vorserienloks (also V 100 1008–1043), zwanzig Loks der ersten Großserie (V 100 1044–1063), die V 100 2001 sowie V 100 2022–2106 und die 150 V 100[20] der dritten und letzten Bauserie ausgestattet, insgesamt also 292 Loks. Mit diesen V 100 werden vor allem in den ersten Jahren eine Reihe interessanter Leistungen gefahren, die deutlich über das hinausgehen, was man der V 100 heute noch abverlangt. Dabei muß allerdings auch bedacht werden, daß mittlerweile genügend Streckenloks der stärkeren Baureihe 215 ff zur Verfügung stehen, die in den meisten Fällen diese klassischen V 100-Dienste übernommen haben. Von daher beschränken sich die Wendezugdienste mit V 100 heute auf die typischen Nebenbahn-Pendel, wobei auffällt, daß das Material bei weitem nicht ausgenutzt wird, trotz Wendezug-Garnituren oftmals umgespannt wird, und auf die Wendezugeinrichtung der Loks verzichtet wird. Da sind z. B. die Wendezugdienste mit V 100 des Bws Bielefeld im Verein mit VT 23/24 desselben Bws, wie sie im Sommer 1962 mit den fabrikneuen Loks durchgeführt werden. Bis zu 836 km/BT kommen dabei heraus, im betriebstäglichen Durchschnitt immer noch weit mehr als 500 km/BT. Oder die Eilzugfahrten E 797/798 Frankfurt – Köln – Kall bzw. 799/800 Frankfurt – Köln über den Westerwald mit zweimaligem Kopfmachen in Au/Sieg und Altenkir-

Ab und an kommen auch Mischbespannungen aus 216/218 und 212 vor, wie auf diesem Bild aus Lübeck, aufgenommen am 29. 8. 73.

chen, 560 bzw. 430 km/BT, wie sie ab Sommer 1968 mit V 100 abgewickelt werden.
Ganz allgemein fällt in jenen sechziger Jahren auf, wie mehr und mehr Wendezug-Dienstpläne aufkommen, 1963 nur 35, 1964 bereits 83 und 1968 schließlich 105. Das ist aber zugleich auch fast schon die Blüte des Wendezugeinsatzes der V 100!
Nach diesem Zeitpunkt gibt es zwar auch weiterhin interessante Dienste zu vermelden, aber insgesamt werden die Strecken von Jahr zu Jahr kürzer, die betriebstägliche Leistung sinkt. Da sind dann auf einmal Werte wie jene des Bws Hamburg-Altona mit maximal 501 km/BT geradezu sensationell. Gefahren wird ab Sommer 1970 im starren Fahrplan im S-Bahn-Anschluß zwischen Pinneberg und Elmshorn mit drei 212ern. Neu sind 1970 auch Wendezugdienste mit zwei 212ern zwischen Schnabelwaid und Schirnding (Bw Hof, Personal Bw Kirchenlaibach), und ein weiterer Dienst ab Frühjahr 1970: Die 212 048 vom Bw München-Ost pendelt zwischen München-Ost und Erding, an sich nichts Besonderes, aber die eingesetzte Lok fällt dennoch aus dem Rahmen: sie besitzt eine automatische Kupplung.

Indusi ist Ende der fünfziger Jahre noch kein gängiger Ausrüstungsstandard. Erst in den sechziger Jahren werden die V 100 nach und nach damit ausgestattet. Ab Werk gibt es die Indusi nur bei den Loks der zweiten (?) und dritten Bauserie, darüber hinaus bei rund hundert Maschinen der ersten Serie. 1964 haben bereits 473 Loks Indusi, 1966 650 und bis 1968 sind alle Loks damit bestückt.
Zu den *Sonderarbeiten* gehört die Ausstattung mit Schleuderschutz. Bis 1966 haben 50 Loks einen elektronischen Schleuderschutz der Bauart Krauss-Maffei bekommen. Im Jahresbericht 1970/71 heißt es, der Schleuder- und Überdrehzahlschutz werde bei den letzten 100 212ern vervollständigt. Diese Aussage ist jedoch nicht ganz in Einklang zu bringen mit den Angaben des Merkbuchs von 1970, demzufolge nur die 212 064–068 (= fünf Loks), 212 232–241 (= zehn Loks), 212 302–331 (= 30 Loks) und 213 332–341 (= zehn Loks), also insgesamt 55 V 100 mit Schleuderschutzeinrichtungen versehen seien.
Spurkranzschmierung bekommen die Loks der dritten Großserie ab Werk. Die übrigen Loks werden zumeist zwischen 1964 und 1966 entsprechend nachgerüstet. Nur die Erprobungsloks be-

Links oben: Bei Laufen, an der Strecke Ebingen – Tübingen, liegen Bahn und Straße dicht beieinander. Der „Badewannen-Taunus" und die 211 361 mit ihrem E 4510 sind etwa gleich alt (14. 9. 69).

Unten: Hagener 212er haben ab Sommer 1984 die Leistungen der Siegener Schienenbusse auf der Strecke Finnentrop – Olpe übernommen. Am 25. 5. 85 hat die 212 312 mit ihrem Wendezug den Bereich des Biggesees fast verlassen.

kommen keine Spurkranzschmierung System „Vogel".
Zur Beleuchtung mitgeführter Packwagen erhalten zunächst 16 V 100 1963/64 einen zusätzlichen Elektromotor mit Generator. Die Speisung des Motors erfolgt über die Fahrzeugbatterie und der mit ihm gekuppelte Generator erzeugt Strom für die Packwagenbeleuchtung. 1966 haben bereits 360 Loks diese Einrichtung, und es ist anzunehmen, daß diese „Selbstverständlichkeit" für eine Nebenbahn-Diesellok in den folgenden Jahren auch in den übrigen V 100 zum Einbau gelangt ist.
Ab 1975 tauchen erste V 100 im neuen Bundesbahn-Anstrich auf. Der Grund für diese, gegenüber anderen Baureihen recht spät liegende *Umlackierung* liegt in der Tatsache, daß die V 100 damals noch zu neu waren, um gleich bei der Umstellung auf das neue Farbkleid in türkis/beige zu erscheinen. Neulackierung gibt es erst, wenn der ursprüngliche Anstrich in solch desolatem Zustand ist, daß der Aufwand gerechtfertigt erscheint. Nicht einmal bei jeder Hauptuntersuchung ist dies der Fall. Und von daher ist eine zehn, zwölf Jahre alte Lok für solche Maßnahmen noch nicht unbedingt reif.
Die Dürener 212 139 (Rev. Brm 04.75), die Nürnberger 212 381 (Rev. 04.75) und die Dieringhausener 211 269 (Rev. 05.75) dürften unter den ersten türkis/beigen V 100 gewesen sein.
Mittlerweile ist für die 211er sogar schon das Ende der Umlackierung erreicht. Seit 1984 bekommt diese Baureihe fast nur noch Auslaufuntersuchungen U 2.8. Damit verbunden ist eine Aufgabe des Umlackierens in türkis/beige. Erste 211er, die eine U 2.8 bekommen haben, sind die 211 166 (Bw Aschaffenburg, 23. 7. 84), 211 265 (Bw Würzburg, 19. 7. 84) und die 211 290 (Bw Karlsruhe, 15. 7. 84). Die einigermaßen komplette Liste der rot verbleibenden 211er, wie sie im Sommer 1985 in der LOKRUNDSCHAU abgedruckt worden ist, umfaßt:

211 008+014	Osnabrück
211 021–024	Würzburg
211 051	Aachen
211 054	Mühldorf
211 058	Tübingen
211 061	Hof
211 066+084	Krefeld
211 079	Osnabrück
211 082+085	Kaiserslautern
211 086	TCDD
211 087	Hof
211 089–092	Kornwestheim
211 097+099	Osnabrück
211 100	Krefeld
211 108+110	Krefeld
211 121	Gießen
211 122	Fulda
211 133	Tübingen
211 166	Aschaffenburg
211 170, 173+174, 176+177	Gießen
211 182	Fulda
211 195	Kornwestheim
211 200	Hof
211 224	Osnabrück
211 225+226+228	Köln 1
211 236+237	Würzburg
211 253	Hof
211 254	Gießen
211 256+257	Hof
211 266	Würzburg
211 270+272+273	Köln 1
211 285	Krefeld
211 286	Mühldorf
211 294–296	Plattling
211 298	Hof
211 339	TCDD

Die Steilstreckenloks

Aus der dritten (und letzten) Großserie von 150 V 100 werden zehn Lokomotiven herausgenommen und mit einer hydrodynamischen Bremse für Steilstreckenbetrieb hergerichtet. Diese V 100 2332–2341, die nach der Umzeichnung als 213 332–341 geführt werden, sind für die Murgtalbahn und die ehemalige Zahnradstrecke Passau – Wegscheid gedacht. Der Einsatz in Passau kommt nicht zustande, statt dessen laufen die Loks bis längstens 1972 beim Bw Karlsruhe, ehe sie zum Bw Gießen überwechseln, das die zehn Maschinen seither auf verschiedenen Strecken auch weit außerhalb des Heimat-Bws einsetzt.

Aufgabenstellung und Lösung dieser Aufgabe

Bei der Murgtalbahn, im Bereich der BD Karlsruhe, kommen maximale Gefälleabschnitte mit bis zu 50‰ vor. Soweit hier Anfang der sechziger Jahre noch Dampfloks eingesetzt werden, ist deren Ersatz durch Dieselfahrzeuge anzustreben. Durch die speziellen Betriebsvorschriften für Strecken mit mehr als 40‰ Gefälle werden für

213 337 vom Bw Gießen in Dillenburg, Mai 1974 (Foto: P. Große).

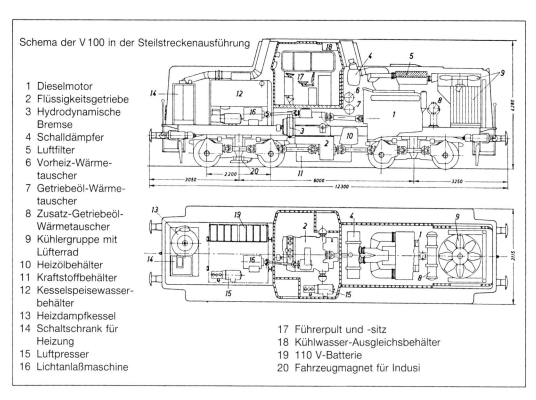

Schema der V 100 in der Steilstreckenausführung

1 Dieselmotor
2 Flüssigkeitsgetriebe
3 Hydrodynamische Bremse
4 Schalldämpfer
5 Luftfilter
6 Vorheiz-Wärmetauscher
7 Getriebeöl-Wärmetauscher
8 Zusatz-Getriebeöl-Wärmetauscher
9 Kühlergruppe mit Lüfterrad
10 Heizölbehälter
11 Kraftstoffbehälter
12 Kesselspeisewasserbehälter
13 Heizdampfkessel
14 Schaltschrank für Heizung
15 Luftpresser
16 Lichtanlaßmaschine
17 Führerpult und -sitz
18 Kühlwasser-Ausgleichsbehälter
19 110 V-Batterie
20 Fahrzeugmagnet für Indusi

die Konstruktion entsprechender Triebfahrzeuge Bedingungen gestellt: sie müssen z. B. eine zweite, unabhängige Bremse aufweisen und die Einhaltung einer größten Geschwindigkeit von 40 km/h bei Talfahrt sicherstellen. Hinzu kommt der Wunsch, den Bremsklotzverschleiß und den Verschleiß der Radreifen, die in den vielen und engen Kurven allemal stark beansprucht werden, dadurch in möglichst engen Grenzen zu halten, daß die Druckluftbremse so weit wie möglich entlastet wird.
Als Ergebnis einer engen Zusammenarbeit zwischen dem BZA München, MaK und den Zulieferern, namentlich der Firma Voith, entsteht 1964/65 die Kleinserie von zehn Steilstrecken-V 100. Der Einbau des hydraulischen Voith-Getriebes L 620 brs mit am hinteren Gehäuseende angeflanschter hydraulischer Doppelbremskupplung bedingt den Fortfall (Platzmangel!) der bei der Normalausführung als dritten Getriebegang vorgesehenen hydraulischen Kupplung. Für die Abführung der Bremswärme ist ein zweiter Getriebeölwärmetauscher erforderlich. Dessen Einbau macht den Verzicht auf das Hilfsdieselaggregat notwendig. Als Ersatz kommt ein Batterieladegerät für Fremdstromanschluß hinzu, das die Aufgaben des Hilfsdiesels wenigstens teilweise erfüllen kann: Laden der Batterie, Vorwärm- und Warmhaltebetrieb.
Wegen des zusätzlichen Getriebeölwärmetauschers muß auch das Kühlwassersystem geändert werden, und schließlich wird auch der Heizungskreislauf insoweit umgestaltet, daß eine Ringleitung auf dem Lokrahmen plaziert wird, von der

aus Abzweigungen zu den beiden Heizgeräten im Führerstand führen.

Die hydrodynamische Bremse

„Die hydrodynamische Bremse ist nach Aufbau und Funktion der bekannten Wasserwirbelbremse ähnlich, verwendet aber als Betriebsflüssigkeit das Hydrauliköl des Turbogetriebes. Sie besteht aus dem von der Sekundärwelle des Getriebes und damit von den Treibachsen der Lokomotive angetriebenen, doppelflutig ausgebildeten Bremsläufer (Rotor), den beiden fest mit dem Bremsgehäuse verbundenen Schaufelkränzen (Stator) und den Steuerungseinrichtungen. Das bei Bremsbetrieb im Kreislauf befindliche Öl wird im leistungsaufnehmenden Teil, dem Rotor, beschleunigt und im leistungsvernichtenden Teil, dem Stator, wieder verzögert. Dabei wird die kinetische Energie des Zuges in Wärme umgewandelt und über das Öl an das Kühlwasser des Motors abgegeben. Das Ein- und Ausschalten der Bremse erfolgt durch selbsttätiges Füllen und Entleeren der Bremskreisläufe, abhängig von der Stellung des Fahr- und Bremsschalters." (MaK, 29. 12. 65).

Die Steilstreckenloks im Betrieb

In rascher Folge treffen die zehn Loks während des Winters 1965/66 beim *Bw Karlsruhe* ein. Die V 100 2332 wird am 22. 11. 65 angeliefert. Ehe sie beim AW Nürnberg am 18. 1. 66 abgenommen wird, werden ausgiebige Meßfahrten vorgenommen. Vor allem interessiert die Frage, wie die errechneten Werte in der Praxis aussehen. Für den steilsten Abschnitt der Murgtalbahn zwischen Baiersbronn und Freudenstadt mit 50‰ errechnet sich eine Bremskraft von 5,8 t und eine Bremsleistung von 840 PS im Reisezugverkehr bei V_{max} = 40 km/h in der Talfahrt bzw. von 630 PS für Güterzüge bei V_{max} = 30 km/h. Bei den umfangreichen Messungen erfüllt die Lok nicht nur die an sie gestellten Erwartungen voll und ganz, sondern es zeigt sich sogar, daß die Kühlanlage der V 100 noch erhebliche Reserven für die Abführung der Bremswärme enthält. Dadurch ist es möglich, die Leerlauf-Drehzahlgrenze im Hydraulik-Bremsbetrieb von 1025 U/min auf 1100 U/min heraufzusetzen.

Der Planeinsatz der Steilstrecken-V 100 beginnt mit dem Sommerfahrplan 1966. Zu diesem Zeitpunkt stehen sämtliche Loks bereit, so daß die Ablösung der Dampflok-Baureihen 82 und 94 zügig vorgenommen werden kann. Das Lokpersonal bedient sich der hydrodynamischen Bremse bald schon nicht nur auf dem eigentlichen Steilstreckenabschnitt, sondern benutzt die Bremse auch bei Verzögerungs- und Regulierungsbremsungen auf den übrigen Abschnitten, namentlich auf der Teilstrecke Baiersbronn – Rastatt, wo Gefällstrecken bis 25‰ vorkommen.

Schon nach zwei Jahren gibt Karlsruhe zwei seiner Loks an das Bw Gießen ab. Die übrigen acht Maschinen verbleiben auf der Murgtalbahn, erbringen mit Karlsruher und Freudenstädter Personal betriebstäglich zwischen 210 und 275 km. Die zwei an das *Bw Gießen* überstellten 213er verrichten Güterzugdienste auf der Steilstrecke Linz – Kalenborn der ehemals durchgehenden Verbindung Richtung Flammersfeld. Zwischen Linz und Wiedmühle werden hier maximal 60‰ erreicht, entsprechend 6,9 t Bremskraft und errechneten 510 PS Bremsleistung bei V_{max} = 20 km/h bei der Talfahrt. Das Personal für die beiden Loks stellt das benachbarte Bw Koblenz.

Während des Winters 1971/72 wechseln auch die in Karlsruhe verbliebenen 213er zum Bw Gießen über. Speziell für diese Steilstrecke Baiersbronn – Freudenstadt zugelassene Großdiesselloks der Baureihe 218 treten ihre Nachfolge an.

Der Plan, die Loks nach Gießen umzubeheimaten, datiert bereits von 1970. Konkret geht es darum, Ersatz für die auf der Scheldetalbahn

Die Gießener Steilstreckenloks – hier 213 334 – werden auch als Zuglok für die schweren Schotterzüge auf den Nebenbahnen im Westerwald eingesetzt. Am 31. 4. 80 ist auf der Strecke Herborn – Schönbach noch etwas „los". Der talwärts fahrende Zug hat soeben den Kopfbahnhof Erdbach verlassen.

Das Bw Koblenz stellt das Personal für die auf den Strecken Linz – Kalenborn (Bild vom 23. 6. 68) und Boppard – Buchholz eingesetzten Gießener Steilstreckenloks.

Kläglich sind die Leistungen, die die Steilstreckenloks vom Bw Dillenburg aus auf der Nebenbahn Dillenburg – Wallau zu erbringen haben. Der Güterverkehr ist zur Bedeutungslosigkeit herabgesunken, die wenigen Reisezüge – sofern sie nicht von Schienenbussen gefahren werden – bestehen aus zwei zumeist leeren „Silberlingen". Am 1. 11. 84 hat der N 7319 nach Dillenburg im Bahnhof Gönnern Kreuzung.

eingesetzten 94er zu schaffen, deren Lebensdauer am Ende angelangt ist. Die Strecke Dillenburg – Wallau (– Biedenkopf), in deren Verlauf der Steilstreckenabschnitt Hirzenhain – Herrnberg liegt, fristet zu jener Zeit nur noch ein bescheidenes Dasein. Mit der Einstellung der meisten Gruben und vieler Hüttenwerke ist das Transportaufkommen spürbar gesunken, beschränken sich auch die Reisezüge auf nur noch wenige Wagen. Von daher ist es wenig verwunderlich, daß die Gießener Steilstreckenloks hier kaum noch Beschäftigung finden. Hingegen floriert der Einsatz dieser Loks am Rhein. Montags bis freitags bringen die 213er drei Schotterzüge von Kalenborn nach Linz. Der Plan vom Winter 1977/78 sieht folgendermaßen aus:
Linz ab 8.50 – Kalenborn 9.10/10.30 – Linz 10.50/11.00 – Kalenborn 11.20/12.30 – Linz 12.50/13.00 – Kalenborn 13.20/13.40 – Linz an 14.00. Die Lok bleibt bei der Bergfahrt am Zugschluß, schiebt die Leerwagen also die Strecke hinauf.

Seit Sommer 1983 gibt es darüber hinaus erstmals seit 27 Jahren wieder Plan-Güterverkehr auf der Strecke Boppard – Buchholz. Seitdem bedienen Gießener 213er den Reise- und Güterverkehr zwischen Boppard, Buchholz und Emmelshausen (15 km). Werktags fallen im Personenverkehr sieben Zugpaare an, mit jeweils 14 Minuten Fahrzeit für den Steilstreckenabschnitt (6 km). Den bergwärts geschobenen Güterzügen ist an der Spitze ein mit Frontfenstern, Bremshahn und Makrofon ausgestatteter Packwagen vorgestellt. Gießener 213er trifft man auch auf anderen steigungsreichen Strecken des Westerwaldes. So befördern sie über lange Jahre hinweg die Schotterzüge von den Brüchen oberhalb Erdbachs hinunter zum Anschlußbahnhof Herborn.

Der Einsatz der V 100 im Überblick

Die Zuteilung der fabrikneuen Loks

Die V 100 001, die erste von der DB in Dienst gestellte V 100, ist nicht die älteste aller gebauten V 100. Diese Ehre kommt der späteren V 100 007 zuteil, die ab März 1958 als V 100 000 bei MaK und DB ausgiebig getestet wird. Im Sommer 1959, nach Eintreffen der letzten der sechs bestellten Erprobungsloks, wird auch sie von der DB angekauft. Die V 100 001 ist im August 1958 fertiggestellt. Die Anlieferung erfolgt jedoch erst am 12. September, die Abnahme schließlich gar erst am 1. Oktober 1958. Vom folgenden Tag an ist sie beim *Lokversuchsamt München* im Einsatz und bleibt dies bis zum 9. März des folgenden Jahres. Dort ist mittlerweile eine zweite V 100 eingetroffen, die V 100 003, Fertigstellung Februar 1959, Anlieferung 16. Februar, Abnahme 19. Februar 1959. Diese V 100 bleibt bis zum 29. Mai in München. Sie wird wenig später von der V 100 006 abgelöst, die – nach Fertigstellung noch im Juli 1959 – ab 18. August beim LVA München Dienst tut.

Die beiden Erprobungs-V 100 mit 1100 PS und die einzige Erprobungslok mit 1350 PS werden in München vor Meßzügen ausgiebig auf eventuelle Mängel hin untersucht, ehe in schneller Folge die vier Serien-Bestellungen aufgegeben werden. Auch drei der Vorserien-V 100[10] halten sich für mehrere Wochen in München auf: V 100 1008 vom 18. Mai bis zum 28. Juli 1961, V 100 1013 vom 24. August bis 25. November 1961 und V 100 1009 vom 7. bis zum 22. Februar 1962, als die Lok längst beim Bw Bielefeld beheimatet war. Und schließlich wird auch eine der ersten Serien-V 100[20] ins LVA München bestellt, die V 100 2003, um dort vom 15. April bis 13. August 1964 einer eingehenden Prüfung unterzogen zu werden.

Im Winter 1958/59 dürften wohl kaum Planeinsätze mit der V 100 beim *Bw Münster* gefahren worden sein. Zwar ist die V 100 002 hier ab 9. Januar zu Hause, treffen am 12. März die V 100 001 und am 22. April auch die V 100 004 ein, aber so richtig losgegangen wird es wohl erst im Sommer 1959 sein. Nach Eintreffen der V 100 003 aus München (Münster ab 30. Mai) und der Fabriklieferung V 100 005 (ab 5. Juni) stehen dem Bw fünf Maschinen zur Verfügung, mit denen auf der Nebenbahn Münster – Rheda – Lippstadt erste Gehversuche unternommen werden. V 100 007 stößt am 10. Oktober hinzu.

Die ersten Dienste der V 100 sind ausgesprochen dürftig (siehe das Kapitel „Bw Münster"). Richtig in Fahrt kommt die V 100 erst beim *Bw Bielefeld,* wo die ersten Vorserien-Loks stationiert werden. Da werden andere betriebstägliche Leistungen erbracht als im Nachbar-Bw Münster, wo man sich 1960 über klägliche 288 km/BT freut! Bielefelds V 100 bespannen Eilzüge, fahren Langläufe, werden darüber hinaus auch im Wendezugeinsatz ausgiebig und im Vergleich mit anderen Fahrzeuggattungen erprobt. Die Ergebnisse müssen recht positiv ausgefallen sein, denn anders erklärt sich nicht das Beibehalten zahlreicher V 100-Langläufe beim Bw Bielefeld über längere Zeit hinweg: V 100 also nicht nur als Nahverkehrslok vorzugsweise auf Nebenstrecken.

Die Vorserien-V 100 (ab 1008) werden ab Mitte 1961 den Direktionen Hannover, Köln, München, Regensburg und Saarbrücken zugeteilt. Erste Bws sind Bielefeld (BD Han, sechs Loks), Köln-Nippes (BD Köl, sieben Loks; nur V 100 1015 läuft probeweise vorher für fünf Wochen beim Bw Marburg), Rosenheim (BD Mü, 13 Loks; nur V 100 1023 nimmt vorher den Umweg über die Bws Bamberg und Nürnberg, einige Rosenheimer V 100 wechseln frühzeitig schon über zum Bw

Mit vereinter Kraft geht es besser: 038 509 + 212 211 befördern einen aus zwei Umbau-Dreiachser-Garnituren gebildeten Nahverkehrszug von Eutingen nach Böblingen (15. 9. 69).

München Hbf bzw. nach Jünkerath = BD Sbr), Passau (und Schwandorf; BD Reg, je drei Loks) und Jünkerath (BD Sbr, vier Loks).

Bei diesen ersten V 100-Bws werden ausgiebige Versuche angestellt, um herauszubekommen, in wieweit tatsächlich *Dampflok-Baureihen* durch diese V 100 *abgelöst* werden können. Helmut Kleinsorge faßt die Ergebnisse zusammen:

1. Die Dampflokomotiven der BR 64, 86, 74 und 54 können ohne Schwierigkeiten durch die V 100 ersetzt werden; die für die beiden Gattungen 74 und 86 derzeit geltenden Fahrzeiten lassen sich teilweise verkürzen. Nicht in allen, aber doch in vielen Fällen kann außerdem die V 100 an die Stelle der Dampflokomotiven der BR 93 und 94 treten.

2. Auch auf Hauptbahnen läßt sich die V 100 für viele Züge sehr gut verwenden; hier ersetzt sie die BR 38 und 78.

3. Im Güterzugdienst auf Nebenbahnen kann sie sogar die mit 1500 PSi sehr viel stärkere Dampflokomotive der BR 50 ersetzen, die dort ihre größere Leistung nicht zur Geltung bringen kann.

Auffällig ist, daß – vom Bw Bielefeld und Köln-Nippes abgesehen – in diesen ersten Jahren kaum Dienstpläne existieren, in denen 400 und mehr Kilometer pro Betriebstag erreicht werden. So sind es 1963 auch nur durchschnittlich 240 km/BT, die für die V 100 zusammenkommen (zum Vergleich: V 200 = 700 km/BT).

Im Laufe der nächsten Jahre werden die V 100 bei allen Direktionen heimisch, setzen sie sich auf nahezu allen Nebenstrecken durch. 30 Bws, dazu 15 für Lokpersonal, sind es im Fahrplanjahr 1962/63, 38 (+ 51 Personal-Bws) im folgenden Jahr, 46 (+ 87 Personal-Bws) 1964/65, und diese Zahlen steigen zunächst noch weiter:

	V 100-Bws	Personal-Bws
1965/66	54	90
1966/67	57	102
1967/68	54	111
1968/69	50	121
1969/70	47	115
1971/72	47	115

Für die beiden letzten Großserien ist nachfolgend die von der DB in den entsprechenden HVB-Verfügungen vorgesehene *Verteilung* auf die einzelnen Direktionen wiedergegeben. Die 210 V 100[20] der zweiten Serie und die 150 V 100[20] der dritten Bauserie sollten demzufolge bekommen:

BD	aus 2. Serie	aus 3. Serie
Augsburg	18	6
Frankfurt/M.	16	14
Hamburg	27	15
Hannover	17	15
Karlsruhe	10	10
Kassel	6	0
Köln	16	14
Mainz	24	0
München	8	11
Münster	17	15
Nürnberg	6	6
Regensburg	5	8
Saarbrücken	9	9
Stuttgart	15	8
Wuppertal	16	19

Ein Bild, das unwiederbringlich vorbei ist: Der sonntägliche Personenzug P 2018 aus Richtung Frankenberg, gezogen von der Kasseler 211 170, kreuzt im Bahnhof Dodenau der mittlerweile umgestellten und zum Teil abgebauten Strecke Berleburg – Frankenberg den Gegenzug P 2017 aus zweiteiligen VT 95 (29. 12. 68).

Schwerstarbeit leistet diese V 100 2055 am 7. 5. 67 vor dem E 466 nach Stuttgart (Münster – Amelsbüren).

Zwei Jahrzehnte treue Dienste

Die BD Essen fehlt in beiden Zuteilungen.
Bei der zweiten Großserie sind 30 Loks wendezugfähig und können in Doppeltraktion laufen. Sie sollen im Raum Donauwörth (Bw Nördlingen) und Ludwigshafen (Bw Ludwigshafen) eingesetzt werden.
Bei den 150 V 100[20] der dritten Großserie sind auch die zehn Loks mit hydraulischem Bremsgetriebe mitgerechnet, die späteren 213er des Bws Gießen. Acht von ihnen sind für die Murgtalbahn (BD Kar) eingeplant, die restlichen zwei für Passau – Wegscheid (BD Reg).

In den Berichten über den Zugförderungsdienst im laufenden Fahrplanjahr, wie sie in der BUNDESBAHN abgedruckt sind, nennen die Autoren Klingensteiner/Ebner *die durchschnittlichen und die herausragenden V 100-Leistungen.* Bei

Rechts: Nahverkehrszüge auf Hauptbahnen (Münster – Rheine zwischen Greven und Sprakel) sind ab 1959/60 gängige Praxis für die V 100 (212 011 am 11. 4. 69). Mittlerweile ist die Strecke elektrifiziert, verdingen sich die V 100 allenfalls noch auf den umliegenden Nebenstrecken.

einem Vergleich mit den entsprechenden Passagen in den Jahresrückblicken für das jeweilige Geschäftsjahr fällt auf, daß die bei Klingensteiner/Ebner genannten Zahlen eigentlich für das vorhergehende Jahr gelten, also: „Fahrplanjahr 1966/67" entspricht „Geschäftsjahr 1966". Der Einfachheit halber – und weil diese Form der Berichterstattung die bekanntere ist – sind nachfolgend die Werte von Klingensteiner/Ebner wiedergegeben:

– z. B. von den Strecken Köln – Mönchengladbach – Kaldenkirchen – Venlo, Mönchengladbach – Aachen und Dortmund – Lünen – Münster. Andererseits gibt es 1968/69 auch Erfreuliches zu berichten. Da sind zum einen die neu hinzugekommenen Einsätze auf den Strecken Hamm/Unna – Soest – Paderborn, die bereits im Zusammenhang mit den Wendezugdiensten erwähnten Leistungen Kall – Köln – Frankfurt/M über den Westerwald, ab 1969/70 dann auch zahlreiche

Fahrplanjahr	durchschnittliche Leistungen pro Betriebstag in km	Dienstpläne über 400 km/BT	Spitzenwerte
1964/65	230 bis 340 km/BT	14	530 km/BT
1965/66	300 km/BT	11	537 km/BT Bw Köln-Nippes
1966/67	275 km/BT	?	497 km/BT Bw Bielefeld
1967/68	265 km/BT	?	541 km/BT Bw Rosenheim
			504 km/BT Bw Bielefeld
1968/69	211 : 230 km/BT, 212 : 290 km/BT	?	516 km/BT Bw Rosenheim
			449 km/BT Bw Nürnberg Hbf
1969/70	211 : 234 km/BT, 212 : 285 km/BT	?	über 490 km/BT : Bw Nördlingen, Göttingen, Plattling
1970/71	211 : 236 km/BT, 212 : 287 km/BT	?	480 km/BT Bw Nördlingen und Göttingen

Bis in die siebziger Jahre hat die V 100 beachtlich viel zu tun. Mittlerweile haben sich die neuen *computergerechten Baureihen- und Fahrzeugnummern* weitgehend durchgesetzt, ist aus der V 100[10] die Baureihe 211 geworden (die Tausenderziffer der ursprünglichen Ordnungszahl entfiel dabei), wurde die normale V 100[20] zur Baureihe 212, während die Steilstreckenloks ausgegliedert und als eigenständige Baureihe 213 geführt werden (womit die Reihe der 212er ein zehn Nummern umfassendes „Loch" aufweist, während die Nummern der 213er völlig beziehungslos im Raum stehen, ähnlich den aus der Reihe der E 40 ausgegliederten Loks der Reihe 139).
Großdiesselloks der Baureihen 215/216ff *ersetzen* auf einigen Strecken bereits zu Ende der sechziger Jahre die V 100 (etwa Bremen – Nordenham), während andernorts die *Umstellung auf elektrischen Betrieb* die V 100 aus ihrem angestammten (Hauptbahn-)Revier verschwinden läßt

neue Dienste zwischen Lüneburg, Lübeck und Kiel sowie zwischen Bielefeld und Kassel. Kurzzeitig erlebt die V 100 eine Blüte als Bespannung der Eilzüge Frankfurt – Stuttgart im Abschnitt Frankfurt – Eberbach – Heilbronn, wo ab 1970 gleich drei Eilzugpaare von 212ern geführt werden. Die V 200 wird die schwächere Rivalin schnell verdrängen, ehe ihr selber durch die Elektrifizierung der Garaus gemacht wird.
Erwähnt werden müssen an dieser Stelle auch die *grenzüberschreitenden Dienste* mit V 100, der „kleine grenzüberschreitende Verkehr", wie es im Amtsdeutsch der Bundesbahn heißt. Spätestens ab Sommer 1963 laufen Krefelder V 100 von Krefeld aus durch bis ins niederländische Nijmegen, während Landauer Loks bis Weißenburg (Zuglauf Landau – Wissembourg) und Lauterburg (Zuglauf Wörth – Lauterbourg) ins Elsaß vorstoßen.
Ab Sommer 1964 bedienen V 100 auch die Strek-

Noch ist die Hauptbahn Mönchengladbach – Aachen nicht elektrifiziert. V 100 2272 vom Bw Düren läuft mit ihrem Nahverkehrszug am 25. 8. 65 in den Bahnhof Geilenkirchen ein.

Glanzlichter in der Karriere einer V 100 dürften Sonderzüge wie dieser aus 212 151 + 212 149 und einer Reihe Speisewagen gebildete Zug sein, wie er am 8. 6. 85 zwischen Siegen und Marburg (Bild: Einfahrt Bahnhof Vormwald) verkehrt.

Das tägliche Brot für die V 100 sind allemal Berufsverkehrszüge auf ansonsten verlassen wirkenden Nebenbahnen. Um 6 Uhr in der Frühe, der Mond ist noch als heller Fleck über der Güterrampe auszumachen, haben der N 6454 und der N 6450 nach Menden – Fröndenberg im Bahnhof Neuenrade hintereinander Aufstellung bezogen (8. 8. 83).

ke Gronau – Enschede, vom darauf folgenden Winterabschnitt an auch die Strecke Leer – Groningen (zwei Eilzugpaare Bremen – Groningen). Die vom Bw Oldenburg gestellten Loks werden in den Niederlanden mit NS-Personal gefahren. Es ist schwer, sämtliche grenzüberschreitende Dienste mit V 100 zu erfassen. Es dürften noch einige Leistungen mehr gewesen sein. Zu schnell verliert die V 100 an Beachtung, wird sie einer ausführlichen Berichterstattung in den Bundesbahn-Organen nicht mehr für gewichtig genug befunden. Letztmalig im Bericht für das Fahrplanjahr 1969/70 findet sich eine kleine Notiz, die Eilzugpaare E 490/491 und 492/493 Bremen – Groningen und zurück betreffend. Während des Stillagers des E 491/492 in Groningen – so heißt es dort – befördere die V 100 ein Zugpaar Groningen – Winschoten.

Ansonsten aber wird es still um die V 100. Sie ist im Einsatz, verrichtet zuverlässig ihren Dienst, aber Spektakuläres gibt es nicht mehr zu vermelden. Nebenstrecken-Dienste sind sowieso kein Thema, das sich auf Anhieb lösen läßt. Dafür ist

das Problem zu vielschichtig, außerhalb des Einzugsbereichs solcher Nebenstrecken kann kaum jemand dafür motiviert werden. Derweil die Fahrpläne zusammengestrichen werden, durchgehende Nebenstrecken in ihrem Mittelstück amputiert werden, andererseits aber bereits ein Überhang an Großdiesellooks besteht, die ebenfalls beschäftigt sein wollen, behauptet sich die V 100 recht wacker, wenngleich die Dienstpläne immer ungleichgewichtiger werden. An manchen Plantagen sind die Loks nur noch in Spitzenzeiten eingesetzt, erbringen nur bescheidene Kilometerleistungen, drücken damit zugleich aber den betriebstäglichen Durchschnitt des gesamten Dienstplans.

Die V 100-Bws

Bei Durchsicht der im nachfolgenden Kapitel aufgeführten V 100-Bws könnte sich der Eindruck einstellen, diese Lok sei früher auf weitaus mehr

Zahlreiche Bws sind seit der Ankunft der V 100 aufgegeben worden, wie das Bw Altenkirchen, das zur Dampflokzeit Heimat für die Baureihe 82 war. Die 212 153, die die Güterzugdienste in Richtung Siershahn übernommen hat, kommt vom Bw Koblenz (14. 5. 82).

Unten: Bis auf den heutigen Tag erhalten hat sich das kleine V 100-Bw Freiburg, das die V 100 für die Nebenbahnen nach Elzach (Foto vom 24. 5. 67) und Breisach stellt.

Strecken im Einsatz gewesen als heute, identifiziert man doch unwillkürlich die Bw-Namen zunächst mit den in ihrem Umkreis liegenden Nebenstrecken. Doch dies ist nicht der Fall. Früher wie heute gibt es die V 100 flächendeckend über das gesamte Bundesgebiet verteilt. Nur der Weg zu ihren Einsatz-Bws ist vielfach länger geworden, eine Folge der Konzentration auf einige wenige *Groß-Bws*.

Lübeck, im Bereich der BD Hamburg, ist solch ein Stützpunkt, dessen Loks oft weit entfernt operieren, noch mehr aber Osnabrück (BD Hannover), Gießen (BD Frankfurt), Würzburg und Hof (BD Nürnberg). Das Bw Hof mit seinen mittlerweile mehr als 70 V 100 ist sowieso **der** Spitzenreiter, was die Reichweite der von dort aus eingesetzten Maschinen betrifft.

Und dann gibt es die *kleinen Bws*, früher wie heute, mit einem stabilen Fahrzeugbestand und überschaubaren zwei oder drei Strecken. Freiburg und Haltingen (BD Karlsruhe) wären hier zu nennen, oder das Bw Fulda (BD Frankfurt). Im weiten Umkreis sind nahezu alle Strecken elektrifiziert oder fest in der Hand der Großdieselloks der Baureihen 215ff. Nur einige „Inseln" sind der V 100 verblieben, und diese werden, genau wie vor zwanzig und mehr Jahren, treu und brav von der V 100 versorgt.

Bis Mitte der achtziger Jahre ist konzentriert worden, wurden kleinere Bws benachbarten Groß-Bws zugeschlagen. Diese Entwicklung ist mittlerweile so gut wie abgeschlossen. Die heute verbliebenen kleinen Bws dürften ihre Maschinen so lange behalten, wie Dieselloks auf den von ihnen bedienten Nebenstrecken verkehren. Einzig Fulda könnte letztlich dem Bw Gießen zugeschlagen werden. Nach der Einstellung des Schienen-Personenverkehrs zwischen Fulda und Hilders zum Winter 1986/87 dürfte diese Maßnahme nicht mehr aufzuhalten sein.

Gegenüberstellung der Fahrzeugbestände vom 31. 12. 1980 und vom 30. 6. 1986

	31. 12. 80		30. 6. 86	
	211	212	211	212
Aschaffenburg (Nür)	17	0	0	0
Augsburg (Mü)	12	13	14	11
Bielefeld (Esn)	12	0	0	0
Braunschweig (Han)	0	21	0	11
Darmstadt (Ffm)	0	16	0	44
Dieringhausen (Köl)	16	0	0	0
Düren (Köl)	4	8	0	0
Flensburg (Hmb)	0	0	0	17
Freiburg (Kar)	5	0	0	5
Fulda (Ffm)	9	0	7	0
Gießen (Ffm)	21	0	26	7
Göttingen (Han)	0	16	0	13
Hagen-Eck. (Esn)	0	32	0	38
Haltingen (Kar)	0	7	0	8
Hmb-Altona (Hmb)	0	19	0	0
Hanau (Ffm)	0	24	0	0
Hof (Nür)	29	0	71	0
Kaiserslautern (Sbr)	19	18	16	21
Karlsruhe (Kar)	0	24	7	32
Kassel (Ffm)	16	0	0	0
Kempten (Mü)	14	0	17	0
Koblenz (Köl)	0	23	0	21
Köln-Nippes (Köl)	16	0	6	19
Kornwestheim (Stg)	10	23	4	23
Krefeld (Köl)	14	0	9	0
Landau (Kar)	7	8	0	0
Lübeck (Hmb)	0	20	0	37
Mainz (Ffm)	0	8	0	0
Mühldorf (Mü)	26	0	25	6
Nördlingen (Mü)	0	6	0	0
Nürnberg (Nür)	23	13	0	0
Osnabrück (Han)	27	7	36	0
Plattling (Nür)	7	8	0	0
Saarbrücken (Sbr)	0	18	0	11
Schwandorf (Nür)	10	0	0	0
Siegen (Esn)	0	11	0	11
Trier (Sbr)	7	0	11	0
Tübingen (Stg)	43	0	36	0
Würzburg (Nür)	0	0	52	6
Wuppertal (Köl)	0	31	0	29
Summe	364	374	337	370

Hinzu kommen die sowohl 1980 als auch 1986 beim Bw Gießen beheimateten zehn Loks der Baureihe 213.

Der Einsatz der V 100 bei den einzelnen Bws

Vorbemerkung

Bei einer solch großen Zahl von Loks und Stützpunkten ist es nicht möglich, sämtliche zwischen der Erstzuteilung und dem gegenwärtigen Zeitpunkt vorgenommenen Fahrzeugbewegungen zu beschreiben. Ebenso kann unmöglich für jede Einsatzstrecke deren Bedienung durch die V 100 aufgezählt werden.

Statt dessen wurde versucht, ein „regionales Gleichgewicht" herzustellen. Einzelne Bws aller Direktionen wurden herausgegriffen, ausführlicher behandelt, während Nachbar-Bws demgegenüber kürzer dargestellt worden sind. Hinzu kommt, daß oftmals auch nach einem Bw-Wechsel die alten Strecken weiterbedient worden sind. Von daher ist es müßig, eben diese Strecken in zwei verschiedenen Kapiteln, beim jeweiligen Bw aufzulisten.

Die Bws sind im Laufe der letzten bald dreißig Jahre unterschiedlich bezeichnet worden, wie ja auch die V 100 selber längst zur 211/212 geworden ist. Da es sich hier nicht um Fahrzeug-Statistik handelt, sondern um einen – hoffentlich – lesbaren Text, der eine Gesamt-Situation verdeutlichen helfen soll, wurde auf überflüssigen Formalismus verzichtet.

Im Bahnhof Süderbrarup wird am 27. 8. 86 emsig gebaut. Die Husumer Klv 53 muß für einen Moment das Streckengleis räumen, um die Durchfahrt des N 5255 nach Kiel zu gestatten. Zuglok ist die 212 059 vom Bw Flensburg.

BD Hamburg

Bw Flensburg

Der Einsatz von V 100 beginnt in Flensburg mit der Überstellung von sechs V 100[10] aus Hamburg-Harburg in den Monaten Oktober 1962 bis Februar 1963. Bis Mitte der sechziger Jahre sind in Flensburg durchweg zehn dieser Loks versammelt. Auch ein 1969 einsetzender Tausch (Zugang von V 100 aus Hamburg-Altona, Abgabe der zuerst gekommenen Loks) ändert an der Gesamtzahl vergleichsweise wenig. Ende Mai 1974 findet der V 100-Einsatz in Flensburg fürs erste seinen Abschluß. Die letzten sieben Maschinen gehen nach Kornwestheim (drei) und Hamburg-Altona. Letzter Betriebstag ist der 25. 5. 74. Bis zu diesem Zeitpunkt waren insgesamt 23 V 100[10] für kürzer oder länger in Flensburg stationiert gewesen.

Sieht man einmal vom kurzzeitigen Einsatz zweier V 100[20] Ende der sechziger Jahre ab, so beginnt die Verwendung dieser Baureihe in Flensburg erst mit Inkrafttreten des Sommerfahrplans 1983. Zunächst sind es sieben Loks, die von Lübeck überstellt werden; weitere Loks folgen im Winter 1983/84 und im Sommer 1984 (sämtlich von Lübeck), und im Sommer des folgenden Jahres stoßen vier Ex-Darmstädter 212er hinzu. Ab Sommer 1985 stehen damit insgesamt 14 Loks

Links oben: Hochbetrieb auf Nebenbahnen gibt es heute nur noch in Spitzenzeiten. Kurz vor sieben Uhr sind der fünfteilige Schienenbus aus Richtung Neumünster, der dreiteilige Schienenbus in der Gegenrichtung und die mit V 100 bespannte Wendezuggarnitur (Zuglok 212 029 vom Bw Flensburg) nach Büsum in Heide versammelt (3. 7. 85).

Links unten: Zur Vermeidung überflüssiger Fahrten kommen heute mitunter kuriose Zugbildungen vor, wie die des N 5187, der am 5. 7. 85 aus einer Wendezuggarnitur mit 212 031 (Bw Flensburg) und nachlaufendem zweiteiligen VT 98 (Bw Husum) gebildet wird (Büsum – Osterhof).

dieser Baureihe in Flensburg zur Verfügung, ab Sommer 1986 sogar 17.

Hauptgrund für die neuerliche Zuteilung von 212ern ist die Tatsache, daß die vom Bw Husum abgegebenen Akkutriebwagen durch andere Triebfahrzeuge ersetzt werden mußten. Von daher ist es nicht weiter verwunderlich, daß die Flensburger Dieselloks fortan auf den Strecken zum Einsatz gelangten, wo vorher 515er verkehrten. Allein drei 212er werden benötigt, um den Reisezugverkehr auf den beiden von der Marschbahn nach Westen abgehenden Nebenstrecken Heide – Büsum und Husum – St. Peter-Ording abzuwickeln. Auch die von Husum ausgehende Strecke Richtung Jübek wird seit ihrer Zusammenlegung mit der Strecke Rendsburg – Kiel (zur neuen KBS 132 Husum – Kiel) mit Flensburger 212ern bedient, ebenso stellt dieses Bw die Zugloks für die Wendezüge Neumünster – Kiel. Etwas detaillierter sei die Situation vom *Winter 1984/85* wiedergegeben. Damals standen plantäglich neun 212er mit durchschnittlich 338 km im Einsatz, und zwar sämtliche Züge auf den Strecken 123 (Büsum), 124 (St. Peter-Ording) und 132 (Husum – Rendsburg – Kiel), zwei Nahverkehrsleistungen auf der KBS 131 zwischen Neumünster und Flensburg (N 4629 + 4642), eine Nahverkehrsleistung auf der KBS 145 Flensburg – Kiel (N 5250 + Güterzugpaar Flensburg – Süderbrarup) und die Nahverkehrszüge 5008–5011 auf der Hauptbahn 130 zwischen Neumünster und Kiel.

Bw Lübeck

V 100[10] gab es in Lübeck nur im Sommer 1966, als drei Maschinen von Hamburg-Altona vorübergehend nach Lübeck umstationiert wurden.

Hingegen ist die Liste der in Lübeck eingesetzten V 100[20] beachtlich. Bis zum Sommer 1986 sind es bereits knapp 60 Loks. Der Aufbau eines Bestandes an V 100[20] beginnt im April 1963. Allein bis März 1964 gibt es 25 Werkslieferungen mit Bestimmungsort Lübeck. Im Laufe der Jahre kommt es zu zahlreichen Fahrzeugbewegungen innerhalb der V 100-Bws der BD Hamburg. Zwischen

1965 und 1969 stoßen drei Loks von Hamburg-Harburg hinzu, und allein zum Beginn des Sommerfahrplans 1969 gibt Hamburg-Altona acht Maschinen nach Lübeck ab. Als dann Ende Dezember 1982 die Unterhaltung von 212ern beim Bw Hamburg-Altona gänzlich aufgegeben wird, geht der komplette Bestand, immerhin 19 Maschinen, an Lübeck. Das Anwachsen des Lübecker Bestandes vor allem auf Kosten des Bw Hamburg-Altona verdeutlichen nachstehende Zahlen: JE (Jahresende) 1980 = 20, JE 1982 = 39, Mitte 1984 = 33, Mitte 1985 = 37, Mitte 1986 = 37 Loks.

Lübecks V 100 besitzen nach wie vor ein großes Aktionsfeld. Während das Bw Flensburg den gesamten Norden Schleswig-Holsteins bedient, reicht Lübecks Einsatzgebiet daran nach Süden anschließend bis weit nach Niedersachsen hinein. Die große Zeit der V 100 ist allerdings auch hier vorbei. V 100-Doppeltraktionen als Ersatz für Lübecker 221er im Güterverkehr Büchen – Hamburg – Rothenburgsort (*Winter 1970/71*) gibt es nicht mehr. Auch gemeinsame Umlaufpläne mit Lübekker 220ern (z. B. *Sommer 1975*) sind längst Geschichte. Auffällig ist an den Lübecker 212ern der hohe Anteil von Loks mit Zugbahnfunk bzw. Wendezugeinrichtungen. Fünf dieser Loks mit Zugbahnfunk, die 212 142–144, 277 und 311 wechselten ab Sommer 1975 für einige Zeit zum Bw Hamburg-Altona über, um von dort aus Dienst auf der Vogelfluglinie zu tun. Wendezugfähig waren im *Winter 1978/79* insgesamt 17 Maschinen (027–029, 031+032, 043, 052+053, 245+246, 250+251, 259+260, 268+269), während damals lediglich drei Loks (128+129, 141) ohne Wendezugsteuerung verkehrten.

Seit 1968 obliegt den Lübecker 212ern ein Großteil des Personenzugverkehrs auf der KBS 145 zwischen Kiel und Lüneburg, und zwar sowohl Nahverkehrs- als auch Eilzugdienste. Hieran hat sich auch im *Winter 1978/79* noch nichts Wesentliches geändert. Entlang dieser Strecke gibt es eine Reihe anstoßender Strecken, die ebenfalls von Lübecker 212ern bedient werden. Auf der Hauptbahn Hamburg – Lübeck – Puttgarden (KBS 140) sind immerhin der E 3008 Lübeck – Bad Oldesloe, Nahverkehrs- und Eilzugdienste Lübeck – Neustadt/H und ein Eilzugpaar Lübeck – Oldenburg/H verblieben. Hinzu kommen Nahverkehrszüge auf der KBS 141 (Lübeck – Travemünde), 192 (Aumühle – Büchen), alle lokbespannten Reisezüge zwischen Lüneburg und Dannenberg (KBS 152) und zwischen Lüneburg und Buchholz (KBS 161). Vielfältig sind die Nahgüterzugdienste auch außerhalb dieser Strecken. Genannt seien die Fahrten zwischen Lübeck und Mölln (KBS 145) und davon abzweigend von Ratzeburg bis Hollenbek, zwischen Lübeck und Ascheberg (KBS 145) und davon abzweigend auf Malente-Gremsmühlen – Lütjenburg (KBS 147). Hervorgehoben werden muß auch der Einsatz zwischen Kiel (Rbf Meimersdorf) und Süderbrarup.

Im Sommer 1979 haben die Lübecker 218 längst die Dienste der 220 übernommen. Wegen Lokmangels gelangen vorübergehend wieder 212er in 218er Pläne. 212er Doppeltraktion oder Kombinationen aus 212 + 218 werden ein gewohntes Bild vor schweren Güterzügen, teils sogar vor TEEM-Zügen. Genannt werden der TEEM 41711 Puttgarden – Hmb-Hgbf, der TEEM 41513 Hmb-Eidelstedt – Neumünster/Lübeck – Puttgarden und die Dg 62541 und 61012 Puttgarden – Hmb-Hgbf – Puttgarden.

Die für Winter 1978/79 genannten Strecken bleiben zum Großteil auch im *Winter 1984/85* der 212 vorbehalten. Statt der durch Betriebsumstellung der KBS 161 überflüssig gewordenen Leistungen gibt es nun Lübecker 212 auf der in Bad Segeberg endenden KBS 142 aus Richtung Bad Oldesloe. Die von Hmb-Altona nach Lübeck abgegebenen 212er bedienen nunmehr den S-Bahn-Verkehr zwischen Pinneberg und Elmshorn (KBS 190) mit einzelnen Nahverkehrsleistungen von Hmb-Altona bis Elmshorn bzw. sogar bis Itzehoe. Insgesamt bestehen im Winter 1984/85 fünf Umlaufpläne: Zwölf Loks im Hauptplan bringen es auf durchschnittlich 332 km/Betriebstag (BT). In zwei weiteren Laufplänen (drei bzw. eine 212)

Das Bw Lübeck stellt lange schon die Bespannung für die Eil- und Nahverkehrszüge auf der Nord–Süd verlaufenden Strecke Lüneburg – Lübeck – Eutin – Kiel – Flensburg. Im Juli 1969 läuft 212 246 vom Bw Lübeck in den Bahnhof Preetz ein.

wird der Raum Lüneburg – Dannenberg – Lüchow abgedeckt (durchschnittlich 263 bzw. 214 km/BT). Ein Laufplan mit sieben Maschinen (durchschnittlich 188 km/BT) enthält vor allem Übergabefahrten im Großraum Hamburg. Und ein vier Loks umfassender Plan schließlich enthält die S-Bahn-Dienste zwischen Pinneberg und Elmshorn samt den genannten Spitzen Richtung Hmb-Altona und Itzehoe (durchschnittlich 442 km/BT).

Bw Hamburg-Harburg

Die Lokeinsätze der Bws Hmb-Harburg und Hmb-Altona müssen im Zusammenhang gesehen werden, da zwischen beiden Bws ein reges Hin und Her festzustellen ist, wie andererseits auch Einsatzstrecken von einem an das andere Bw abgegeben worden sind. Leider sind die Aufzeichnungen über den Aktionsradius beider Bws aus den sechziger Jahren recht lückenhaft. Die V 100 war damals etwas allzu Gewöhnliches, so daß oftmals nur anhand von Fotos Strecken „festgemacht" werden können.

V 100[10] gibt es in Harburg von April 1962 bis September 1967, als die letzten Loks nach Hmb-Altona abgegeben werden. V 100[20] dienen in Harburg von Februar 1965 bis September 1968. Zu diesem Zeitpunkt erfolgt ebenfalls eine Um-

beheimatung nach Hmb-Altona. Hmb-Altona seinerseits verfügt seit Sommer 1966 (Zugänge aus Harburg) über V 100^{10}, bis zur Aufgabe dieser Baureihe Ende Mai 1975. V 100^{20} sind in Hmb-Altona von Dezember 1963 bis Mai 1966 zu Hause (dann Abgabe nach Hmb-Harburg), dann wieder (Zugang des Harburger Bestandes) ab September 1968 bis Ende Dezember 1982.

Hieraus ist ersichtlich, daß es wenigstens eine

Links oben: Erst kurz ist am 21. 10. 62 die V 100 1055 beim Bw Hamburg-Harburg. Sie befördert Personenzüge zwischen Hamburg und Rotenburg/Han. Hier wird gerade umgesetzt.

Unten: Die zum größten Teil schnurgerade trassierte Nebenbahn von Bremervörde nach Buchholz/Han wird 1966 noch von langen Güterzügen befahren, vor denen sich die Harburger V 100 1083 prächtig bewährt. Auf dem Bild vom 30. 4. 66 nähert sich der Zug dem Bahnhof Harsefeld.

Zeitlang das Nebeneinander der V 100 aus Harburg und Altona gegeben hat.

Die insgesamt 22 V 100[10], die Harburg jemals im Bestand gehabt hat, stammen sämtlich aus Werkslieferungen (April bis November 1962). Zu diesem Zeitpunkt regiert im Nahverkehr rund um Hamburg noch die 78er. Schon im *Winter 1962/63* versieht die V 100 statt ihrer Personenzugleistungen zwischen Hamburg und Rotenburg/Han auf der Hauptstrecke Richtung Bremen. Nach und nach bröckelt der Harburger Bestand ab, etwa in dem Maße, wie wendezugfähige V 100[20] dorthin zugeteilt werden. Zwölf Werkslieferungen sind es allein zwischen Februar 1965 und April 1966, und parallel dazu werden zehn Maschinen von Hamburg-Altona nach Harburg umgesetzt. Altona seinerseits bekommt bis September 1967 einen Großteil der Harburger V 100[10]. Letzter Betriebstag in Harburg ist der 23. September.

Der Maximalbestand von 22 V 100[20] in Harburg – insgesamt verzeichnet die Lokliste 26 Harburger Loks der stärkeren Version – hält sich nur zwei Jahre. Zu Ende Sommer 1968 wird er mit einem Schlag auf Null reduziert: 16 Loks gehen nach Hmb-Altona, vier nach Lübeck und je eine nach Flensburg und Wuppertal-Steinbeck.

Am Einsatzgebiet ändert sich freilich wenig. Es waren dieselben Loks, die von Hmb-Altona und von Hmb-Harburg aus den Anschluß an die elektrische S-Bahn herstellten.

Bw Hamburg-Altona

Kurzzeitig weilt die Bielefelder V 100 1009 im Frühjahr 1962 in Hmb-Altona. Davon abgesehen

Fahrzeugparade im Bahnhof Elmshorn am 8. 5. 66: V 100 2698 vom Bw Hamburg-Harburg hat soeben einen S-Bahn-Anschlußzug aus Richtung Pinneberg herangebracht, V 200 046 vermittelt den Anschluß in Richtung Westerland und der MAN-Schienenbus 3.06 der Elmshorn-Barmstedt-Oldesloer Eisenbahn, damals noch auf den Zielbahnhof Bad Oldesloe ausgeschildert, wartet auf Übergangsreisende.

beginnt die V 100-Ära dort erst im Dezember 1963. Von insgesamt mehr als 30 V 100^{20} kommen nur vier ab Werk nach Hmb-Altona. Der Maximalbestand von zwölf Maschinen wechselt Mitte Mai 1966 nach Harburg über. Zum gleichen Zeitpunkt übernimmt Hmb-Altona elf V 100^{10} von Harburg und setzt diese statt ihrer V 100^{20} ein. Durchweg zehn bis zwölf V 100^{10} bleiben bis Anfang der siebziger Jahre in Altona im Einsatz. Am letzten Betriebstag, dem 31. 5. 75, sind es immerhin noch acht Maschinen, von denen je drei nach Düren und München-Ost und je eine nach Krefeld und Kornwestheim umbeheimatet werden. In Hmb-Altona stationiert waren im Laufe der Jahre insgesamt 26 V 100^{10}.

Parallel zu seinem Bestand an 211ern bekommt Hmb-Altona ab Winter 1968/69 auch wieder einen Stamm von 16 212ern, erhält also die Loks aus Harburg zurück, die es im Tausch gegen die V 100^{10} im Jahre 1966 dorthin abgegeben hatte. An der Gesamtzahl ändert sich bis zur Aufgabe der Unterhaltung der Baureihe 212 im Jahre 1982 nicht viel. Am letzten Betriebstag, dem 30. 12. 82, sind es immerhin noch 19 Maschinen, die vom folgenden Tag an sämtlich beim Bw Lübeck geführt werden.

Am aktivsten sind die Altonaer V 100 in den letzten Jahren im Hamburger Stadtgebiet und auf der S-Bahn-Verlängerung Richtung Elmshorn. Auf die von wechselnden Bws, z. T. aber mit denselben Loks durchgeführten Wendezugdienste zwischen Pinneberg und Elmshorn einschließlich einiger Fahrten bis/ab Altona bzw. Itzehoe ist bereits hingewiesen worden. 501 km/BT sind es im Durchschnitt für drei 212er im *Sommer 1970*. Im *Winter 1981/82* hat sich hieran nicht viel geändert. Nach wie vor drei 212er bringen es nun auf betriebstäglich 473 km.

Eine Gruppe von acht 211ern wird *ab Winter 1969/70* statt der 265 für den Transport der Leerreisezüge zwischen Hmb-Altona und Hmb-Langenfelde verwendet. *Im Winter 1970/71* ist deren Zahl auf sechs gesunken, *bis Winter 1981/82* (Baureihe 212) aber auf zehn gestiegen. Allerdings sind die betriebstäglichen Leistungen dabei alles andere als respektabel: 134 km/BT! Und darin enthalten sind noch vier Nahverkehrsleistungen mit Umbauwagen auf Hmb-Altona – Itzehoe. 212er kann man auch auf elektrifizierten S-Bahn-Strecken im Güterzugdienst erleben (bis Winter 1978/79 Ng 67401/7 Richtung Wedel), im Expreßgutverkehr zwischen Hmb-Altona und Hmb-Hbf und im Raum Hmb-Barmbek.

BD Hannover

Bw Hannover

V 100^{10} waren in Hannover niemals für längere Zeit Stammloks. Von Winter 1967/68 bis Ende Sommer 1968 weilten zwei Bielefelder Loks in Hannover, und im Winter 1968/69 dienten für einige Zeit zwei Braunschweiger V 100^{10} in Hannover, ehe sie nach Bielefeld weitergereicht wurden.

Demgegenüber ist die Liste der in Hannover beheimateten V 100^{20} mit insgesamt 32 Loks recht lang. Sieht man einmal von den sechs Werkslieferungen von Juli/August 1965 (zwei V 100) bzw. Dezember 1965/April 1966 ab, so kamen sämtliche Hannoveraner V 100 aus dem eigenen Direktionsbezirk und gingen später auch fast ausschließlich an Bws der BD Hannover zurück.

Mit Beginn des Sommerfahrplans 1965 wird beim Bw Hannover der Planeinsatz mit V 100^{20} aufgenommen. Insgesamt sechs Maschinen der Bws Uelzen und Delmenhorst machen den Anfang. In diesem Zusammenhang sei auch das Stichwort „V 100 beim Bw Uelzen" abgehandelt. Uelzen war eigentlich kein richtiges V 100-Bw, von dem aus über einen längeren Zeitraum hinweg Maschinen dieses Typs eingesetzt wurden. Vielmehr gab das Bw Delmenhorst ab 20. Februar seine V 100 2002 und ab 2. März 1965 auch seine V 100 2003 nach dorthin ab, und beide Loks wechselten von Uelzen schon nach sechs Wochen (V 100 2002 zum 1. April und V 100 2003 zum 14. April 1965) zum Bw Hannover über.

Der Messebahnhof in Hannover ist am 4. 5. 67 noch ohne Fahrdraht, Gelegenheit für die V 100 2271 vom Bw Hannover, Messe-Sonderzüge zu befördern.

Schrittweise vergrößert die BD Hannover den Hannoveraner Bestand auf zehn bis zwölf Maschinen, schließlich sogar auf den Maximal- und zugleich auch Endbestand von zwanzig 212ern. Letzter Betriebstag ist der 2. November 1975. Vom folgenden Tag an tun die Loks beim Bw Braunschweig 1 Dienst.
Der Einsatzbereich ändert sich damit nur unwesentlich. Einige Dienste, wie die Bespannung eines Teils der Messe-Sonderzüge zum Gelände der Hannover-Messe, waren allemal in der Zwischenzeit an Elloks übergegangen.

Bw Braunschweig (1)

V 100^{10} sind auch in Braunschweig in der Minderzahl gewesen. Insgesamt 15 Maschinen verzeichnet die Liste, fünf von Bielefeld und zehn Werkslieferungen. Von Juli bis Dezember 1962 werden Braunschweig insgesamt zwölf (fast) fabrikneue V 100 zugewiesen. Diese Größenordnung von etwa zwölf Loks bleibt bis zur Aufgabe der Unterhaltung von V 100^{10} in etwa erhalten. Nur ganz zu Ende der 211er-Zeit – mit Ablauf des Winterfahrplans 1968/69 – ist deren Zahl auf acht zusammengeschmolzen, die dann zu gleichen Teilen an die Bws Bielefeld und Bremerhaven abgegeben werden.

V 100^{20} sind auch heute noch in Braunschweig beheimatet. Knapp 40 waren es bisher insgesamt, von denen elf (Stichtag 30. 6. 86) erhalten geblieben sind. Braunschweiger V 100 waren bzw. sind z. T. noch die 2002–2012, doch trafen diese elf Maschinen nicht mit einem Mal in Braunschweig ein, sondern deren Zuteilung zog sich von 1975 bis 1984 hin. Abgebende Bws waren, mit einer Ausnahme, solche aus dem eigenen Direktionsbezirk, allen voran Hannover selber, aber auch Osnabrück, Oldenburg und Göttingen.
Letztgenanntes Bw macht im April/Mai 1965 mit drei Loks den Anfang. Zunächst hat es den Anschein, als ob der V 100^{20} in Braunschweig keine lange Zukunft beschieden wäre. Bis Ende September 1967 nämlich sind alle drei Loks wieder von Braunschweig abkommandiert, gibt es – bis längstens Anfang Juni 1969 – nur die 211er dort. Erst mit der Verlegung des Hannoveraner Bestandes nach Braunschweig, vom 3. 11. 75 an, ist

Ein Bild, das in Muße betrachtet sein will. In der Werkstatt des Bw Braunschweig haben sich am 4. 1. 69 Raritäten versammelt. Neben der V 60 und einer V 100 haben sich auch die 270 007 und 008 (letztere die einzige „Flachdach-V 20") eingefunden.

Braunschweig erneut Heimat für immerhin zwanzig V 100. Nach zahlreichen Umstationierungen, vor allem Richtung Göttingen und Darmstadt, bleiben schließlich die bereits erwähnten zehn Maschinen übrig.
Ab *Sommer 1976* kann man die Braunschweiger 212er – vielfach in Doppeltraktion – vor Güterzügen im Harz, im Weserbergland und im Harzvorland beobachten.

Die Konzentration schwerer Streckendiesellok der Baureihe 218 in Braunschweig engt das Betätigungsfeld der V 100 ein. Schwere Züge in Doppeltraktion brauchen sie nicht mehr zu befördern, und so gibt Braunschweig zum Sommer 1982 auch seine letzten sechs für Vielfachsteuerung eingerichteten Loks (252+253, 270, 279+280, 287) an das Bw Göttingen ab und erhält im Gegenzug die 212 003–008 ohne Vielfachsteuerung.

Bw Göttingen (1)
Die V 100[10] hat in Göttingen nur eine Gastrolle. Drei Maschinen sind es, die vom Sommer 1965 bis längstens Winter 1965/66 in Göttingen Dienst tun, und eine Ex-Bremerhavener 211 hilft im Jahre 1975 für einige Wochen in Göttingen aus.

Ansonsten oblag die Hauptarbeit stets der V 100[20]. Knapp 40 sind es bisher gewesen, elf davon ab Werk. Ab Mai 1965 wird in Göttingen allmählich ein Bestand von schließlich (Winter 1965/66) elf Maschinen aufgebaut. Dieses runde Dutzend Loks ist bis heute ein in Göttingen üblicher Bestand geblieben, wobei – wie schon bei den vorgenannten Bws – ein reger Austausch mit den anderen Bws des Direktionsbezirkes stattfand und – z.T. – noch heute stattfindet. Per 30. 6. 86 sind in Göttingen 1 dreizehn Loks beheimatet.

In den letzten Jahren hat sich das Schwergewicht der Göttinger Leistungen auf den Güterverkehr verlagert. Nur wenige Reisezüge werden mit V 100 befördert. Zum Beispiel *Winter 1982/83:* Da besteht ein neuntägiger Umlauf mit betriebstäglich 301 km. Personenzugleistungen verzeichnet der Plan nur eine, N 7652 Paderborn – Bielefeld. Im Güterverkehr werden vor allem die Strecken 245 (Walkenried – Herzberg – Northeim – Bodenfelde – Ottbergen), 246 (Göttingen – Bodenfelde) und 255 (Kreiensen – Altenbeken) bedient, Spitzen reichen bis Löhne (von dort einzelne Fahrten Richtung Lage/Lippe – Horn-Bad Meinberg – KBS 205 –), auf die nur noch im Güterverkehr bedienten Strecken Wulften – Duderstadt und Göttingen – Eichenberg – Groß Almerode. Planmäßig sind Doppeltraktionen vor Durchgangsgüterzügen in der Relation Herzberg – Altenbeken.

Bw Bremerhaven
Bremerhaven war stets ein recht kleiner Stützpunkt für die V 100. Diesellok-Langläufe gab es hier kaum, vielmehr wurden mit Bremerhavener V 100 die lokbespannten Züge auf den von dort ausgehenden Nebenbahnen befördert, ebenso die schweren Züge zum Columbusbahnhof.
Ab April 1967 laufen drei Ex-Delmenhorster Loks in Bremerhaven, zum Winter 1968/69 kommen vier Loks von Hamburg-Altona hinzu, zum

Rechts: Harter Winterbetrieb für die 212 063 im Bahnhof Warburg. Am 16. 2. 69 ist die Lok noch beim Bw Bielefeld zu Hause. Ab Sommer dann läuft sie – wie alle Ex-Bielefelder 212 – beim Bw Göttingen, zunächst in den alten Plänen (Foto: R. Todt).

Die Bremerhavener 211 093 hat im März 1973 einen langen Eilzug zum Columbusbahnhof befördert. Für die Rücktour nach Bremerhaven Hbf haben sich noch nicht viele Reisende eingefunden.

Sommer 1969 dann drei V 100^{10} von Braunschweig und eine Lok von Delmenhorst. Fahrzeugbewegungen gibt es kaum; um die zehn Loks sind durchweg in Bremerhaven zu Hause, insgesamt – zwischen 1967 und 1978 – 14 verschiedene Maschinen. Am letzten Betriebstag, dem 27. 5. 78, sind es neun 211er, die sämtlich nach Osnabrück abgegeben werden.

Insgesamt weist die Statistik sechs Fahrzeuge der Reihe 212 in Bremerhaven nach. Einige bleiben nur wenige Wochen, meistens um 1968/70 herum. Nur die 212 008 dient von September 1969 bis Ende Oktober 1974 in Bremerhaven.

Bw Delmenhorst

Delmenhorst ist ein altes Diesel-Bw, und so ist es nicht verwunderlich, daß hier ab Anfang 1962 auch V 100 Dienst tun. V 100^{10} bleiben die große Ausnahme. Insgesamt handelt es sich um fünf Loks, maximal drei von Juni 1962 bis Mai 1963, maximal zwei von November 1965 bis März 1967. V 100^{20} hingegen gab es mehrere, insgesamt 22 verschiedene Fahrzeuge. Da sind zunächst die V 100 2002–2009 zu nennen, die ersten Serien-V 100^{20} also, die zwischen Januar und Mai 1962 in Delmenhorst eintreffen. Nach diesen acht gibt es 1965 nochmals neun Loks ab Werk, verteilt über die Monate Februar bis Oktober. Durch die fast gleichzeitige Abgabe etlicher „älterer" Delmenhorster Loks pendelt sich der Bestand bei zehn, zwölf Loks ein. Der Rückzug gestaltet sich in mehreren Etappen: Ende September 1968 Abgabe von vier Loks nach Oldenburg Hbf und von zwei nach Bremerhaven (die schwerere 216 hatte die 212 von der Strecke Bremen – Nordenham verdrängt), Mitte Februar Umbeheimatung einer Lok nach Bremerhaven, und Ende Mai 1969 Abgabe der verbleibenden zwei 212er an das Bw Hannover. Faktisch endete der Einsatz der 212 vom Bw Delmenhorst also schon zu Ablauf des Sommerfahrplans 1968, denn mit den über diesen Zeitpunkt hinaus verbliebenen drei Loks ließ sich wohl kaum ein brauchbarer Dienstplan füllen. Letzter Betriebstag also: 31. 5. 69.

Bw Rahden
Man reibt sich verwundert die Augen – Rahden, dem einen oder anderen noch in Erinnerung als Heimat für die Dampflok-Baureihe 24, ein V 100-Bw? Bilddokumente, zumindest mit erkennbarer Aufschrift „Bw Rahden", wird es hiervon wohl kaum geben. Dafür war der Einsatzzeitraum einfach zu kurz. Zwischen September und Dezember 1963 wechseln fünf V 100[10] vom Bw Münster nach Rahden (Strecke Bünde – Bassum) über. Stationiert bleiben die Loks dort bis zum 31. 5. 64, also gerade für den Winterabschnitt 1963/64. Dann werden die Rahdener Loks dem Bw Osnabrück Rbf zugeteilt. An der Einsatzstrecke wird sich dabei wohl kaum etwas geändert haben.

Bw Oldenburg (Hbf)
Insgesamt sechs V 100[10] der Bws Fulda, Münster und Braunschweig waren vom Sommer 1962 bis längstens Dezember 1963 in Oldenburg beheimatet und gingen danach wieder an ihre ursprünglichen Bws zurück.
14 der insgesamt 34 V 100[20], die zwischen 1962 und 1977 in Oldenburg zu Hause waren, stammen aus Werkslieferungen. Acht dieser Werkslieferungen fallen in den Zeitraum April bis August 1962. Bis Ende der sechziger Jahre pendelt sich in Oldenburg ein Bestand von ca. 15 V 100[20] ein. Maximal sind es kurzzeitig 23 Loks, die in Oldenburg Dienst tun. Mitte der siebziger Jahre dann reduziert sich der Oldenburger Bestand. Aufnehmende Bws sind vor allem Hannover, Braunschweig und Osnabrück. Die 17 im Winter 1976/77 noch vorhandenen 212er gehen in drei Losen ab. Der 22. 5. 77 ist der letzte Tag für elf Maschinen, die nach Osnabrück abgegeben werden. Eine zwölfte Lok geht Ende Juni nach Braunschweig, und die verbleibenden fünf 212er werden bis zum 24. 9. 77 in Oldenburg geführt, vom folgenden Tag an dann beim Bw Osnabrück. Oldenburgs Leistungen mit V 100 deckten damals fast den gesamten Nordwesten Niedersachsens ab, wobei auf der Hauptbahn 217 Oldenburg – Leer allerdings viele Züge von 216 befördert wurden, der 212 also in erster Linie die Nahverkehrszüge und die kurzen Eilzüge Richtung Groningen übrigblieben. Hieran hat sich auch nach der Umbeheimatung der 212 nach Osnabrück wenig geändert.

Bw Osnabrück (Rbf, 1)
Das Bw Osnabrück ist gegenwärtig **das** Bw der BD Hannover für die Baureihe 211. Per 30. 6. 86 sind in Osnabrück immerhin 36 Loks der Baureihe 211 versammelt. Gemessen an anderen Groß-Bws ist das zwar nur Durchschnitt, kommt auch keinesfalls an den Spitzenwert von Hof heran, aber es verdient dennoch Beachtung. Der Aktionsradius der Osnabrücker 211 ist nämlich nach wie vor sehr groß, was allein schon dadurch leicht einsichtig wird, wenn man die Bws aufzählt, die ihre Bestände ganz oder zu großen Teilen nach Osnabrück abgegeben haben: Bremerhaven, Delmenhorst (Umweg über Bremerhaven und Oldenburg), Rahden, Oldenburg, und aus dem Bereich der heutigen BD Essen die Bws Münster (z. T.) und Bielefeld.
So ist denn auch das Anwachsen des Bestandes an V 100 zu großen Teilen eine Entwicklung, die sich erst in den siebziger Jahren vollzogen hat, als die vorerwähnten Bws ihre eigenen Bestände aufgaben.
Das Diesel-Bw Osnabrück der sechziger Jahre ist ein kleiner Stützpunkt, zumindest was den Bestand an V 100 angeht. V 100[10] tauchen erstmals zum Sommerfahrplan 1964 in Osnabrück auf, nämlich die bereits erwähnten fünf Ex-Rahdener

Maschinen (ab 1. 6. 64). Nur ein halbes Jahr früher, in den Monaten Januar und Februar 1964, hatte Osnabrück seine ersten V 100 überhaupt bekommen, drei Werkslieferungen von V 100^{20}. Selbst nach der Zuteilung weiterer zwei V 100^{20} erreicht die Gesamtzahl der in Osnabrück stationierten V 100 beider Bauarten keine zweistelligen Werte. Vielmehr verschwinden die stärkeren 212er vollständig bis Ende Sommer 1970 (letzter Tag: 31. 8. 70) in Richtung Oldenburg und Münster.

Münster seinerseits gibt immer wieder V 100^{10} an Osnabrück ab, doch zu einem massiven Anwachsen des Bestandes kommt es erst Mitte der siebziger Jahre. Dann allerdings geht es Schlag auf Schlag, wie die stichwortartige Aufzählung belegt:
- per 1. 6. 76 kommen die letzten fünf Vorserien-211er von Münster (= Ende der Unterhaltung von 211 in Münster);
- zwischen September 1977 und Mai 1978 Zugang der letzten zwölf 211er von Bremerhaven;
- per 27. 9. 81 stoßen zwölf 211er von Bielefeld hinzu, auch dort identisch mit dem gesamten Restbestand;
- im Mai und September 1977 Übernahme fast des kompletten Bestandes an 212ern des Bw Oldenburg (insgesamt 16 Maschinen).

Es ist müßig, die Zu- und Abgänge im Detail aufzuzählen. Erwähnt werden sollte nur die Tatsache, daß bis Mitte 1986 63 verschiedene V 100^{10} und 24 V 100^{20} in Osnabrück beheimatet gewesen sind, darunter die komplette Reihe der V 100 1001–1020 (ohne 1006 = 2001).

212 167 vom Bw Osnabrück vor N 7823 am letzten Betriebstag der durchgehenden KBS 202 zwischen Kloster Oesede und Wellendorf (1. 6. 84, Foto: J. Iken).

Während das Bw Osnabrück früher durchweg mit anderen norddeutschen Bws „tauschte", beteiligen sich seit einigen Jahren auch zunehmend süddeutsche Bws an diesem Hin und Her: Kornwestheim, Kaiserslautern, Landau oder Würzburg.

Weiter entfernt liegende Bws, nämlich Lübeck (4) und Kaiserslautern (3) sind es dann auch, die mit Auslaufen des Winterfahrplans den gesamten Osnabrücker Restbestand von sieben 212ern übernehmen. Im Tausch dafür gelangen sechs 211er aus Köln und eine aus Trier nach Osnabrück, so daß die Gesamtzahl von 36 Loks wieder erreicht ist.

Das Einsatzgebiet der Osnabrücker 211 reicht bis an die Nordseeküste und an den Harzrand. Solange noch 212er zum Bestand gehörten, hat das Bw stets versucht, diese in einem gesonderten Umlaufplan – möglichst geschlossen – unterzubringen.

In den achtziger Jahren (Beispiele vom *Sommer 1983 bis Winter 1984/85*) existieren für die 212er des Bw Osnabrück durchweg ein bis zwei Umlaufpläne mit deutlicher geographischer Trennung der Einsatzgebiete. Das Schwergewicht liegt auf dem Bereich Oldenburg/Wilhelmshaven, wo die Loks neben der KBS 218 Wilhelmshaven – Esens auch die täglich wechselnden Personenzugdienste auf der KBS 10007 Sande – Jever – Harle („Tidelok") bestreiten. Darüber hinaus existieren Güterzugleistungen im Raum Oldenburg. Eine weitere 212 fungiert vormittags als Pendellok zum Osnabrücker Kanalhafen und befördert anschließend ein Güterzugpaar nach Dissen-Bad Rothenfelde,

Lange Zeit hindurch obliegt dem Bw Osnabrück die Bespannung der in den Schiffahrplänen veröffentlichten Tidezüge zwischen Jever und Hark (W. Reimann, Juli 1982).

Die Vorserien-V 100 beenden ihre Karriere beim Bw Osnabrück. Welche Umbauten an den Loks vorgenommen worden sind, verdeutlichen die Bilder oben – Lippstadt, 4. 3. 63 – und...

... unten – Münster, August 1973 –: Doppelscheinwerfer, Haltestangen, Kühler-Lamellen...

in den Abendstunden schließlich einen Güterzug nach Cloppenburg (zum Lokwechsel Richtung Oldenburg/Wilhelmshaven). In einzelnen Fahrplanabschnitten vom „Hauptplan" getrennt ist der Dienst einer 212 auf der KBS 260 zwischen Altenbeken und Schieder samt Bedienung der Zweigbahn nach Blomberg. Die Gesamtzahl der 212-Dienste hat sich mit abnehmender Bestandszahl beim Bw Osnabrück ebenfalls verringert. Im Sommer 1983 waren es noch sechs Loks, im

Winter 1984/85 fünf und seit Winter 1985/86 nurmehr vier Maschinen dieses Typs.

Etwas differenzierter gestaltet sich der Einsatz der Baureihe 211. Der Hauptplan im *Sommer 1984* betrifft 16 Maschinen mit betriebstäglich 209 km als Durchschnittsleistung. Diese Zahl allein macht bereits deutlich, welch bescheidener Gebrauch von den Loks gemacht wird. In zwei weiteren Umlaufplänen sind nochmals sieben Loks erfaßt. Im *Winter 1984/85* gibt es vier Umlaufpläne für insgesamt 20 211er, wobei im 13tägigen Hauptplan durchschnittlich nur 191 km/BT erbracht werden. In diesem Rahmen bewegen sich die Dienste auch im Winter 1985/86, wenngleich die Zahl der eingesetzten Loks sich etwas verringert hat: sechzehn 211er mit durchschnittlich 200 km/BT, bei einem Maximalwert von 383 km.

Was die Einsatzgebiete angeht, so ist ein teilweiser Rückzug aus dem Weserbergland mit Ende des Sommerfahrplans 1984 zu vermerken, während ansonsten massiv in den Räumen Bremerhaven, Wilhelmshaven, Oldenburg und von dort südlich bis Osnabrück und beiderseits des Teutoburger Waldes bis an den Südwesten des Weserberglandes operiert wird, und dies nahezu unverändert seit mehr als zehn Jahren.

Der kurzzeitige Einsatz auch vor Reisezügen Richtung Kreiensen und Northeim währt nur den Sommer 1984 über: N 6912 Ottbergen – Paderborn, E 5833 Paderborn – Altenbeken, E 5923 Altenbeken – Holzminden, E 5925 Ottbergen – Kreiensen, E 5934 Kreiensen – Ottbergen, E 3504 Northeim – Ottbergen als Rückleistung des N 6905 Ottbergen – Northeim sind die herausragenden Dienste. Der Grund für den schnellen Rückzug der 211er liegt in der zu schwachen Motorausstattung. Auf den langgezogenen Steigungen kam es zu Qualmentwicklung, so daß bereits ab Mitte Juli 212er die Dienste der 211 übernahmen, ehe vom Winter an wieder die Baureihe 216 diese Leistungen fuhr.

Ansonsten konzentrieren sich die Einsätze der 211 unverändert auf die Räume Oldenburg/Wilhelmshaven, Delmenhorst, Herford, Bielefeld (KBS 202, 203, 204 ab Bielefeld) und Altenbeken, wo Güter- und Personenzüge gefahren werden. Durchweg vier bis sechs Loks sind allein für den Militärverkehr im Raum Paderborn/Bielefeld abgestellt. Zumeist in einem eigenen, eintägigen Umlauf bedient eine 211 die Strecke zum Columbusbahnhof in Bremerhaven, was kaum mehr ist als die Beförderung der Kurswagen aus bzw. nach Hannover im E 3880/3881 zwischen Bremerhaven Hbf und Columbuskai. Den Rest des Tages füllt die Lok mit Arbeitszugdiensten im Raum Bremerhaven bzw. mit der Beförderung von Leerreisezügen.

Bei ihren Übergabefahrten bedienen die Osnabrücker 211er auch eine ganze Reihe von für den Personenverkehr bereits stillgelegten Strecken, etwa Rahden – Uchte und Kirchweyhe – Schwaförden. Erwähnungswert ist auch die wenigstens noch im Sommer 1983 existierende Leistung einer Osnabrücker 211 als Pendellok zum Emdener VW-Werk.

BD Essen

Bw Bielefeld

Bielefeld war das erste Bw, das 1961 mit Loks aus der Serienfertigung bedacht wurde. Die Prototypen waren ja bekanntlich dem Bw Münster zugeteilt worden, während die nächstfolgenden Maschinen, die V 100 1008–1013 an das Bw Bielefeld gingen. Der Bielefelder Bestand an V 100[10] wuchs nur langsam an und erreichte niemals große Ausmaße. Zu den bereits erwähnten sechs Maschinen, die von Juli bis November 1961 in Bielefeld in Dienst gestellt werden, stoßen 1962 zwei weitere Werkslieferungen, in den darauf folgenden Jahren dann vier Maschinen aus Hagen-Eckesey (Januar 1971) und jeweils zwei bis drei Loks aus Flensburg, Düren und München-Ost, mitunter im Gegenzug für nach dorthin abgegebene V 100. Der Endbestand von zwölf 211ern bleibt bis zum 26. 9. 81 in Bielefeld erhal-

Links: Viele Bielefelder Einsätze werden mit Wendezugeinheiten gefahren. Am 1. 7. 67 ist die V 100 1049 in Altenbeken eingetroffen.

ten, ehe sämtliche Maschinen nach Osnabrück umbeheimatet werden. Auffällig ist die Tendenz der Bundesbahn, diese ersten Exemplare aus der V 100-Serienfertigung (die BUNDESBAHN spricht in diesem Zusammenhang vielfach von „Vorserie") möglichst in Bielefeld zusammenzuhalten. So waren im Laufe der Jahre alle V 100 der Reihe 1008–1023 für kürzer oder länger in Bielefeld zu Hause, und zwölf von ihnen, 211 008–011 und 013–020, wechseln dann auch mit Aufgabe der Unterhaltung von V 100 zum benachbarten Bw Osnabrück über. Letzter Betriebstag in Bielefeld ist der 26. 9. 81.

Wie die im Zusammenhang mit dem Bw Osnabrück gemachten Ausführungen zeigen, hat sich auch nach diesem Zeitpunkt an den Einsatzstrecken wenig geändert.

Hervorgehoben werden muß allerdings die Erprobung einiger V 100^{10} im Wendezugbetrieb in gemeinsamen Dienstplänen mit Bielefelder VT 23/24 *im Jahre 1962/63.* Die in den Mischplänen erbrachten betriebstäglichen Leistungen schwanken zwischen 540 und 610 km; die Spitze liegt sogar bei 846 km/BT. Allein daran wird schon deutlich, was diesen Maschinen anfangs noch abverlangt worden ist, zugleich aber gibt es hiermit einen neuerlichen Beleg für die damaligen Bestrebungen, mit der V 100 auch Eilzüge über längere Strecken zu befördern: 846 km/BT – mancher Plantag einer 110 liegt doch heute deutlich darunter!

V 100 im Langstreckendienst bleiben auch nach diesem wahrscheinlich schon frühzeitig wieder aufgegebenen Mischbetrieb mit VT 23/24 in Bielefeld gängige Praxis, wenngleich der Rahmen ein wenig reduziert wurde. So sieht man Bielefelder V 100^{10} um das Jahr 1969/71 vielfach zwischen Bielefeld und Kassel.

V 100^{20} sind ab März 1962 an der Zugförderung in Bielefeld beteiligt. Sechs Maschinen treffen zwischen März und November 1963 ab Werk dort ein, zwei weitere aus Braunschweig stoßen im September 1967 hinzu. Der Endbestand von sieben 212ern wechselt zum Sommerfahrplan 1969 zum Bw Göttingen über. Letzter Betriebstag in Bielefeld ist der 31. 5. 69.

Ruhrgebiets-Idylle im Bahnhof Lünen: Zechen-Verwaltung (links), Arbeiterwohnhaus (rechts), dichter Nebel, auf den die Werbung an der Litfaßsäule Bezug zu nehmen scheint, und am Bahnsteig die Münsteraner V 100 1074 mit ihren beiden Vorkriegs-Eilzugwagen. An der Dampfheizleitung tritt übermäßig viel Dampf aus, Grund für Lok- und Zugführer, nach dem Rechten zu schauen (29. 1. 67).

Warum die stärkere 212 so frühzeitig schon aus Bielefeld verschwunden ist, bleibt unklar. Von der Art der Züge, die über so lange Zeit eine Domäne des Bw Bielefeld gewesen sind, hätte es eigentlich nahegelegen, gerade die 212 dort einzusetzen.

Bw Münster
Münster sollte eigentlich gar nicht die ersten V 100-Prototypen zugeteilt bekommen. In den Jahresberichten von Klingensteiner/Ebner wie auch in den „Vorläufigen Jahresrückblicken" der ersten Jahre hält sich hartnäckig der Hinweis, die ersten sechs V 100 seien für die BD Münster eingeplant, sollten auf der Strecke Münster – Rheda – Lippstadt eingesetzt werden, zwar mit Münsteraner Lokpersonal, aber beim Bw Osnabrück Vbf beheimatet.

Wie dem auch sei: Entweder direkt ab Werk Kiel oder auf dem Umweg über das Lokversuchsamt gehen zwischen Januar und Dezember 1959 die V 100 001–005 und 007 an das Bw Münster. *1959* erbringen sie dort im Schnitt 245 km/BT. Man sieht: die Erprobung der V 100 geht gemächlich an. In Münster werden die neuen V 100 wahrlich nicht überbeansprucht. Daran ändert sich auch 1960 nichts. Diesmal sind es im Durchschnitt 288 km/BT, die die Loks erbringen. Nimmt man dann auch noch den Fahrplan vom *Sommer 1960* zur Hand, Tabelle 222c Münster – Rheda – Wiedenbrück – Lippstadt, dann sucht man vergeblich nach den vielen V 100-Einsätzen. Die 74,4 km lange Nebenbahn ist relativ dicht belegt. Nur lokbespannte Reisezüge gibt es kaum. Werktags sind es gerade zwei Zugpaare Münster – Lippstadt mit durchschnittlich 2 Stunden und 10 Minuten Fahrzeit, und es kommen fünf Zugpaare

Münster – Warendorf (26,0 km) hinzu, während alle anderen Reisezüge Schienenbusse oder Eiltriebwagen (VT 23/24 bzw. VT 60) sind. In der Regel dürften also gerade zwei der sechs Loks auf dieser Strecke zu tun gehabt haben.
Im Laufe der Jahre kommen in Münster 17 verschiedene V 100[10] zum Einsatz, doch wirklich behaupten tun sich von all diesen Loks nur die Prototypen. Fünf der zugeteilten Serien-V 100 wechseln im Winter 1962/63 bereits zum Bw Rahde über, die meisten verbleibenden Loks bekommt das Bw Osnabrück, und auch die schließlich übrigbleibenden 211 001–005 nehmen zum Sommer 1975 diesen Weg (letzter Betriebstag in Münster: 31. 5. 75).
Demgegenüber ist der Bestand an V 100[20] in Münster mit durchweg 20 Maschinen bis weit in die siebziger Jahre hinein beachtlich. Auch bei der stärkeren Variante der V 100 wird das Bw Münster bevorzugt bedient. Von den insgesamt 35 vertretenen Maschinen sind 27 fabrikneu. Der Bestand beim Bw Münster wird kontinuierlich zwischen Februar 1961 und April 1966 aufgebaut, Zugänge aus Osnabrück, Oldenburg oder Frankfurt/M-Griesheim bilden die große Ausnahme. Als dann Mitte der siebziger Jahre der Lokbestand in mehreren Etappen reduziert wird, profitieren vor allem die Bws der „neuen" BD Essen davon: 13 Loks werden nach Hagen-Eckesey und sechs nach Siegen umstationiert. Abgaben an süddeutsche Bws bleiben die Ausnahme. Bei Betriebsende (31. 5. 78) kommen letztmalig sechs 212er nach Hagen-Eckesey.
Die Münsteraner V 100 besitzen in den sechziger Jahren einen großen Aktionsradius. Zwar regiert damals noch in weiten Teilen die Dampflok, doch mit deren schrittweisem Zurückdrängen bekommt auch die V 100 vermehrt zu tun. So übernimmt sie zahlreiche Nahverkehrsdienste auf der Emslandstrecke in Richtung Leer, stellt die Bespannung auch für recht schwere Eilzüge auf der später zur IC-Strecke ausgebauten Hauptbahn Münster – Lünen – Dortmund, und leistet Schwerstarbeit vor langen Sonderzügen von Münster in Richtung Nordsee, wo meistenteils Doppelbespannung erforderlich ist.
Gegen Ende der sechziger Jahre verdrängt die Ellok die V 100 aus ihrem angestammten Revier. Münster – Dortmund muß aufgegeben werden, ehe schließlich auch die Emslandstrecke unter Fahrdraht kommt. Erhalten bleiben einstweilen die V 100-Dienste in Richtung Lippstadt. Mit dem Verschwinden der Altbau-VT kommt es hier sogar zu einer Ausweitung der Dienste mit V 100.
Von all dem ist Mitte der siebziger Jahre nicht allzuviel übriggeblieben. Zu Ende der Unterhaltung der Baureihe 212 verdingen sich die Münsteraner Maschinen nur noch im näheren Umkreis Münsters.

Bw Hagen-Eckesey (Hagen 1)
Der Bestand an V 100[10] ist in Hagen-Eckesey stets relativ gering geblieben. Von den insgesamt zwölf Maschinen, die das Bw zwischen 1962 und 1973 besessen hat, kamen die ersten fünf zwischen Juni und Juli 1962 direkt ab Werk, eine sechste Lok 1963 von Dieringhausen. Ab Winter 1967/68 verstärken nach und nach sechs Loks aus Köln-Nippes den Bestand, so daß – unter Berücksichtigung der wenigen Abgänge – in jenen späten sechziger Jahren durchweg ungefähr zehn 211er in Hagen bereitstehen. Wenig später jedoch bröckelt der Bestand bereits wieder ab. Die letzten vier Maschinen wechseln zwischen März und Juni 1973 zum Bw Hof über.
Die stärkere Variante der V 100 hingegen ist nach wie vor in Hagen zu Hause. 46 Maschinen sind es bereits bis Mitte 1986. Insgesamt zehn dieser Loks kamen zwischen 1965 und Anfang 1966 ab Werk, die übrigen stießen von anderen Bws nach Hagen. V 100[20] im Planeinsatz gibt es in Hagen ab Sommer 1965; bis Jahresende ist deren Zahl auf sieben angewachsen. Bis 1970 verfügt Hagen-Eckesey über 20 Maschinen, vorwiegend durch Umbeheimatung von anderen Bws (BD Essen und Köln). Nachdem im September 1976 und zum Sommer 1978 (mit dem 1. 6. 78 endete in Münster

Hochbetrieb im Bahnhof Winterberg. Die Eckeseyer 212 272 hat einen Zug aus Umbau-Vierachsern am Haken (11. 1. 69).

die Unterhaltung von V 100) weitere Maschinen aus Münster eingetroffen sind, erhöht sich der Bestand an Loks der Baureihe 212 – Abgänge berücksichtigt – auf rund 30 Fahrzeuge Anfang der achtziger Jahre. Per 30. 6. 86 sind es dann sogar 38 Loks.

Hagener V 100 haben stets einen großen Aktionsradius besessen. Er erstreckte sich vom östlichen Ruhrgebiet bis in den Raum Soest – Paderborn und reichte (bzw. reicht heute noch) über die Ruhrtalbahn und die beiderseits davon liegenden Nebenstrecken bis zum Inselbetrieb Olpe – Finnentrop. Mit der Übernahme des Münsteraner Bestandes kamen Hagener 212er sogar erstmals bis ins Münsterland, und dies, obwohl das ebenfalls V 100 einsetzende Bw Osnabrück nur einen Steinwurf weit entfernt liegt (aber zur BD Hannover zählt).

Einige V 100-Strecken haben sich fast von Anbeginn an bis heute erhalten: Hagen – Herdecke – Dortmund (KBS 405) mit der südlichen Verlängerung Hagen – Brügge – Lüdenscheid, Iserlohn – Schwerte – Dortmund (KBS 351) und einzelne Leistungen auf der Ruhrtalbahn (KBS 350). *Ab 1968* sieht man die Hagener Loks vermehrt auch auf den Strecken Hamm/Unna – Soest – Paderborn (KBS 340/342), heute längst unter Fahr-

Ein unscheinbares Bild – aber: Die Siegener V 100 1238 hat den Schnellzug nach Frankfurt bis Dillenburg nachgeschoben und setzt nun vom Zug ab. Am 18. 6. 62, dem Tag dieser Aufnahme, darf im Rudersdorfer Tunnel wegen Elektrifizierungsarbeiten nicht gequalmt werden.

draht. *Bis 1984* ist auch die KBS 341 Unna – Königsborn – Dortmund-Lütgendortmund, heute 394, eine Domäne der Hagener 212er. Mit der Aufnahme des elektrischen S-Bahn-Betriebs ist es damit vorbei. Die freiwerdenden Maschinen werden auf die KBS 352 Fröndenberg – Menden – Neuenrade/Iserlohn – Letmathe umgesetzt, wo bereits *ab Sommer 1983* eine schrittweise Ablösung der Ex-Bestwiger Schienenbusse vorgenommen worden war. *Seit Sommer 1984* pendeln Hagener 212er auch auf der KBS 361 Finnentrop – Olpe, nachdem bis dahin Siegener Schienenbusse und vor diesem Zeitpunkt teilweise auch lokbespannte Züge mit Dieringhausener V 100 dort verkehrten. Dabei geschieht der Fahrzeugtausch mit dem Bw Hagen 1 über den unter Fahrdraht (61 km!) verkehrenden Nahverkehrszug 6815 bzw. den E 3522.

Bw Siegen

Das südlichste Bw der „neuen" BD Essen hat kaum einmal sonderlich viele V 100 besessen. Von daher ragen die Jahre 1962/63, als gleich mit 15 fabrikneuen V 100[10] gefahren wurde, deutlich heraus. Dieser Spitzenwert hat allerdings auch seine ganz besonderen Gründe. Die Umstellung der Strecke Siegen – Dillenburg (KBS 360) stellt die Planer wegen des 2652 m langen Rudersdorfer Tunnels vor erhebliche Probleme. Die Gleise müssen abgesenkt, das Gewölbe saniert werden. Aus diesem Grunde werden dem Bw Siegen zwischen Oktober und Dezember 1961 die V 100 1224–1238 ab Werk zugeteilt. Vom *November 1961* an laufen Schiebedienste mit zunächst vier V 100, und mit zunehmendem Arbeitsfortschritt übernehmen die V 100 mehr und mehr die Zugförderung überhaupt. Bis zu zwölf Maschinen (plan-

Sonntags übernehmen im Winter 1964/65 Siegener V 100 (hier: V 100 1238) Nahverkehrsleistungen auf der Ruhr-Sieg-Strecke (1. 5. 65, Altena).

mäßig sind es immerhin noch zehn) verdingen sich als Vorspann- oder Schiebeloks zwischen Siegen und Dillenburg, wobei Nahverkehrszüge sogar ganz auf Dieselbespannung umgestellt werden, Schnell- und Eilzüge zumeist eine Vorspann- (seltener auch stattdessen eine Schiebe-)lok bekommen und Güterzüge mit zwei V 100 nachgeschoben werden. Diese Betriebsform hält sich bis in den Winter 1962/63.

Wenig später gibt Siegen sieben seiner V 100 an das Bw Dieringhausen (damals noch BD Wuppertal, wie Siegen) ab. Im *Winter 1964/65* bekommen die V 100 nochmals Hauptbahndienste im Zusammenhang mit der Elektrifizierung der Ruhr-Sieg-Strecke zugewiesen. Da sieht man sie nämlich an Wochenenden vor Nahverkehrszügen zwischen Hagen und Siegen. Unter der Woche herrscht Dampfbetrieb vor.

Bis Jahresende 1970 ist der Bestand an Loks der Baureihe 211 auf vier zusammengeschmolzen. Diese bleiben bis zum 31. 5. 75 im Bestand und wechseln dann zu den Bws Düren (drei) und Tübingen über.

Die Nebenbahndienste im Großraum Siegen hat zu diesem Zeitpunkt längst die Baureihe 212 übernommen. Mit drei Werkslieferungen wird im Mai/Juni 1966 der Anfang gemacht. 1967 finden einige Fahrzeugbewegungen statt, und bis Ende 1970 sind immerhin neun 212er in Siegen versammelt. Hieran hat sich auch heute kaum etwas geändert. Per 30. 6. 86 sind es – wie schon 1980 – elf Maschinen. Für diese besteht – nahezu unverändert – ein achttägiger Plan. Das Haupt-Einsatzgebiet der 212er liegt auf den KBS 365 Betzdorf – Haiger und 363/362 Siegen – Erndtebrück – Berleburg/Laasphe. Mit Ausnahme des Abschnitts

Die Zukunft der V 100 beim Bw Siegen hängt vom Fortbestand der Nebenstrecken Kreuztal – Erndtebrück – Berleburg (212 150 mit N 6938 nach Siegen zwischen Lützel und Vormwald am 15. 7. 83)...

... und Betzdorf – Haiger ab. Letztere Strecke, Teil der früheren Hauptbahn Köln – Gießen, ist in Teilen immer noch zweigleisig trassiert. Hierdurch wird die Anschlußbedienung erleichtert (Bild: 212 135 auf Zustellfahrt zur Firma Mannesmann zwischen Würgendorf und Holzhausen am 19. 4. 84).

Erndtebrück – Laasphe befördern die Loks sowohl Reise- als auch Güterzüge. Allerdings ist die große Zeit der KBS 365 und der KBS 363/362 als Durchgangslinie längst vorbei. Die neuen Direktionsgrenzen und das System der Knotenbahnhöfe haben durchgehende Züge sterben lassen und die betroffenen Strecken zu viel zu groß geratenen Nebenbahnen verkümmern lassen, die seit Jahren schon um ihre Existenz ringen. So hängt denn auch die Vorhaltung des Siegener Lokbestandes eng mit dem Fortbestand der genannten Nebenstrecken zusammen.

Insgesamt gab es in Siegen 22 verschiedene Maschinen der Baureihe $V\,100^{10}$, und die $V\,100^{20}$ hat es bis Mitte 1985 auf immerhin 18 Einheiten gebracht.

BD Köln

Bw Wuppertal-Steinbeck (bzw. Wuppertal)

Wuppertal hat bisher 50 verschiedene $V\,100^{20}$ in seinem Bestand geführt, 25 davon ab Werk. Dagegen hat es nur kurzzeitig – vom Sommer 1979 bis Ablauf des Winterfahrplans 1979/80 – 211er dort gegeben, in insgesamt vier Exemplaren, die von Düren kamen und nach Köln-Nippes weitergingen. Wuppertals Bestand an V 100 steht in engem Zusammenhang mit den dort beheimateten Dieselloks V 36. Wuppertal-Steinbeck gehörte nämlich zu den wenigen Bws, die bis in die sechziger Jahre hinein massiv Personenverkehr mit V 36 durchführten. Die V 100 löst die V 36 auf vielen Strecken ab.

Allein 16 Loks treffen zwischen Oktober 1963 und August 1964 ab Hersteller in Wuppertal ein, weitere vier folgen zwischen April und Juli 1965, dann nochmals fünf Maschinen in den Monaten Mai und Juni 1966. 25 Loks also sind es zum Sommer 1966. Erst ab diesem Zeitpunkt beginnt der Fahrzeugtausch mit anderen Bws (wichtigster „Tauschpartner": Hagen-Eckesey), wobei der Gesamtbestand jedoch stets im Bereich von 25 bis 30 Loks liegt. An dieser Zahl hat sich bis

Nur die Umbau-Dreiachser im Wendezug Wuppertal-Vohwinkel – Langenberg – Essen gibt es nicht mehr. Ansonsten hat sich nicht viel geändert: Steinbecker V 100 2274 am Block Oberdüssel am 25. 3. 67.

heute nicht viel geändert: 29 Loks weist die Statistik per 30. 6. 86 nach.

Die Einsatzstrecken der Wuppertaler V 100 lassen sich heute kaum noch komplett nachverfolgen. Die Verschiebung der BD-Grenzen und die fortschreitende Elektrifizierung vieler Strecken, andererseits die Schließung zahlreicher Nebenbahnen für den Personenverkehr haben dazu geführt, daß das Einsatzgebiet der Wuppertaler Loks – wenigstens teilweise – beträchtlichen Schwankungen unterworfen gewesen ist.

Wuppertaler 212er sieht man in den *sechziger Jahren* z. B. auf den Strecken von Wuppertal-Vohwinkel über Langenberg nach Essen, auf der Ruhrtalbahn zwischen Essen und Hattingen, auf der Rheinischen Strecke (nur Güterverkehr) und auf der Strecke Wuppertal-Oberbarmen – Remscheid-Lennep – Remscheid – Solingen-Ohligs.

Mit mehreren Strecken reicht das Einsatzgebiet der Wuppertaler V 100 weit in das Ruhrgebiet hinein. *1968* war dies z. B. der Fall bei der Strecke Wanne-Eickel nach Dorsten (heute KBS 315). Seit *Anfang der sechziger Jahre* bedient die 212 auch die mit der Strecke Wt-Vohwinkel – Langenberg – Essen zusammengefaßte Strecke Essen – Bottrop – Marl – Haltern (heute KBS 381) im Taktverkehr. Sämtliche Nahverkehrszüge werden mit 212 bespannt, die Eilzüge mit Elloks der Baureihe 141. Von den 64 Streckenkilometern zwischen Langenberg und Haltern befinden sich 45 unter Fahrdraht.

Im Grenzbereich zu anschließenden Bws wechseln die Zuständigkeiten oftmals von Fahrplanabschnitt zu Fahrplanabschnitt, oder aber es kommt zur Arbeitsteilung, indem wenigstens einige Leistungen von Wuppertaler 212 übernommen werden. Solche gemeinsamen Dienste gibt es ab Sommer 1980 im Verein mit 211 des Bw Köln-Nippes auf der KBS 415 Köln – Gummersbach (wo übrigens später auch Krefelder Loks eingesetzt sind), während vom gleichen Zeitpunkt an Wuppertaler 212 Übergabeleistungen auf der Siegtalbahn zwischen Gremberg, Troisdorf und Au/Sieg (KBS 420) übernehmen (vorher: Bw Düren).

Wuppertaler V 100 stoßen weit in das Ruhrgebiet vor. Am 30. 11. 68 passiert die 212 288 auf dem Weg nach Dorsten die damals noch intakte Bekohlungsanlage des Bw Gelsenkirchen-Bismarck (Einfahrt Gelsenkirchen-Zoo).

Ungewöhnliche Perspektive auf den Nahverkehrszug Hagen – Lüdenscheid am Bahnsteig in Breckerfeld-Priorei. Zuglok der Wendezuggarnitur aus Umbau-Dreiachsern ist die Dieringhausener V 100 1273 (2. 7. 66).

Bw Dieringhausen
Mit dem Rückzug des Schienen-Personenverkehrs von den meisten Strecken im Oberbergischen Land verringert sich auch das Tätigkeitsfeld der von Dieringhausen aus eingesetzten Triebfahrzeuge. Dieringhausen war eigentlich immer ein beachtlicher Stützpunkt gewesen. Hier wurden zugleich Schlepptender-Dampfloks für die „Hauptbahn" Hagen – Brügge – Gummersbach – Köln (die eigentlich schon mit der Aufwertung der Ruhr-Sieg-Strecke ins Abseits geriet) vorgehalten und Nebenbahnfahrzeuge für die Strecken in Richtung Olpe, Remscheid-Lennep, Waldbröl und Morsbach(– Wissen). 86er, VT 95 und V 100 zählen daher bis weit in die sechziger Jahre zur Standardausstattung dieses Bws.

Für die ab Sommer 1962 von Dieringhausen aus eingesetzten V 100^{10} – zwischen Mai und August treffen ab Werk insgesamt fünf Loks ein, weitere fünf stoßen im Laufe des Winters 1962/63 von Siegen hinzu – gibt es zunächst einiges zu tun, obwohl die Dampflok nach wie vor recht aktiv ist. Bis Ende 1970 hat sich der Bestand an 211ern auf 16 erhöht, und diese Zahl gilt auch zehn Jahre später noch.

Auf die Überschneidungen mit angrenzenden Bws ist bereits hingewiesen worden. Solange der Bestand an V 100 in Hagen-Eckesey klein ist bzw. es für diese Loks genug zu tun gibt, dringen

V 100 1273 vom Bw Dieringhausen mit ihrer Oldtimer-Garnitur aus „Donnerbüchsen" hat am 3. 7. 63 Einfahrt in den Bahnhof von (Alt-)Listernohl. Mittlerweile liegt diese Strecke längst auf dem Grund des Biggesees.

die Dieringhausener Maschinen bis weit in Hagener Gebiet vor. *Mitte der sechziger Jahre* sieht man sie auf der Volmetalbahn zwischen Hagen und Brügge (– Lüdenscheid), auf der Nebenbahn nach Ennepetal-Altenvoerde und *1968* zur Verstärkung sogar vor Wintersportzügen auf der Ruhrtalbahn (bis Winterberg).

Eine der ersten Strecken, auf denen man die Dieringhausener V 100 erleben kann, ist die in jenen Jahren im Umbau befindliche Strecke von Finnentrop nach Olpe entlang der neuen Biggetalsperre. Hier kommt mit der neuen Trasse zugleich auch eine neue Lok. Die P 8 hat *1963* bereits ausgedient. Nur die zweiachsigen „Donnerbüchsen" sind geblieben.

Der Wechsel des Bw Dieringhausen zur BD Köln bringt Bewegung in die von Dieringhausen aus bespannten Züge. Da zu jenem Zeitpunkt aber auch einige Nebenstrecken (z. B. Dieringhausen – Olpe) den Personenverkehr aufgeben, bleibt dem Bw Dieringhausen kaum mehr als die Bedienung der einstmaligen Hauptbahn von Hagen über Gummersbach nach Köln, wo jedoch Kölner Großdiesselloks längst das Sagen haben. Folgerichtig schließt das Bw mit dem 30. 4. 82 seine Tore. Die 15 im April noch vorhandenen 211er gehen zur Mehrzahl an das Bw Köln-Nippes (zehn), der Rest nach Krefeld (vier Loks, da eine nach Unfall ausgemustert wird). Damit entfallen Überlegungen zur „Fahrzeugbeschäftigung", wie sie im Fall des ebenfalls arbeitslos gewordenen VT 795 jahrelang praktiziert worden waren: In einigen Dienstplänen stießen Dieringhausener VT 795 über Olpe – Betzdorf – Au/Sieg und Altenkirchen bis nach Siershahn vor!

Bw Köln-Nippes (bzw. Köln 1)

Das Bw Köln-Nippes hat seine ersten V 100^{10} bereits 1961 bekommen, hat insgesamt mehr als 50 Loks dieses Typs besessen, dazu bisher knapp 30 Loks der Baureihe V 100^{20}, und doch hat es lange Zeit hindurch als Stützpunkt für diese Baureihe keine Rolle gespielt, ist eigentlich erst seit Beginn der achtziger Jahre das V 100-Bw, als das man es in Erinnerung hat.

Bielefeld hat 1961 die ersten V 100^{10} der Serienausführung zugeteilt bekommen. Die daran anschließenden Betriebsnummern aber (1014–1020) erhält das Bw Köln-Nippes ab September 1961. Zum Jahresende 1961 sind sämtliche sieben Loks einsatzbereit. Der bis 1969 auf etwa zehn Loks angewachsene Bestand sinkt bis Anfang der siebziger Jahre fast auf Null. Am 30. 9. 73, dem letzten Betriebstag für die Baureihe 211, sind es nur noch vier Maschinen, die vom nächsten Tag an in Düren Dienst tun.

Vom Sommer 1980 an (ab 1. 6. 80) gibt es erneut 211er in Köln-Nippes. Zehn Loks werden von Düren, Wuppertal und Krefeld umstationiert, zu Beginn des Winterfahrplans nochmals acht Maschinen, und wenig später dreht sich das Fahrzeugkarussell erneut, werden Loks aufgenommen oder abgegeben, so daß deren Gesamtzahl zwischen 15 und 20 schwankt. Ab 1. 5. 82 z.B. erhält Köln-Nippes einen Großteil des Dieringhausener Bestandes. Per 30. 6. 85 sind im jetzigen Bw Köln 1 vierzehn Loks dieser Baureihe zu Hause. Durch die Abgabe von sieben 211ern an das Bw Osnabrück zum Sommer 1986 verringert sich deren Zahl auf sechs (30. 6. 86).

Parallel zu den V 100^{10} wird Köln-Nippes ab Mai (bis Oktober) 1963 mit acht V 100^{20} ausgestattet. Diese Werkslieferungen werden jedoch schon bis Ende Oktober 1966 vollständig an das Bw Düren

Kölner V 100 (hier 211 230 vor N 7123) bedienen bis zur Stillegung auch die Nebenbahn von Opladen nach Remscheid-Lennep (15. 5. 82, Einfahrt Bergisch-Born).

weitergereicht. Sieht man einmal von dem Intermezzo der Mühldorfer 212 048 von Dezember 1970 bis Dezember 1971 ab, so gibt es die Baureihe 212 erst wieder ab Sommer 1981. Neun Loks (acht davon aus Düren, eine aus Koblenz) stehen für diese Fahrplanperiode erstmals bereit. Im Gegensatz zur 211er gibt es in den folgenden Jahren nicht dieses lebhafte Hin und Her, sondern der Bestand wird ohne Abgänge konsequent vergrößert: 1984: zusätzlich sechs Loks, 1985: drei Loks, 1986: eine Lok, so daß am 30. 6. 86 neunzehn 212er zur Verfügung stehen.

Vordem war dies ein V 80-Umlauf: Eilzug Köln – Au – Altenkirchen – Frankfurt mit V 100 1019 vom Bw Köln-Nippes auf dem Viadukt über die Sieg unweit des Bahnhofs Au. Am 17. 6. 68 gibt es diesen Umlauf erst wenige Wochen.

Die ersten Dienste mit Kölner V 100 können sich sehen lassen. Ähnlich wie beim Bw Bielefeld werden hier 1962/63 V 100 auch vor höherwertigen Reisezügen eingesetzt, und dies über mehr als 300 km Strecke. „Versuchsweise", wie es im Bericht über die Zugförderung heißt, werden ab *Sommer 1962* die Schnellzugpaare D 845/846 und D 849/850 zwischen Köln und Kassel (über Siegen – Gießen = 308 km) mit Kölner V 100 bespannt. Die hierfür benötigten zwei V 100 leisten also betriebstäglich jeweils über 600 km, wobei die Zuglok des D 845 in Kassel übernachtet, ehe sie am nächsten Morgen die Rückleistung des D 846 übernimmt. Von einer anderen herausragenden Leistung gilt es ebenso zu berichten. Ab *Sommer 1968* lösen V 100 der Bws Köln-Nippes und Hanau die Griesheimer V 80 vor den beiden Eilzugpaaren Köln – Frankfurt durch den Westerwald (Kopfmachen in Au/Sieg und Altenkirchen) ab. Fortan werden der E 797/798 Frankfurt – Köln – Kall (560 km/BT!) und der E 799/800 Frankfurt – Köln (430 km/BT) als V 100-Wendezüge mit der Baureihe 211 befördert.

Im *Winter 1981/82* gilt folgender Plan: Von den zwölf vorhandenen 211ern sind sechs mit durchschnittlich 186 km/BT eingesetzt. Zwei Maschinen befördern Übergabe- und Nahgüterzüge von den Rangierbahnhöfen Gremberg und Köln-Kalk nach Troisdorf, Siegburg, Lohmar, Hennef und Au/Sieg. Zwei weitere Loks verkehren im Personen- und Güterzugdienst auf der Nebenbahn Euskirchen – Münstereifel sowie im Güterzugdienst zwischen Euskirchen und Jünkerath samt Übergabefahrten bis Hellenthal. Eine 211 pendelt vormittags mit Übergabezügen zwischen Euskirchen und Düren und bedient nachmittags die Strecke Köln – Overath im Nahverkehr, während die sechste Lok Az-Dienste verrichtet.

Demgegenüber sind die 212er zum gleichen Zeitpunkt relativ stark beansprucht. Sieben der insgesamt neun vorhandenen Maschinen befinden sich im Planeinsatz, mit durchschnittlich 397 km/ BT. Vier Loks fahren Takt auf der KBS 433 Bonn – Euskirchen, zwei befördern Personen- und Güterzüge auf der Strecke Bergheim – Köln (KBS 441/440) und weiter in Richtung Overath – Gummersbach – Marienheide – Remscheid-Lennep (KBS 415/412), einschließlich einiger Leistungen auf den von Remscheid-Lennep ausgehenden Strecken Richtung Solingen-Ohligs und Opladen (KBS 410 und 411). Hier sind allerdings auch Wuppertaler 212 im Einsatz.

Bw Krefeld

Beim Bw Krefeld sind seit mehr als zwanzig Jahren im Schnitt etwa ein Dutzend $V\,100^{10}$ beheimatet. Zwischen November 1962 und Mai 1963 erhält das Bw ab Werk insgesamt elf Maschinen dieses Typs, und etliche dieser Erstlieferungen dienen noch heute bei ihrem Anlieferungs-Bw. Getauscht wird in Krefeld vor allem mit den benachbarten Bws Köln-Nippes und Düren, ohne daß der Einsatzbestand insgesamt groß verändert wird. Im Tausch gegen vier Loks, die Ende Mai 1986 nach Augsburg überstellt werden, gelangen drei ehemalige Trierer 211er nach Krefeld. Bestand per 30. 6. 86: neun Loks.

In diesem Rahmen bewegt sich auch die Gesamtzahl der in Krefeld beheimatet gewesenen $V\,100^{20}$. Insgesamt acht Werkslieferungen (fünf Loks zwischen Oktober 1963 und Juni 1964, drei zwischen Januar und Mai 1965), nur kurzzeitig ergänzt durch insgesamt drei Maschinen aus Düren und Wuppertal-Steinbeck, das ist alles. Im Laufe des Winters 1968/69 wechseln die meisten dieser Loks an benachbarte Bws über (vor allem Düren und Siegen), nur die 212 163 bleibt bis Ende Mai 1975.

Bw Düren

An die siebzig V 100 beider Bauarten sind es, die während rund zwanzig Jahren in Düren beheimatet gewesen sind, etwas mehr als die Hälfte davon $V\,100^{10}$. Ähnlich wie in Krefeld erhält das Bw recht früh schon parallel $V\,100^{10}$ und $V\,100^{20}$. Zwischen Mai und Juli 1962 treffen ab Werk sieben $V\,100^{10}$ ein. Ende der sechziger Jahre haben Zugänge von anderen Bws deren Gesamtzahl auf etwa zehn vergrößert; Ende 1979 sind es sogar 15 Maschinen. Bis zum letzten Betriebstag, dem 30. 11. 83, verringert sich ihre Zahl auf sieben, die vom 1. Dezember an dem Bw Aachen zugewiesen sind.

Zwischen Oktober 1963 und April 1964 treffen in Düren fünf $V\,100^{20}$ ein, drei davon ab Werk. Weitere Werkslieferungen erfolgen in den Jahren 1965 und 1966 (plus sechs), und zum Sommer 1966 gibt Köln-Nippes fünf Maschinen nach Düren ab. Gemeinsam mit anderen Zugängen erhöht sich der Bestand bis Ende 1966 auf insgesamt 18 Maschinen. Bis zur einstweiligen Aufgabe der Unterhaltung von 212ern mit Auslaufen des Winterfahrplans 1974/75 (letzter Tag: 31. 5. 75) ist der Bestand auf neun Loks abgeschmolzen, die nach Koblenz überstellt werden. Vom 30. 9. 79 an gibt es dann erneut 212er in Düren, zunächst fünf (davon vier aus Koblenz), schließlich sogar acht Maschinen. Mit Auslaufen des Winterfahrplans 1980/81 (letzter Tag: 31. 5. 81) wechseln sie nach Köln-Nippes über.

Auch das Einsatzgebiet der Dürener V 100 ist zahlreichen Verschiebungen unterworfen. Strecken werden elektrifiziert, andere an stärkere Diesellok abgetreten oder in Teilen stillgelegt. *In den sechziger Jahren* sind Dürener V 100 in Köln ein alltäglicher Anblick. Nach Osten hin überlappen sich die Dürener Dienste mit jenen des Bw Köln-Nippes (sofern dort zu dem betreffenden Zeitpunkt V 100 beheimatet sind), nach Norden grenzt das Dürener Einsatzgebiet an den Bereich des Bw Krefeld. Zwischen diesen drei Bws kommt es zu zahlreichen Überschneidungen. So teilen sich zunächst Dürener und Krefelder

Dürener V 100 (hier: V 100 1066) sind am 8. 10. 66 ein gewohnter Anblick im Kölner Hauptbahnhof.

V 100 die Hauptbahndienste auf der heutigen KBS 460 Köln – Grevenbroich – Mönchengladbach – Kaldenkirchen – Venlo; Düren bedient auch die damals noch nicht elektrifizierte Strecke Mönchengladbach – Aachen (heute KBS 450). Darüber hinaus besitzt das Bw Düren einen Schwerpunkt im Raum Düren, Richtung Jülich, Bedburg – Grevenbroich – Neuss mit Zweigstrecke Richtung Bergheim, nach Heimbach und Richtung Euskirchen. Die in Euskirchen zusammentreffenden Strecken sind ebenfalls eine Domäne der Dürener V 100. Lediglich auf der Eifelbahn bleibt ihre Tätigkeit auf wenige Leistungen beschränkt. Beispielhaft sei die Situation vom *Winter 1967/68* wiedergegeben: Im Dienstplan 01 werden zehn 212er benötigt. Im Schnitt kommen 248 km/BT zusammen, von nur 112 km am Tag 4 bis 392 km am Tag 1. Tag 4 umfaßt den Frühzug 3517 Euskirchen – Köln-Deutz (41 km), nachmittags den Rückzug 3530 und anschließend ein Güterzugpaar Euskirchen – Satzvey mit 2 × 7 km, und danach ist Betriebsruhe bis Tag 5. Tag 1 sieht eine Leerfahrt Düren – Euskirchen – Bonn (64 km) vor, dann den E 4945 in der Gegenrichtung, unter Fahrdraht (31 km) den P 3416 Düren – Aachen, eine Leerfahrt nach Düren, am späten Nachmittag Leerfahrt zurück, anschließend E 4948 Aachen – Düren – Euskirchen – Bonn und Rückzug E 4947 Bonn – Düren.

Aus diesen beiden Plantagen ist ersichtlich, wie „unproduktiv" im Grunde genommen gearbeitet werden muß. Lange Stillstandzeiten, Leerfahrten über das Normale hinaus, all das ist wahrlich keine optimale Ausnutzung der vorhandenen Fahrzeugreserven, und das bereits Ende der sechziger Jahre!

Bemerkenswert ist immerhin die am Plantag 2 erbrachte durchgehende Leistung Düren – Düsseldorf – Düren – Heimbach vor dem P 1838, ein Durchlauf über 90 km auf den damaligen Strecken 246b und 247d, ab 17.23, an 20.01 Uhr.

Das Schwergewicht im Dienstplan 01 des Bw Düren liegt damals auf der Bedienung der Strecken Düren – Euskirchen – Bonn (247e), Düren – Grevenbroich – Düsseldorf (246b) und Euskirchen – Münstereifel (248a). Hinzu kommen einzelne Zugleistungen auf der Eifelbahn 248 zwischen Köln, Euskirchen und Kall, auf den Haupt-

Zeitweise bespannt das Bw Koblenz auch die Nahgüterzüge zwischen Limburg und Siershahn. Unterhalb Dernbach hat die 212 109 am 29. 9. 83 mächtig zu tun.

bahnen 245 Mönchengladbach – Aachen, 246 Mönchengladbach – Köln-Deutz und 247 Düren – Aachen, sämtliche Fahrten unter Fahrdraht. Zum *Winter 1967/68* sind die vorhandenen 211er mit vier Plantagen im Plan 41 eingesetzt. Der Schwerpunkt liegt im Raum Bedburg/Bergheim mit durchschnittlich 174 km/BT, wobei tatsächlich alle Plantage in etwa in diesem (bescheidenen) Rahmen liegen. Die 211er befördern neben den Güterzügen die nicht von Schienenbussen erfaßten Nahverkehrszüge auf der Strecke Bedburg – Bergheim – Horrem (KBS 247a), teils im Durchlauf bis Köln, daneben die restlichen, noch nicht auf Busbetrieb umgestellten Fahrten zwischen Bergheim und Rommerskirchen (KBS 247b). Hinzu kommen zahlreiche Rangierleistungen und Übergabefahrten im Umkreis von Horrem und Quadrath-Ichendorf.

Bw Aachen

Bedingt durch die Auflösung des Bw Düren als Stützpunkt für die V 100 und den Akkutriebwagen bekommt das Bw Aachen Zuwachs. Ab 1. 12. 83 sind die zuletzt vorhandenen sieben Dürener 211er in Aachen beheimatet. Zum gleichen Zeitpunkt kommt eine einzige 212 von Koblenz. Mit dem 1. 1. 84 stoßen zwei Augsburger 212 hinzu, und dies ist bereits der Aachener Maximalbestand. Zum Sommer 1985 wechseln die damals noch vorhandenen sechs 211er und die drei 212er nach Würzburg 1 (211) bzw. Köln 1 über.

Bw Koblenz (= Mosel)

Koblenz ist ein „junges" Bw für die V 100. Ab Winter 1973/74 lösen erste 212er die Baureihe 50 in Koblenz ab. Die zunächst vorhandenen fünf Maschinen treffen zwischen Dezember 1973 und Januar 1974 in ihrem neuen Bw ein. Mit Beginn des Sommerfahrplans erfahren die Koblenzer Loks Verstärkung: Insgesamt zehn Maschinen – neun von ihnen aus Düren – stoßen hinzu. Das bedeutet quasi das Ende der Baureihe 50 in Mayen. Im Schnitt sind es fortan fünfzehn bis zwanzig 212er, die in Koblenz Dienst tun, namentlich auf den Nebenstrecken hinauf in die Eifel. Von dort kommen ab 28. 9. 75 fünf 211er (Ex-Bw Gerolstein). Sie werden jedoch schon zu Ende dieses Winterfahrplans 1975/76 weiterge-

Mit dem Eilzug von Siegen nach Marburg durch das verschneite Wittgensteiner Land – oberhalb Feudingen und...

reicht. Erhalten bleiben hingegen die 212er, von denen per 30. 6. 86 21 Maschinen vorhanden sind.
Im *Winter 1985/86* besteht in Koblenz ein elftägiger Plan für die Baureihe 212. Im Schnitt werden 215 Laufkilometer pro Tag erreicht. Spitzenleistung sind 289 Kilometer, die am Plantag 9 mit den Nahverkehrszügen Koblenz – Gießen, Gießen – Koblenz und Koblenz – Limburg zustandekommen. Reisezüge befördern Koblenzer 212er auch auf der Nebenbahn von Andernach nach Mayen.
Die meisten Loks verdingen sich im Westerwald und im Raum Koblenz – Mayen im Güterzugdienst. Im Westerwald, namentlich auf der stark frequentierten Strecke Neuwied – Engers – Siershahn (einstmals eine Domäne der 82er), befördern die Loks zahlreiche Güterzüge, ebenso auf der Verlängerung Siershahn – Montabaur und weiter auf der für den Personenverkehr stillgelegten und teilweise abgebrochenen Strecke in Richtung Westerburg (Wendebahnhof: Meudt). Eine 212 ist fast den ganzen Tag unterwegs mit Nahgüterzügen in der Relation Limburg – Westerburg – Erbach.
Von Koblenz aus wird auch die für den Personenverkehr stillgelegte Strecke in Richtung Mayen mit Nahgüterzügen bis Ochtendung bedient.
Einzig die Steilstrecke Linz – Kalenborn wird mit Koblenzer Personal, aber Gießener 213 bedient.

... beim Bahnhof Vormwald (22. 2. 69).

BD Frankfurt/M

Bw Kassel

Das Bw Kassel ist kein V 100-Bw der ersten Stunde. Seine Existenz beginnt erst mit der Übernahme des Marburger Bestandes mit Auslaufen des Sommerfahrplans 1968. Vom 26. 9. 68 an verrichten 13 Marburger 211er Dienst beim Bw Kassel, und diese 13 Maschinen sind es dann auch, die sich trotz aller Zu- und Abgänge bis in die achtziger Jahre fast unverändert halten. Der Abbau beginnt mit Inkrafttreten des Winterfahrplans 1982/83 mit der Überstellung von vier Loks nach Gießen und Tübingen. Zum Sommer 1983 werden die verbliebenen dreizehn 211er dem Bw Gießen zugeteilt. Letzter Betriebstag in Kassel ist der 28. 5. 83.

Fast zeitgleich mit der Baureihe 211 bekommt Kassel auch fünf 212er von Marburg (ab 29. 9. 68). Zu Beginn (drei) bzw. Ende des Sommerfahrplans (zwei) werden diese „Einzelgänger" nach Wuppertal bzw. Gießen weitergegeben. Letzter Tag: 28. 9. 73.

Ein Großteil der ehemaligen Marburger V 100 versieht auch nach der offiziellen Umstationierung nach Kassel Dienst auf den angestammten Strecken, also Richtung Frankenberg – Korbach – Brilon-Wald, von da abzweigend nach Laasphe – Erndtebrück (durchgehende Eilzüge Marburg – Siegen werden ebenfalls mit vormals Marburger 211 bespannt) und auf der Zweigbahn von Frankenberg nach Berleburg.

Der zum Beginn des Sommerfahrplans 1983 voll-

Der „Heckeneilzug" E 451 Frankfurt – Bremen wird ab Gießen von zwei V 100 des Bw Kassel (vorher Marburger Leistungen) bespannt. Am 29. 12. 68 führt 212 205 bei der Ausfahrt aus Frankenberg.

zogene Wechsel der Kasseler 211 hat seinen Grund in der Tatsache, daß ab diesem Zeitpunkt das Bw Marburg nicht mehr vom Bw Kassel mitbetreut wird, sondern vom nahegelegenen Bw Gießen. Fortan sind es also Gießener 211er, die Laasphe, Frankenberg und Korbach anfahren, doch erfolgt der Einsatz selber nach wie vor zum großen Teil von dem mittlerweile zur Außenstelle herabgestuften Stützpunkt Marburg.

Bw Fulda

Kaum mehr als zwanzig V 100^{10}, ein Dutzend V 100^{20}, das ist alles, was bisher – und das über einen Zeitraum von mehr als zwanzig Jahren hinweg – in Fulda beheimatet gewesen ist. Im Mai und Juni 1962 stoßen die ersten sieben V 100^{10} zum Bw Fulda, und bis Ende der sechziger Jahre hat vor allem die Zuteilung ehemals in Marburg eingesetzter Maschinen den Gesamtbestand auf ca. zwölf erhöht. Seither ist eine leichte Abnahme festzustellen, und es dürfte letztlich nur noch eine Frage der Zeit sein, wann die sieben per 30. 6. 86 in Fulda beheimateten 211er auch dem Bw Gießen zugeschlagen werden.

Was den Bestand an V 100^{20} angeht, so war dieser nur ganz zu Anfang der V 100-Ära von Bedeutung. Von Juni bis August 1962 werden acht V 100^{20} von anderen Bws abgezogen und in Fulda für die Beförderung von dampfgeführten Zügen durch den Sterbfritz-Tunnel eingesetzt. Die Nord-Süd-Strecke, in deren Verlauf der Sterbfritz-Tunnel liegt, wird damals gerade für den elektrischen Betrieb hergerichtet. Folglich müssen alle mit Dampfloks bespannten Züge zwischen Gemünden und Elm vorgespannt oder nachgeschoben werden. Hierfür werden *ab August 1962* dreimal zwei V 100^{20} in Doppeltraktion eingesetzt. Bis in den Mai 1963 hinein haben die Fuldaer V 100^{20} auf diese Weise Hochbetrieb. Dann werden die acht Maschinen an ihre ursprünglichen Bws Delmenhorst, Münster und Oldenburg zurückgegeben. Zwar hält sich auch in den folgenden Jahren ein winziger Bestand an V 100^{20} in Fulda, bis zum Sommer 1964 drei Loks, dann vorübergehend eine einzige V 100^{20}, ab Sommer 1965 bis Sommer 1973 schließlich zwei Maschinen, aber diese verrichten ganz „normale" V 100-Dienste auf den Nebenbahnen im Raum Fulda und auf der Strecke in Richtung Lauterbach (–Gießen). Diese drei genannten Strecken bilden auch heute noch das Haupttätigkeitsfeld der Fuldaer 211, obwohl sie längst einen Großteil der Leistungen an andere Fahrzeuggattungen haben abgeben müssen, so daß sie kaum noch flächendeckend eingesetzt werden. Aber auch hier zeigt sich – wie beim VT 798 – die Zählebigkeit des Bw Fulda. Und: Fuldas Triebfahrzeuge befinden sich stets in tadellosem Zustand!

Bw Marburg

Das Bw Marburg hat frühzeitig schon Strecken-Dieselloks in seinem Bestand gehabt. Erinnert sei an die Einsätze der V 65 auf den später auch von der V 100 bedienten Strecken in Richtung Frankenberg – Korbach in den fünfziger Jahren, an die sich die Zuteilung von 18 fabrikneuen V 100^{10} im Zeitraum August 1961 bis März 1962 nahtlos anschließt. So findet sich hier u. a. die komplette Reihe der V 100 1169–1184 wieder. Zwar setzt frühzeitig schon in beschränktem Umfang ein Fahrzeugtausch mit anderen Bws (u. a. Fulda) ein, doch schließlich bleibt ein Grundbestand von ungefähr zwölf V 100^{10} beim Bw Marburg übrig, der dann mit Ablauf des Sommerfahrplans 1968 (letzter Tag: 25. 9. 68) an das Bw Kassel übergeht. Nach Kassel wechseln Ende August 1968 auch die im Juli 1963 (drei Loks ab

Das Bw Fulda stellt einen Teil der V 100 auf der Oberhessischen Eisenbahn. 211 145 mit Nahgüterzug nach Fulda hat am 6. 8. 84 Ausfahrt aus Bhf Lauterbach-Nord.

Werk) bzw. Ende Mai 1964 von Fulda (zwei Loks) zugeteilten V 100[20] über. Auf die Haupteinsatzstrecken der Marburger V 100 ist bereits im Zusammenhang mit dem Bw Kassel hingewiesen worden.

Bw Gießen
Mit Gießen steht wiederum eines der Groß-Bws für die V 100 zur Abhandlung an. Durch die Konzentration auch der V 100 mit Steilstreckenausrüstung (213) ist in Gießen ein Bestand von insgesamt 43 Loks zusammengekommen, nämlich – per 30. 6. 86 – 26 Loks der Baureihe 211, sieben der Baureihe 212 und zehn der Baureihe 213. Rund 50 V 100[10] waren bisher für kürzer oder länger in Gießen beheimatet, darüber hinaus mehr als 20 V 100[20]. Seit Sommer 1965 gibt es hier V 100, zunächst V 100[20], vom Dezember an dann auch V 100[10]. Gießen ist eines derjenigen Bws, das seinen Bestand vor allem aus den Restbeständen aufgegebener V 100-Bws aufgebaut hat. Werkslieferungen beschränken sich auf die neun zwischen Juli und August 1965 zugeteilten V 100[20]. Ansonsten werden zumeist andere Bws „beerbt": Die in Frankfurt-Griesheim verbliebenen sechs V 100[10] sind spätestens ab 22. 5. 66 beim Bw Gießen zu Hause (eine erste Griesheimer Lok kam bereits Mitte Dezember 1965). Vom Sommer 1968 an (ab 26. 5. 68 im Bestand) sind auch die letzten vier Limburger 212er beim Bw Gießen. Zwischen Januar und Mai 1972 wechseln die in Karlsruhe verbliebenen Steilstrecken-V 100 nach Gießen über. Aus Kassel kommen zwischen Oktober 1982 und Ende Mai 1983 insgesamt sechzehn 211er, vormals Marburger Maschinen, der gesamte Kasseler „Rest", und das Bw Hanau wird gleich zweimal „beerbt": 1970 kommen von dort die neun Loks 211 125–133 (Ende für die 211 in Hanau; im Gegenzug gibt Gießen seinen kompletten Bestand an 212 nach Hanau und Darmstadt ab); und 1982 teilt sich Gießen mit Darmstadt den bis dahin in Hanau verbliebenen Rest von insgesamt 14 Loks der Baureihe 212.

Allein aus diesen Angaben wird schon ersichtlich, welch beträchtliches Hin und Her in Gießen all die Jahre geherrscht hat. Es ist müßig, alle Bewegungen im einzelnen nachzuzeichnen. Festzuhalten bleibt immerhin, daß die V 100[10] seit 1965 in Gießen fast kontinuierlich an Zahl zugenommen hat (Ende 1969: zwölf Loks, Ende 1975: 19 Loks, Mitte 1985: 26 Loks), während die V 100[20] wenigstens für einen Zeitraum von zwölf Jahren in Gießen verschwunden war. Die zum Jahresende 1969 vorhandenen 16 Loks werden bis spätestens 31. 10. 70 an die Bws Darmstadt und Hanau abgegeben, und aus Hanau kommen dann am 23. 5. 82 sieben 212er zurück, die bis auf den heutigen Tag Gießens Bestand ausmachen. Was schließlich die Steilstrecken-Variante 213 angeht, so hat Gießen vom Mai 1968 an zwei dieser Loks aus Karlsruhe überstellt bekommen, um Güterzüge auf der Strecke Linz – Kalenborn damit bespannen zu können. Mit dem Freiwerden der übrigen Karlsruher 213er gelangen auch diese im Laufe des Winters 1971/72 nach Gießen.
Gießener V 100 operieren heute weit außerhalb ihres Heimat-Bws. Dies wird allein dann schon einsichtig, wenn man sich die gegenwärtige Verteilung der V 100-Stützpunkte vor Augen hält. Im weiten Umkreis um Gießen kommt – wenigstens im Bereich der BD Frankfurt – lange Zeit sonst nichts. Ähnlich wie bei den Schienenbussen, sehen viele V 100 über mehrere Tage hinweg ihr angestammtes Bw nicht. Allerdings hat es auch bei der V 100 empfindliche Einbußen gegeben. Viele Leistungen sind an die Großdiesselloks der Baureihen 215ff gefallen, andere sind wegen Aufgabe des Schienen-Personenverkehrs oder sogar des Güterverkehrs entfallen, oder es reicht eine Kleinlok für die letzten Güterwagen aus. Dies wird nur allzu deutlich, wenn man sich den Umlaufplan 57 vom *Winter 1985/86* betrachtet. Er umfaßt 14 Plantage (insgesamt beheimatet Gießen zu diesem Zeitpunkt 28 211er!) und weist eine durchschnittliche Leistung von nur 157 km/Tag auf!
Über die Einsätze der Baureihe 213 wird an ent-

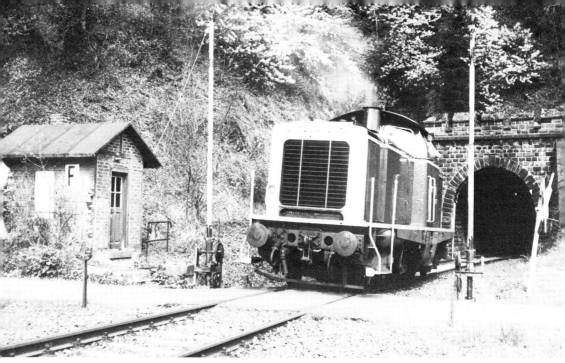

Oben: An bessere Zeiten erinnert der mittlerweile aufgelassene Schrankenposten am Schönbacher Tunnel. 211 179 hat am 8. 5. 84 einen Güterwagen nach Roth gebracht. Drei Wochen später wird der Abschnitt Schönbach – Roth – Driedorf endgültig stillgelegt.

Rechts: In gewaltigen Windungen arbeitet sich die Strecke von Haiger nach Breitscheid hinauf in den Westerwald. In der Gegenrichtung hat die 211 185 vom Bw Gießen mit ihren drei Wagen leichtes Spiel (Flammersbach, 8. 5. 84).

sprechender Stelle berichtet. Daher erübrigen sich weitere Ausführungen. Hingewiesen werden soll aber auf die ab 1969 auf der Kleinbahn Frankfurt – Königstein in den Früh- und Abendspitzen mit Gießener V 100 bespannten Arbeiterzüge (Personal: Bw Frankfurt/M).

Bw Limburg

Die Zeit als V 100-Stützpunkt währt in Limburg gerade zwei Jahre. Zum Sommerfahrplan (Stationierung ab 22. 5. 66) 1966 erhält Limburg von Frankfurt/M-Griesheim fünf V 100[20]; ein Jahr später ist der Bestand auf die auch bei Betriebsende noch vorhandenen acht Maschinen angewachsen. Letzter Tag für die Limburger V 100 ist der 25. 5. 68. Vom nächsten Tag an sind die Loks – bis auf eine – in Gießen beheimatet.

Bw Frankfurt/M-Griesheim (bzw. Frankfurt/M 1)

Frühzeitig schon denkt die DB an eine Stationierung von V 100 beim traditionsreichen Diesel-Bw Griesheim. Zur Erprobung bzw. Schulung weilt die Marburger V 100 1171 von Dezember 1961 bis Februar 1962 in Frankfurt. Frankfurt/M-Griesheim selbst bekommt ab Februar jenen Jahres insgesamt elf V 100[10], vier davon ab Werk. Bis zum Mai sind sie einsatzbereit. In den nächsten Jahren tauscht Griesheim vor allem mit den benachbarten Bws Fulda und Hanau. Die Gesamtzahl der in Griesheim vorhandenen V 100[10] bleibt in der Größenordnung von einem knappen Dutzend Maschinen. Mit Auslaufen des Winterfahrplans 1964/65 gehen sechs Loks ab, und der 21. 5. 66 ist dann der letzte Tag der bis dahin verbliebenen fünf V 100[10], die nach Gießen umbeheimatet werden.

Neben den insgesamt 16 V 100[10], die Griesheim im Bestand gehabt hat, verzeichnet die Liste gut zwanzig V 100[20]. Gleich 16 von ihnen treffen zwischen April und November 1963 ab Werk in Griesheim ein. Der Maximalbestand wird jedoch nur wenige Monate gehalten; Ende Winter 1963/64 bekommt Hanau vier dieser Loks, Münster zwei von ihnen. Die übrigen Abgänge werden durch entsprechende Zugänge einstweilen ausgeglichen. Am letzten Betriebstag, dem 25. 5. 68, sind noch acht Maschinen vorhanden. Sechs von ihnen erhält das Bw Hanau, zwei das Bw Gießen.

Bw Hanau

Hanau und Frankfurt/M Griesheim haben ihre V 100-Bestände anfangs parallel zueinander aufgebaut. Erst später „zehrte" Hanau von Griesheim, bis dieses Bw schließlich auch deren Leistungen übernahm. Mittlerweile ist auch der Hanauer Einsatz von V 100 schon einige Jahre Geschichte.

Knapp zwanzig V 100[10] und rund vierzig V 100[20] weist die Liste in Hanau nach. Gleich dreizehn V 100[10] treffen zwischen Februar und April 1962 ab Werk in Hanau ein; neun von ihnen sind im Sommer 1970 noch vorhanden. Bis zum Winter jedoch sind sie alle umbeheimatet. Gießen bekommt – letztmalig zum 31. 10. 70 – Hanauer 211er.

Die in Hanau stationierten V 100[20] stoßen zum überwiegenden Teil von den Bws Griesheim/Ffm 1 und Gießen – weniger auch aus Mainz – hinzu. Nur vier sind Werkslieferungen. V 100[20]-Einsätze gibt es erstmals zum Sommer 1964, als vier Maschinen von Griesheim überwechseln (31. 5. 64). Die Aufgabe der Unterhaltung von V 100[20] in Frankfurt/M 1 beschert dem Bw Hanau dann bis zum Sommer 1968 einen Fahrzeugzuwachs auf insgesamt 14 Einheiten. 1970 kommen im Tausch gegen die neun Hanauer 211er zehn 212er von Gießen. 1970/71 erhält Hanau auch aus Süddeutschland etliche Neuzugänge, gibt seinerseits aber insgesamt zehn Loks nach Darmstadt ab, so daß schließlich – Ende 1975 – 23 Maschinen in Hanau vorhanden sind.

Der Abbau des Hanauer Bestandes läuft in zwei Etappen ab. 1981 verlassen insgesamt zehn Loks (zwei zum Sommer und acht mit Auslaufen des Sommerfahrplans) Hanau in Richtung Darmstadt, und die verbleibenden 14 Maschinen werden dann im folgenden Jahr in zwei gleich großen Schüben zum Sommer (nach Gießen) und zum

Winter (nach Darmstadt) abgegeben. Letzter Tag ist der 25. 9. 82.

Hanaus V 100-Leistungen können sich sehen lassen. Neben den gemeinsam mit dem Bw Köln-Nippes *ab 1968* mit V 100 bespannten E 797/798 Frankfurt – Köln – Kall bzw. E 799/800 Frankfurt – Köln über Altenkirchen – Au sind hier vor allem die *ab Winter 1969/70* mit Hanauer 212ern bespannten E 1744/45 (Frankfurt/M – Stuttgart) zu nennen, für die das Bw Hanau zwischen Frankfurt, Eberbach und Heilbronn Zuglok und Lokführer stellt. Die Dienste werden ab Sommer 1970 sogar noch ausgeweitet, umfassen von jenem Zeitpunkt an drei Eilzugpaare (E 1740 bis E 1745) in der genannten Relation. Eingesetzt werden neben Hanauer 212ern auch Darmstädter Maschinen; das Personal kommt von den Bws Hanau, Heilbronn und Stuttgart.

In den siebziger Jahren bestreichen die Hanauer 212er ein großes Aktionsfeld. Höherwertige Reisezüge befördern sie nicht mehr, sondern sie verdingen sich ausschließlich im Nahverkehr bzw. vor Güterzug- und Übergabefahrten. Nach Norden dringen sie weit in Gießener Gebiet vor, erreichen auf der Strecke Gießen – Gelnhausen sogar das Nachbar-Bw. Nach Süden hin erstreckt sich der Tätigkeitsbereich bis vor die Tore des benachbarten Bw Darmstadt. So ist es wenig verwunderlich, daß Hanauer 212er sowohl mit eigenem Personal als auch mit Darmstädter, Gießener, Friedberger und Frankfurter Personal besetzt sind.

Im *Winter 1981/82* besteht für die zu diesem Zeitpunkt noch vorhandenen 14 Maschinen ein elftägiger Plan mit durchschnittlich 212 km/BT. Bedient werden die Strecken Hanau – Wiebelsbach-Heubach, Darmstadt – Ober-Roden – Offenbach, Bad Vilbel – Stockheim – Nidda, Nidda – Friedberg, Hungen – Friedberg und Gießen – Gelnhausen. Eine weitere Lok pendelt mit Limburger Personal auf der Strecke Frankfurt – Niedernhausen – Limburg.

Auch nach der Abgabe der letzten 212er bleibt Hanau als Bw erhalten, stellt aber nunmehr lediglich noch das Personal für die Darmstädter 212er.

Bw Darmstadt (1)

Darmstadt ist heute eines der beiden verbliebenen V 100-Bws der BD Frankfurt/M, auch von der Größe des Bestandes her mit Gießen vergleichbar. Mitte 1986 umfaßt er 44 Lokomotiven der Baureihe 212. Die Lage der beiden V 100-Bws der BD Frankfurt/M erlaubt eine „Arbeitsteilung" in den Nordbezirk (Bw Gießen) und den Südbezirk (Bw Darmstadt), wobei beide Bws bis fast an die Grenze ihres Direktionsbezirks fahren, teilweise sogar darüber hinaus. Darmstädter V 100 sind denn auch ähnlich weit von ihrem Heimat-Bw anzutreffen wie die Gießener Loks, eine Folge der Tendenz zu Groß-Bws, wie sie gerade bei der BD Frankfurt/M deutlich wird.

Bisher sind in Darmstadt nahezu 70 212er beheimatet gewesen. Die ersten Maschinen treffen im Winter 1969/70 aus Hanau und Gießen ein. Zum Sommerfahrplan stehen acht 212er bereit, bis Jahresende ist deren Zahl auf 15 angewachsen. Abgebende Bws sind auch diesmal Hanau und Gießen. Während der siebziger Jahre treten keine nennenswerten Fahrzeugbewegungen auf. Erst seither sind massive Verstärkungen vorgenommen worden, speziell:

– aus Mainz ab 23. 5. 82 acht Lokomotiven (= Restbestand),
– aus Hanau ab 27. 9. 81 zehn Lokomotiven und ab 26. 9. 82 sieben Lokomotiven (= Restbestand),
– aus Braunschweig ab 3. 6. 84 fünf Lokomotiven.

Die Übernahme des Hanauer und Mainzer Bestandes erklärt die Tatsache, daß auch deren einstmalige Einsatzgebiete von Darmstädter 212ern erfaßt werden, zusätzlich zu den vormals bestandenen „typischen" Darmstädter Leistungen. Von daher gibt es einen deutlichen Schwerpunkt im Raum südlich Mainz, Richtung Alzey, Worms und weiter nach Grünstadt. Ein anderer

Oben: Zur Zuckerrübenkampagne müssen die Darmstädter V 100 Sonderleistungen erbringen. Dann wird sogar samstags nahezu im Stundentakt die Zuckerfabrik in Grünstadt angefahren. 212 356 hat am 13. 10. 84 bei der Durchfahrt durch den an diesem Tag sonst menschenleeren Bahnhof Monsheim eine lange Reihe Omm-Wagen im Schlepp.

Links: Eine Darmstädter 212 übernachtet am Wochenende auf dem Freigelände des Bw Worms (212 165, 13. 10. 84).

Schwerpunkt sind die Nebenbahnen im Raum Hanau bzw. beiderseits der Oberhessischen Eisenbahn, wobei allerdings festzustellen ist, daß Gießen gegenüber früher seinen Aktionsradius nach Süden bis über Friedberg hinaus ausgeweitet hat. Überhaupt haben im Einzugsbereich der Strecke Gießen – Gelnhausen längst die Dieselloks der Baureihe 215 das Übergewicht bekommen, gibt es also für die 212er deutlich weniger zu tun.

Bw Mainz

Wie das Bw Darmstadt hat auch Mainz zeitlebens nur V 100[20] im Bestand gehabt, zwischen 1965 und 1982 insgesamt 16 Maschinen. Zwischen Dezember 1965 und Januar 1966 treffen vier Loks aus Ludwigshafen ein. Weitere drei Loks kommen Ende Mai 1966 aus Kaiserslautern, Ende Mai des folgenden Jahres nochmals zwei. Im Schnitt sind in Mainz in jenen sechziger und siebziger Jahren kaum mehr als zehn V 100 beheimatet, deren Haupt-Strecken die Nebenbah-

1968 reichen sowohl die Mainzer als auch die St. Wendeler V 100-Leistungen bis Bad Kreuznach. V 100 2102 vom Bw Mainz rollt am 11. 4. 68 an den Kreuznacher Bahnsteig.

nen südlich des Rheins zwischen den beiden Nord–Süd verlaufenden Achsen Bingerbrück – Bad Kreuznach – Kaiserslautern und Mainz – Worms – Ludwigshafen sind.

BD Saarbrücken

Bw Gerolstein/Jünkerath

Jünkerath bekommt ab Werk zwischen Januar und April 1962 sieben V 100^{10}, im selben Jahr weitere zwei Loks aus Rosenheim und 1964 die restlichen fünf Trierer V 100^{10}. Im Schnitt sind in Jünkerath um die zehn V 100^{10} zu Hause, die in erster Linie den Güter- und einen Teil des Personenverkehrs auf den beiderseits von der Eifelbahn abgehenden Strecken wahrnehmen. Wohl im Zusammenhang mit der Ausmusterung der Jünkerather Dampfloks der Baureihe 39 in den Jahren 1965/66 ist die Zuteilung von vier Saarbrücker V 100^{20} während des Sommers 1965 zu sehen. Diese gehen mit Ablauf des Sommerfahrplans 1966 – ebenso wie die elf damals vorhandenen V 100^{10} – an das benachbarte Bw Gerolstein. Warum die V 100 überhaupt bei dem Dampf-Bw Jünkerath geführt worden sind, bleibt merkwürdig, existierte doch in unmittelbarer Nachbarschaft das Diesel-Bw Gerolstein. Interessant ist der Betriebsbuch-Vermerk der V 100 1245 (von Januar bis Oktober 1962 in Jünkerath): „Jünkerath, Gruppe Gerolstein".

Vom 26. 9. 66 an führt Gerolstein auch offiziell die Jünkerather V 100 im Bestand, elf V 100^{10} und vier V 100^{20}. An den Einsatzstrecken ändert sich dabei nichts. Als erste verschwinden die vier 212er im Winter 1968/69 in Richtung ihres Herkunfts-Bws Saarbrücken. Ab Sommer 1974 sind drei ehemalige Gerolsteiner 211er in Trier behei-

Wechselvoll ist die Bespannung der Nahverkehrszüge in der Eifel. Am 24. 6. 67 stellt das Bw Gerolstein die auf der Strecke Mayen – Andernach (Foto: bei Thür) eingesetzte V 100 1242.

Auf der Nebenbahn von Mayen über Daun nach Gerolstein ist es heute still geworden. 211 223 vom Bw Trier hat am 26. 4. 84 nur einen kurzen Zug in Richtung Gerolstein zu befördern.

matet. Am letzten Betriebstag in Gerolstein, dem 27. 9. 75, sind dort noch acht Maschinen vorhanden, von denen allein fünf nach Koblenz abgegeben werden, der Rest nach Kornwestheim und Kaiserslautern.

Auf die Verbindungen zwischen den V 100-Einsätzen in Koblenz und Gerolstein ist bereits hingewiesen worden. Jünkerath bzw. Gerolstein halten bei der Außenstelle Kreuzberg durchweg vier V 100 vor, die die Ahrtalbahn bedienen. *Im Winter 1962/63* sind es im Schnitt 266 km/BT, bei effektiven Leistungen von 144 km/BT am Plantag 4 bis 317 km an den Plantagen 1 und 2.

Auch die Strecke Mayen – Andernach wird Mitte der sechziger Jahre mit Gerolsteiner V 100 befahren, ehe die Koblenzer 212er ab Winter 1973/74 hier heimisch werden.

Bw Trier

Ähnlich wie bei den Schienenbussen gibt es auch bei der V 100 ein reges Hin und Her zwischen den Bws Trier und Jünkerath/Gerolstein. So werden z. B. die fünf zwischen Dezember 1961 und Januar 1962 in Trier eingetroffenen fabrikneuen

V 100[10] zwischen April und September 1964 nach Jünkerath umbeheimatet, führt Trier also diese Baureihe fortan nicht mehr im Bestand. Erst in den siebziger Jahren dann baut sich Trier erneut einen kleinen Bestand an 211ern auf, zum Sommer 1974 zwei Loks, ab Winter 1975/76 sind es dann sechs, und in diesem Rahmen bewegt sich der Bestand auch Mitte 1985 (sieben). Zum Sommer 1986 dann werden mit einem Schlag acht 211er aus Hof überstellt. Im Tausch dafür gibt Trier drei seiner Loks nach Krefeld und eine nach Osnabrück ab. Per 30. 6. 86 beläuft sich der Trierer Bestand damit auf elf Loks.

Mit dem Rückzug des Schienen-Personenverkehrs von zahlreichen Nebenbahnen links und rechts der Eifelbahn entfallen auch zahlreiche Leistungen für die Trierer V 100. Für die Bespannung der verbleibenden Güterzüge reicht der kleine Bestand aus, zumal für schwere Züge auch hinreichend Trierer 215 zur Verfügung stehen. Die in ihrer Bedeutung beträchtlich herabgesunkene Querbahn 602 Gerolstein – Daun – Mayen ist, vor allem in ihrem westlichen Streckenteil, eines ihrer Einsatzgebiete.

Bw Simmern

Die Bedienung der Hunsrück-Nebenbahnen lag lange Zeit in der Hand des Bw Simmern, das im Februar 1962 fünf fabrikneue V 100[10] zugeteilt bekommt, im Mai jenen Jahres verstärkt durch einen Zugang aus Jünkerath. Der kleine Bestand bleibt bis in die siebziger Jahre nahezu unverändert erhalten. Sie lösen die Baureihe 57[10] zwischen Hermeskeil, Simmern und Langenlonsheim ab, bedienen ab Oktober 1965 auch die Strecke Buchholz – Simmern. Die im Winter 1974/75 noch vorhandenen vier Loks werden ab 12. 1. 75 werkstattmäßig beim Bw Kaiserslautern geführt, sind aber fürs erste weiterhin in Simmern untergebracht.

Bw St. Wendel

Hunsrückstrecken bedienen auch die zehn V 100[20], die das kleine Bw St. Wendel zwischen

Lange Zeit hindurch bedient das Bw St. Wendel auch den Nahverkehr rund um Trier. Am 27. 8. 65 geben sich im Trierer Hauptbahnhof die V 100 2231, die V 60 433 und der SNCF-Triebwagen nach Apach ein Stelldichein.

März 1964 (neun) und April 1965 ab Werk erhält. Mitte der sechziger Jahre kann man sie auch im Trierer Raum beobachten, wo sie Leistungen auf der Strecke Trier – Hermeskeil übernommen haben. Nach Osten hin reicht ihr Einsatzgebiet bis Kreuznach. Letzter Betriebstag ist der 25. 9. 76. Kaiserslautern erhält den Restbestand von acht Maschinen. Übrig bleiben in St. Wendel nur V 60 und Kleinloks.

Bw Saarbrücken (Hbf, 1)
In den Monaten März und April 1965 werden Saarbrücken Hbf fünf V 100[20] ab Werk zugeteilt. Insgesamt vier weitere Maschinen treffen zwischen 1965 und 1969 aus St. Wendel und Gerolstein ein. Diese Loks sind seither Saarbrücker Grundbestand. In den siebziger Jahren kommen einige wenige 212er von anderen Bws hinzu und wechseln, mit zwei Ausnahmen, bis 1981/83 an Nachbar-Bws über. Per 30. 6. 86 beträgt der Saarbrücker Bestand elf 212er.

Anfang der siebziger Jahre bricht die V 100 vom Bw Saarbrücken in die Domäne der hier bis dahin im Wendezugverkehr eingesetzten 23er ein. Mit ihrem Nahverkehrszug macht die 212 346 im Bahnhof Auersmacher am 11. 5. 71 Station.

Ähnlich wie im Fall des Bw Trier reichen diese relativ wenigen Loks aus, um auf den verbliebenen Nebenbahnen, wo der Einsatz von Großdieselloks wenig lohnend ist, Güter- und Personenzugdienste wahrzunehmen. Auf der Strecke Saarbrücken – Saargemünd (Frankreich), wo sie die 23er im Wendezugdienst abgelöst hatten, sind sie ihrerseits längst von Elloks ersetzt worden. Im *Sommer 1985* werden in einem achttägigen Plan die Strecken Saarbrücken – Lebach – Wemmetsweiler – Neunkirchen (KBS 635/645), Saarbrücken/Homburg (Saar) – Zweibrücken – Pirmasens-Nord (KBS 680/685), Homburg (Saar) – Blieskastel – Reinheim/Saar (KBS 686) und Dillingen –

Niedaltdorf (KBS 633) bedient. Die KBS 635 ist mittlerweile für den Personenverkehr geschlossen, während die übrigen Dienste auch im Jahre 1986 noch bestehen.

Bw Kaiserslautern

Kaiserslautern ist heute das einzige V 100-Groß-Bw der BD Saarbrücken. Trotz dieser Tatsache zählt es nicht zu den „alten" Bws für die V 100. Knapp 40 V 100[10] und 50 V 100[20] sind bisher in Kaiserslautern beheimatet gewesen. Am Beginn steht der aus Ludwigshafen übernommene Bestand, von dem Kaiserslautern den größten Teil abbekommt, zwischen Februar und Mai 1965 sieben Maschinen, ab 22. 5. 66 dann fast den gesamten Restbestand von nochmals elf Loks. Zum gleichen Zeitpunkt wechseln fünf der zuerst aus Ludwigshafen übernommenen sieben Loks zum Bw Mainz über. Die übrigen halten sich bis zum 27. 5. 67, und werden vom folgenden Tag an bei den Bws Landau (elf) und Mainz (zwei) geführt. 1975 kehren die 212er nach Kaiserslautern zurück. Gleichzeitig gibt es hier erstmals auch 211er. Ab 12. 1. 75 setzt das Bw fünf 211er (davon vier Ex-Simmern) ein, und bis Ende September sind durch Zugänge aus Trier und Gerolstein insgesamt elf Maschinen zusammengekommen. Eine nochmalige Verstärkung trifft am 30. 5. 76 aus Landau (sieben) und Gießen (zwei) ein, und diese rund zwanzig 211er sind für mehrere Jahre üblicher Bestand. Im Grunde genommen hat sich hieran auch heute noch wenig geändert, läßt man einmal die Abordnung von drei Loks zur Türkischen Staatsbahn im Herbst 1982 außer acht. Nur Anfang der achtziger Jahre gibt es einen kurzzeitigen Einbruch, der durch Umbeheimatungen nach Kaiserslautern aber bald aufgefangen ist.

Ab Sommer 1975 stellt das Bw Kaiserslautern auch wieder 212er, zunächst drei, ab Winter 1975/76 fünf, und mit der Überstellung des kompletten Bestandes von St. Wendel ab 26. 9. 76 sind es, unter Einrechnung eines Zuganges aus Saarbrücken, schließlich elf Maschinen. Auch in den folgenden Jahren überwiegen die Zugänge deutlich gegenüber den Abgängen. Hervorzuheben sind vor allem fünf Maschinen aus Plattling, die 1981 hinzustoßen. Ende 1983 jedenfalls sind 23 212er in Kaiserslautern versammelt. Mitte 1986 beläuft sich deren Zahl auf 21, gegenüber 16 der Reihe 211.

Kaiserslauterns V 100 decken fast den gesamten Bereich der BD Saarbrücken südlich und östlich von Trier bzw. außerhalb des insgesamt doch recht engen Tätigkeitsfeldes der Saarbrücker V 100 ab. Durch den radikalen Rückzug der Bahn aus Hunsrück und Pfälzer Wald sind natürlich auch hier die Einsatzmöglichkeiten reduziert worden. Hinzu kommt, daß auf den für Personenverkehr beibehaltenen Strecken ausgesprochene Verkehrsspitzen auftreten, die für wenige Stunden am Tag einen beachtlichen Fahrzeugpark binden, der den Rest des Tages nicht allein mit Nahgüterzugleistungen beschäftigt werden kann. Dies war schon zur Dampflokzeit so, und heute hat sich die Situation allenfalls noch verschärft.

BD Karlsruhe

Bw Ludwigshafen

Dieses Bw hat – gemessen am Gesamtbestand – den wohl höchsten Anteil fabrikneuer V 100[20] bezogen: 22 der insgesamt 23 in Ludwigshafen beheimateten Maschinen werden zwischen Juli 1963 und Juli 1964 neu angeliefert. Dennoch ist der V 100 in Ludwigshafen keine lange Zukunft beschieden. Hauptnutznießer ist das Bw Kaiserslautern, das im Winter 1964/65 sieben Loks von dort bekommt, zum 22. 5. 66 dann auch den Ludwigshafener „Rest" von elf V 100. Mainz erhält fünf V 100.

Bw Mannheim

Ähnlich kurz, nur um zehn Jahre versetzt, dauert die Existenz der 212 in Mannheim. Mit einer Ausnahme (Bw Haltingen) stammen alle 16 in Mannheim beheimateten 212er aus Karlsruhe und Kornwestheim. Erste Einsätze gibt es ab Winter 1972/73, als acht Maschinen aus Karlsruhe eintreffen. Zu Ende dieses Fahrplanabschnitts sind in Mannheim elf Loks versammelt und höher soll der Einsatzbestand auch nicht mehr werden. Auffällig ist die relativ hohe Zahl von „Kurzbeheimatungen" (allein sechs Loks für maximal drei Monate während des Winters 1972/73). Am letzten Betriebstag, dem 30. 6. 77, sind noch acht 212er in Mannheim vorhanden, die geschlossen an das Bw Karlsruhe abgegeben werden.

Bw Karlsruhe (1)
Ähnlich wie Gießen hat Karlsruhe im Laufe der Zeit sämtliche drei Varianten der V 100 in ihrem Bestand gehabt. Allerdings ist die Steilstreckenausführung, Baureihe 213, längst von Karlsruhe abgezogen. Hingegen ist die Baureihe 211 Mitte 1986 mit sieben und die Baureihe 212 mit immerhin 32 Exemplaren in Karlsruhe vertreten.

Karlsruhe hat bislang 40 V 100[20] besessen. Da gibt es zunächst ab September 1966 eine einsame V 100 2196 aus Haltingen, die erst während des Sommers 1968 Zuwachs aus München erhält. Bis Ende Oktober 1968 sind in Karlsruhe sieben Loks dieser Bauart versammelt. Diese werden dann Ende Oktober 1972 geschlossen nach Mannheim überstellt. Doch schon zwei Monate später gibt es erneut 212er in Karlsruhe, und bis Mitte Dezember sind schließlich sechs Loks aus

Aus der Sicht des Bahnreisenden, der aus der Unterführung zum Bahnsteig hinaufsteigt: Steilstrecken-V 100 2232 vom Bw Karlsruhe und E 41 061, beide mit Umbau-Dreiachsern am Haken – am 27. 5. 67 noch ein vertrautes Bild im Karlsruher Hauptbahnhof.

Kornwestheim dort beisammen. Das Bw Mannheim wird in den folgenden Jahren einer der Hauptlieferanten, letztmalig ab 1. 7. 77 mit acht Loks. Ebenso wechselt der Restbestand aus Landau mit dem 3. 6. 84 nach Karlsruhe über, nochmals acht Maschinen. Unter Einrechnung der „kleineren" Zugänge und bei nur wenigen Abgängen kommen auf diese Weise insgesamt 32 212er per 30. 6. 86 zusammen.

Der Bestand an 211ern wird erst 1984 gebildet. Ab 8. 1. werden zwei ehemals Freiburger Maschinen in Karlsruhe eingesetzt, und gemeinsam mit den bereits erwähnten acht aus Landau umgesetzten 212ern kommen auch sieben 211er von dort. Da die beiden Freiburger Loks tags zuvor nach Würzburg weitergereicht worden waren, gibt es seither in Karlsruhe nur besagte sieben Loks aus Landau.

Die komplette Serie von insgesamt zehn V 100 mit Steilstreckenausrüstung, später Baureihe 213, wird zwischen Januar und Mai 1966 direkt ab Werk dem Bw Karlsruhe für den Einsatz auf der Murgtalbahn zugewiesen. Zwei dieser Loks werden im Mai 1968 nach Gießen überstellt, die übrigen folgen zwischen Januar und Mai 1972. Über den Einsatz der Steilstreckenloks wird in einem gesonderten Kapitel berichtet.

Bw Landau

Zur Personalschulung erhält das alte Triebwagen- bzw. Schienenbus-Bw Landau von Februar bis April 1962 die Griesheimer V 100 1171 zugeteilt. Ab Mai treffen dann ab Werk insgesamt sieben V 100 ein, die bis spätestens Ende Juli einsatzbereit sind. Im Winter 1962/63 wird der Bestand um weitere acht Werkslieferungen aufgestockt (Anlieferung Oktober bis Januar), so daß seither fünfzehn V 100 bereitstehen. Durch den Zugang von sechs Ingolstädter 211ern Ende der sechziger Jahre erhöht sich der Bestand auf rund 20 Maschinen. Ab Mitte der siebziger Jahre jedoch verringert sich deren Zahl spürbar. Fünf von ihnen wechseln z. B. nach Trier, sieben nach Kaiserslautern, so daß Ende 1980 nur sieben 211er übrigbleiben. Seither hat sich nicht mehr viel bewegt. Abgängen in Richtung Türkei stehen Neuzugänge aus Trier und Tübingen gegenüber, und als die Unterhaltung von V 100 in Landau mit dem 2. 6. 84 endet, können sieben 211er und acht 212er nach Karlsruhe abgegeben werden.

Die ersten dieser V 100^{20} treffen wenig später als die letzten Werkslieferungen von V 100^{10} in Landau ein, auch hier also die fast gleichzeitige Zuteilung von Loks beider Bauarten. Die beiden Werkslieferungen von September/Oktober 1963 bleiben jedoch nur bis zum Ende des Winterfahrplans 1964/65 in Landau und werden vom Sommer an in Ludwigshafen bzw. Fulda geführt. Ab 28. 5. 67 verrichten dann elf Kaiserslauterner V 100^{20} in Landau ihren Dienst und der Bestand von etwa zehn Maschinen hält sich nahezu unverändert bis 1984.

Das Einsatzgebiet der Landauer V 100 deckt sich weitgehend mit dem der dort beheimateten Schienenbusse, umfaßt also den Raum zwischen Karlsruhe im Südosten, Pirmasens/Kaiserslautern im Südwesten, die Alsenztalbahn im Nordwesten und Worms im Nordosten. Von Norden her bestehen Kontakte zum V 100-Bw Mainz, nach Osten mit den Bws Karlsruhe, Mannheim und Ludwigshafen (sofern diese gerade V 100 im Bestand führen), und nach Westen grenzt der Bereich des Bw Kaiserslautern an. Das Vorhandensein von Großdiesselloks der Reihen 218 in Kaiserslautern und der Überhang von Akkutriebwagen beim Bw Worms lassen den Landauer V 100 in den letzten Jahren nicht mehr viel Spielraum, beschränken deren Einsatz zum großen Teil auf die Beförderung leichter Personenzüge bzw. auf Nebenbahn-Güterzüge.

Bw Villingen

Zwischen September und November 1962 werden dem Bw Villingen acht fabrikneue V 100^{10} zugeteilt. Bis Mitte der siebziger Jahre ist der Bestand auf durchschnittlich zehn Maschinen angewachsen. Fahrzeugbewegungen gibt es kaum. Nur elf verschiedene V 100^{10} sind im Laufe von

Die ersten V 100, die Freiburg, dem heute kleinsten V 100-Bw der DB, zugeteilt wurden (Bild: V 100 1336), waren nicht wendezugfähig. Daher muß am 24. 5. 67 im Endbahnhof Elzach noch umgespannt werden.

zwölf Jahren in Villingen beheimatet. Am 31. 5. 75 ist damit Schluß. Die noch von Villingen aus eingesetzten acht 211er gehen an das Bw Tübingen.

Bw Freiburg
Gerade bei der BD Karlsruhe ist auffällig, daß hier 1961/63 etliche Bws mit kleinem V 100-Bestand eingerichtet worden sind, mit dem ganz gezielt die Dampfloks auf einzelnen Strecken abgelöst werden sollten. Zumeist sind es nur zwei, drei Strecken, die von diesen Bws bedient werden, deren Einsätze auch zur Dampflokzeit begrenzt waren. Villingen und Freiburg sind zwei solcher Fälle. Die Rheintalbahn ist seit langem elektrifiziert, so daß für die Freiburger V 100 nur die Nebenbahnen nach Breisach und nach Elzach übrigbleiben, ähnlich wie im Fall des Bw Villingen, wo die Stammstrecke, die Schwarzwaldbahn selber, wohl kaum für die V 100 geeignet war, sondern viel mehr die davon abzweigenden Bahnen Richtung Rottweil und Neustadt.

Freiburg bekommt ab Werk zwischen Juli und September 1962 insgesamt sechs V 100[10] zugewiesen, mit denen die beiden genannten Strecken voll verdieselt werden können. Daher ändert sich der Bestand in Freiburg bis zur Aufgabe der Unterhaltung von 211ern kaum. Ein Bedarf über diese fünf, sechs Maschinen hinaus besteht nämlich nicht. Anfang 1984 – mittlerweile sind als Ersatz bereits 212er aus Karlsruhe eingetroffen – sind es noch fünf Maschinen, deren letzte bis zum 2. 6. 84 in Freiburg bleibt, ehe Würzburg bzw. Hof sie übernehmen.

Im Gegenzug erhält Freiburg von der BD Nürn-

berg fünf 212er, die ab Sommer 1984 in die Dienstpläne der 211 einsteigen. Diese fünf Maschinen sind auch Mitte 1986 in Freiburg beheimatet, machen es damit übrigens zum kleinsten V 100-Bw der Bundesbahn.
Trotz dieses kleinen Bestandes ist auch bei den Freiburger V 100 eine gewisse Dynamik festzustellen. Die ersten dort eingesetzten $V 100^{10}$ sind nicht wendezugfähig. An den Endpunkten muß folglich umgespannt werden. Eine Beschleunigung der Wendezeiten gibt es ab Sommer 1976, als die $V 100^{10}$ der Anfangsausstattung gegen wendezugfähige $V 100^{10}$ getauscht werden. Und diese wiederum verschwinden zum Sommer 1984 zugunsten der stärkeren Variante, so daß auch die Fahrzeiten verringert werden können. Damit ist der Weg frei für einen taktähnlichen Anschlußverkehr zur IC-Strecke Offenburg – Freiburg – Basel.

Bw Haltingen
Auch dies ist ein kleines V 100-Bw, das sich bis heute gehalten hat. Elf $V 100^{20}$ sind hier im Laufe von mehr als zwei Jahrzehnten beheimatet gewesen, gleich zehn davon als Werkslieferungen zwischen Dezember 1963 und Februar 1964, die komplette Reihe V 100 2187–2196! Seither ist der Haltinger Bestand nur leicht abgebröckelt. Per 30. 6. 86 sind dort noch immer acht Maschinen vorhanden. Deren Einsatzgebiet liegt auf den nicht elektrifizierten Strecken östlich von Basel; ein überschaubares Gebiet, ähnlich eng begrenzt wie es das der Haltinger bzw. Baseler Akkutriebwagen gewesen ist.

BD Stuttgart

Bw Kornwestheim
Kornwestheims Liste ist lang, knapp 60 $V 100^{10}$ und nahezu 40 $V 100^{20}$. Ein Drittel davon ist auch heute noch dort beheimatet.
Im März 1962 weilt die Plochinger V 100 1117 zur Lokführerschulung in Kornwestheim. Ab Juli dann bekommt Kornwestheim zwei lange Reihen fabrikneuer $V 100^{10}$ zugewiesen, 1204–1218 und 1354–1365. Im März 1963 treffen die letzten Fahrzeuge ein. Diese 27 Loks sind ab Winter fortan der Kornwestheimer Grundbestand. Zwischen 1965 und Ende Winter 1966/67 wechseln insgesamt 19 Loks zum Bw Ulm über (allein zehn davon zwischen Februar und August 1965), ohne daß nennenswerte Neuzugänge zu verzeichnen sind. Erst ab Anfang der siebziger Jahre erfährt Kornwestheims Bestand massiv Verstärkung: 1972 Rückkehr von neun Loks aus Ulm (plus eine zehnte, die schon 1969 gekommen war), 1973/74 Zuteilung von sechs Flensburger 211ern. Da 1973/74 aber auch 18 211er nach Tübingen überstellt werden (16 davon per 29. 9. 74), sind zum Jahresende 1975 nur mehr zwölf Maschinen übrig geblieben. Abgänge nach Mühldorf zum Sommer 1986 verringern erstmals drastisch den bis 1985 erhalten gebliebenen Bestand von durchschnittlich zehn Maschinen (Bestand per 30. 6. 86: vier 211er).
Auch bei den $V 100^{20}$ fällt der hohe Anteil von Fabriklieferungen auf. 23 der insgesamt 36 Maschinen treffen in zwei Schüben zwischen August 1963 und Februar 1964 (15) bzw. Januar bis September 1965 (8) ein. Der Bestand von gut zwanzig Loks hält sich bis auf den heutigen Tag, obwohl seit 1972 ein reges Hin und Her festzustellen ist, bei dem jedoch oft lediglich eine 212 gegen eine andere getauscht wird. Mitte 1986 sind in Kornwestheim 23 212er vorhanden.
Die gemachten Ausführungen verdeutlichen die engen Beziehungen dieses Bws mit den V 100-Bws Ulm und Tübingen. Wächst der Bestand des einen Bws, verringert sich zwangsläufig das Aktionsfeld der Nachbar-Bws. Nachdem Tübingen den Ulmer Bestand (und damit auch einen Teil der von dort erbrachten Leistungen) übernommen hat, ist die Aufgabenteilung in der BD Stuttgart einfach: Tübingen bedient den „Süden", Kornwestheim den „Norden", wobei sich die Fahrzeuge beider Bws im Großraum Stuttgart treffen.

Oben: Solch prächtige Wagenreihungen sind auch früher nicht alltäglich für die V 100 gewesen. In der Abendsonne verläßt der P 3928 am 13. 9. 69 Rottweil in Richtung Tuttlingen. Das Gleis links führt nach Balingen.

Rechts: Die Kornwestheimer 212 211 läuft als Vorspann des Nahverkehrszugs aus Richtung Eutingen (Böblingen, 15. 9. 69).

Im *Sommer 1982* besteht für die Baureihe 212 beim Bw Kornwestheim ein Dienstplan mit zwölf und ein zweiter mit insgesamt neun Maschinen. Im zwölftägigen Laufplan 03 erbringen die Loks im Durchschnitt 230 km/BT vornehmlich vor Güterzügen, die teilweise bis in den Bereich der BD Nürnberg (über Crailsheim und Lauda bis nach Wertheim) bzw. der BD Karlsruhe (Wendebahnhöfe Heidelberg, Karlsruhe und Ludwigshafen) hineinragen. Im Personenverkehr wird die KBS 795/799 Ludwigsburg – Backnang mit Kornwestheimer 212ern bedient. Neun wendezugfähige 212er mit plantäglich durchschnittlich 219 km verrichten im Dienstplan 02 Personenzugdienste auf den KBS 761 (Wendlingen – Kirchheim – Oberlenningen) und 799 (Backnang – Marbach) mit einigen Leistungen über die Endpunkte hinaus (z. B. Wendlingen – Plochingen).

Bw Tübingen
Das heutige V 100-Groß-Bw Tübingen ist recht jungen Datums. Sein Bestand rekrutiert sich vor allem aus den Zuweisungen aus Kornwestheim (zwischen Herbst 1973 und Frühjahr 1977 insgesamt 22 Maschinen, davon allein 16 ab 29. 9. 74) und den Übernahmen des Ulmer und Villinger Restbestandes per 3. 6. 73 (neun Loks aus Ulm) bzw. 1. 6. 75 (acht Loks aus Villingen). Einsätze mit 211ern gibt es in Tübingen also seit Sommer 1973, und diese wurden in den folgenden Jahren konsequent ausgeweitet. Weitere abgebende Bws in den siebziger Jahren sind Gießen, Freiburg, Hof und Kassel, dank deren Hilfe schließlich Ende 1975 38 Maschinen vorhanden sind, Ende 1980 sogar 43. Drei 211er bekommt im Oktober 1982 die Türkische Staatsbahn, drei weitere wechseln Ende März 1986 zum Bw Mühldorf über. Bestand per 30. 6. 86: 36 Loks.
Die seit der Übernahme der Kornwestheimer, Ulmer und Villinger Fahrzeuge von Tübingen aus bedienten Strecken sind weitgehend identisch mit den Leistungen, die diese Bws früher selber mit ihren V 100 abgedeckt haben. Nach wie vor gibt es 211er auf der früher von Villingen aus bedien-

Auch nach der Umbeheimatung der 211 359 von Kornwestheim nach Ulm bleiben die Einsatzstrecken dieselben. Am 14. 9. 69 befördert sie den E 4507 (Laufen, Strecke Tübingen – Ebingen).

Über eine von Herbstzeitlosen übersäte Wiese hinweg bietet sich ein prächtiges Motiv auf die Kornwestheimer 211 vor ihrem stilreinen Eilzug 4503 unweit des Lautlinger Viaduktes (14. 9. 69).

ten KBS 727 Donaueschingen – Neustadt (Rarität im Winter 1985/86: der mit Tübinger 211 und Ulmer 215 bespannte N 3550 Villingen – Neustadt). Die Züge, die früher Ulmer V 100 auf der KBS 766 (Sigmaringen – Balingen – Tübingen) gezogen haben, bespannt heute das Bw Tübingen mit seinen 211ern (wobei lediglich Eilzugleistungen an die damals in Ulm noch nicht vorhandenen 215er gegangen sind), und wo Mitte der sechziger Jahre noch Kornwestheimer V 100-Nahverkehrszüge von Eutingen nach Böblingen und weiter Richtung Sindelfingen zogen, tun dies heute – z.T. – Tübinger 211.

Mangels leichter Streckendiesselloks beim Bw Ulm werden die Nahgüterzüge auf den Nebenbahnen in Oberschwaben von Tübingen aus bespannt, zumindest was die Verwendung von 211ern angeht. Groß ist hier nämlich auch der Anteil der mit der Baureihe 260/261 beförderten Ng/Üg. Seit Sommer 1983 erreichen Tübinger

211er sogar Lindau und Radolfzell. Letzteres wird seither mit den E 3748/3749 von Friedrichshafen aus angefahren.

Bw Ulm

Von Kornwestheim nach Ulm, von da zur Hälfte zurück nach Kornwestheim, die übrigen Loks nach Tübingen, das ist der Weg, den die V 100[10] des Bw Ulm zwischen 1965 und 1973 genommen haben. Sämtliche 19 in Ulm eingesetzten Maschinen stammen aus Kornwestheim, eine erste vom Februar 1965, bis Ende 1965 weitere neun, Ende Mai 1967 dann nochmals sieben. Ab Winter 1969/70 gehen Ulmer 211er nach Kornwestheim zurück, bis Dezember 1972 bereits zehn Maschinen. Die verbleibenden neun Loks werden in Ulm bis zum 2. 6. 73 unterhalten und vom folgenden Tag an beim Bw Tübingen geführt.

In Ulm rücken statt der V 100 Großdiesellloks der Baureihe 215 ein, und diese ersetzen bald schon einen Großteil der ehemaligen V 100-Dienste.

BD Nürnberg

Bw Aschaffenburg

Die V 100-Ära in Aschaffenburg beginnt erst Anfang der siebziger Jahre. Parallel erhält das Bw zum Winter 1972/73 sowohl 211er (vornehmlich vom Bw Bamberg) als auch 212er (vom Bw Nürnberg Hbf). Die stärkere Variante bleibt in der Minderzahl und beschränkt sich auf insgesamt vier Exemplare, die mit Ablauf des Winterfahrplans 1975/76 (letztes Datum: 1. 6. 76) an das Bw Koblenz abgegeben werden.

Hingegen wird der Bestand an der Baureihe 211 in den nächsten Monaten und Jahren auf maximal 17 Einheiten ausgebaut. Vier Loks aus Bamberg und eine aus Bayreuth machen den Anfang. Bis Ende Winter 1975/76 hat Bamberg bereits zwölf Loks nach Aschaffenburg abgegeben. Koblenz und München-Ost ersetzen die zum Sommer 1976 aus Aschaffenburg verschwundenen vier 212er. Hof seinerseits liefert zum 18. 6. 83 sechs 211er.

Das Bw Ulm stellt die Bespannung für diesen Eilzug auf der Strecke Schelklingen – Ulm am 4. 6. 67 (Blaubeuren).

Ende 1980 sind in Aschaffenburg 17 Loks der Baureihe 211 beheimatet. Mitte 1985 sind es 15. Die mittlerweile vorgenommene Umwandlung des Bw Aschaffenburg in eine Außenstelle des Bw Würzburg deutet den weiteren Weg bereits an: Mit dem 31. 5. 86 endet in Aschaffenburg die Unterhaltung von V 100. Würzburg bekommt vom nächsten Tag an den kompletten Bestand von immer noch 14 211ern zugewiesen.

Nach wie vor jedoch sind die ehemaligen Aschaffenburger Loks gemeinsam mit Großdiesselloks der Baureihe 215 auf den Strecken des sogenannten Mainvierecks, also Aschaffenburg – Miltenberg – Wertheim – Lohr, ebenso von Miltenberg nach Seckach zu sehen. Eine Lok, die 211 167 dient seit Sommer 1985 als Krangewicht.

Bw Würzburg (1)
Der Bestand an V 100[10] beim Bw Würzburg lebt zunächst von den Zuweisungen anderer Bws der BD Nürnberg. Im Januar 1965 treffen erstmals vier Maschinen in Würzburg ein, drei aus Bamberg und eine aus Nürnberg. Auch durch weitere Zugänge aus diesen beiden Bws wächst der Bestand nur langsam an, erreicht mühsam sieben, acht Fahrzeuge. Im Laufe des Jahres 1968 wird er auf die Hälfte reduziert, und die letzten drei 211er bleiben bis zum 28. 2. 69 in Würzburg, ehe auch sie nach Bamberg zurückgehen.

Die zweite Etappe ist dann wesentlich expansiver. Zum Sommer 1982 gibt Aschaffenburg zwei 211er nach Würzburg ab; weitere vier Maschinen folgen zum nächsten Winter. In den Monaten Mai und Juni 1983 bekommt Würzburg 211er nahezu aus dem gesamten Bundesgebiet, aus Nürnberg (elf), Hof (vier im Tausch gegen vier Würzburger Loks), Schwandorf (eine kurzzeitig), Mühldorf (eine), Kornwestheim (drei) und Osnabrück (fünf). Die Abgänge halten sich in den Jahren 1982/83 in bescheidenem Rahmen.

Der Grund für diese Fahrzeugbewegungen ist nicht in der Bemühung der BD Nürnberg zur

Am Stellwerk Mgf in Miltenberg treffen die Nebenstrecken aus Richtung Seckach (links) und Aschaffenburg (rechts) zusammen; von hier aus wurden früher auch die Bw-Zufahrt und die Einfahrt in den als Kopfbahnhof ausgebildeten Hauptbahnhof von Miltenberg geregelt (heute Miltenberg Gbf). Die Aschaffenburger 211 160 aus Richtung Seckach läuft am 20. 5. 86 zum Miltenberger Bahnhof durch (früher Miltenberg-Nord).

Die Nahverkehrszüge zwischen Steinach und Rothenburg/T werden als Wendezüge mit 211 des Bw Würzburg gefahren. Im Bild wartet N 6346 auf die Abfahrt in Richtung Hauptbahn (16. 7. 83).

211 190 vom Bw Würzburg setzt am Bahnsteig in Bad Kissingen vor den Nahverkehrszug nach Gemünden. Dieser von einer V 100 wahrgenommene Dienst war bis zum Ablauf des Winterfahrplans 1983/84 eine typische Schienenbusleistung (6. 8. 84).

Konzentration auf wenige, um so leistungsfähigere Stützpunkte zu sehen (dafür gibt es im Direktionsbezirk allemal zu viele Gegenbeispiele). Vielmehr handelte es sich darum, die Werkstattkapazität in Würzburg auch nach der Ausmusterung der Ellok-Baureihen 118 und 144 sowie der Umbeheimatung der 141 nach Nürnberg weiterhin auszunutzen.

Auch in den nächsten Jahren stoßen neue Loks nach Würzburg, bleibt die Umbeheimatung von Würzburg fort die Ausnahme. Auf diese Weise sind dort bis Mitte 1985 37 211er versammelt. Durch die Übernahme des Aschaffenburger Bestandes per 1. 6. 86 vergrößert sich ihre Zahl auf 52 (30. 6. 86). Parallel dazu wird ab Sommer 1984 ein kleiner Bestand an 212ern aufgebaut. Seit 3. 6. 84 werden acht Nürnberger 212er in Würzburg im Bestand geführt. Abgesehen von zwei Umbeheimatungen nach Darmstadt zum Sommer 1985 hat sich hieran nichts geändert. Die vormals acht und nun sechs Ex-Nürnberger 212er sind übrigens die letzten Loks dieser Baureihe, die bei Bws der BD Nürnberg eingesetzt werden. Ein Blick auf die Streckenkarte zeigt, daß im Grunde genommen der Standort Würzburg als Bw für Dieselloks denkbar ungeeignet ist. Die nicht elektrifizierten Strecken westlich von Würzburg versorgte das Bw Aschaffenburg weitaus günstiger. Bis Gemünden oder Schweinfurt, von wo aus ebenfalls Nebenstrecken abgehen, sind es jeweils rund 50 km, bis Steinach (Richtung Neustadt/Aisch und Rothenburg) sogar bald 60 km unter Fahrdraht. Dies erklärt, weswegen Würzburger V 100 zumeist weit ab von ihrem Heimat-Bw operieren. Zahlreiche Loks werden von der Außenstelle Schweinfurt aus eingesetzt, auf den Strecken Richtung Bad Kissingen – Mellrichstadt, Bad Kissingen – Gemünden und Bad Neustadt – Bischofsheim bzw. auf Schweinfurt – Gerolzhofen (– Richtung Kitzingen). Bescheidener Bedarf besteht auch für die Dienste auf den beiden in Steinach abzweigenden Strecken Richtung

Auf der Strecke von Schweinfurt nach Gerolzhofen wird am 6. 8. 84 nur noch im Berufsverkehr bescheidener Personenverkehr auf der Schiene abgewickelt. Der Frühzug N 7804 in Richtung Schweinfurt verläßt den aus zwei kümmerlichen Gleisen bestehenden einstmaligen Bahnhof von Alitzheim.

Rothenburg und Neustadt/Aisch, einstmals Domäne des Bw Ansbach. Hinzu kommen insbesondere im Herbst zahlreiche Güterzüge auf z. T. für den Personenverkehr stillgelegten Strecken, bei denen die Zuckerrübenabfuhr im Vordergrund steht; ein nicht unbedeutender Kunde ist auch die Bundeswehr, für die Einsätze in Manövergebiete (z. B. Hammelburg und Wildflecken) anfallen. Die Strecken Jossa – Wildflecken und Gemünden – Bad Kissingen werden übrigens erst seit Sommer 1984 massiv mit Würzburger V 100 auch im Personenverkehr bedient. Hier waren zuvor Gießener VT 798 mit Würzburger Personal im Einsatz.

Bw Bayreuth

In Bayreuth sind zwischen 1962 und 1975 insgesamt zwanzig V 100^{10} beheimatet gewesen. Fahrzeugbewegungen gibt es nur innerhalb der BD Nürnberg. Zwölf Fabriklieferungen (März bis November 1962) läuten das V 100-Zeitalter in Bayreuth ein. Zunächst ist die V 100 nur eines von mehreren Nebenbahn-Triebfahrzeugen. Zu groß ist die Übermacht der 64er und 86er in den Nachbar-Bws, zu stark auch der Schienenbusbestand. So wird der Bestand auch niemals deutlich aufgestockt; Zu- und Abgänge halten sich die Waage. 1974/75 trennt sich Bayreuth von sämtlichen 211ern. Am Ende des Sommerfahrplans 1974 werden zwei Loks dem Bw Bamberg zugeteilt, und der Rest von immerhin noch neun Maschinen wechselt ein Jahr später nach Schwandorf (vier), Nürnberg (drei), Hof oder Bamberg (je eine) über. Letzter Tag ist der 27. 9. 75.

Bw Bamberg

Bambergs erste V 100 ist die V 100 1023, die im Dezember 1961 in ihrem neuen Bw eintrifft. Ein V 100-Bestand wird jedoch erst ab April 1962 aufgebaut. Bis Oktober kommen zehn weitere Fabriklieferungen hinzu.
Zunächst tut sich nicht viel in Bamberg, der Bestand hält sich bei zehn, zwölf Maschinen. Erst gegen Ende der sechziger Jahre treffen massiv 211er aus Nürnberg und Würzburg ein, so daß zum Jahresende 1970 23 Loks bereitstehen. Mit diesen gut zwanzig Loks wird jedoch nicht lange gearbeitet. Bis zum Ende des Sommerfahrplans 1975 sind es nur noch 15 Maschinen, von denen fünf im Dezember 1975 nach Hof abgehen, und auch die restlichen zehn Maschinen halten sich bis längstens Ende Mai 1976. Am 29. 5. stehen die letzten acht Maschinen zur Überführung nach Aschaffenburg, Hof, Nürnberg und Osnabrück bereit. Der Grund ist die Rückführung sämtlicher V 80 von Coburg nach Bamberg.
Bambergs V 100 bedienen die von Bamberg und von Forchheim ausgehenden Nebenbahnen, so, wie es zuvor auch die V 80 getan hatte. Mit dem Rückzug der Bahn aus dem Personenverkehr bekommen auch die V 100 weniger zu tun.

Bw Ansbach

Betrachtet man die Karte des (alten) Direktionsbezirks Nürnberg, dann fällt auf, wie dicht das Netz der V 100-Stützpunkte dort 1962/63 ist. Alle diese Bws, gleichgültig, ob Bayreuth, Bamberg, Ansbach oder Nürnberg, verfügen zunächst über einen Fahrzeugbestand in der Größenordnung von je einem Dutzend Fahrzeuge, überschaubar, wie auch die von den jeweiligen Bws bedienten Nebenbahnen in einem engen Rahmen bleiben. Gerade in Franken ist damals die Dampflok noch stark vertreten, die 64er und 86er bilden eine ernstzunehmende Konkurrenz. Zudem hat auch der Schienenbus hier viel zu tun. Vielfach bleiben der V 100 dann nur die Berufsverkehrszüge und Nahgüterzugleistungen. Unumschränkter Herrscher auf den Nebenstrecken wird die V 100 erst in den siebziger Jahren. Großdiesellloks machen der V 100 in der BD Nürnberg weniger Konkurrenz als anderswo. Die Regensburger 217 und 218 haben mit Hauptbahndiensten vollauf zu tun, und die Aschaffenburger 215 reichen nur in den Nordwesten des Direktionsbezirks hinein. So sind es erst die Einschränkungen auf den Nebenbahnen, deren teilweise Stillegung und – im Nürnberger Raum – die Zuteilung des VT 614, die die

Der Eisenbahnfreund kennt Behringersmühle als Museumsbahnhof. Am 14. 7. 73 hat die Bamberger 211 032 ihren Wendezug aus Richtung Forchheim dorthin gebracht.

V 100 verdrängen. Dieser Prozeß dauert noch an. Ansbachs Einsätze mit der V 100 sind eng mit jenen des Bw Nürnberg verbunden. Die insgesamt zwölf in Ansbach beheimateten V 100 kommen entweder aus Nürnberg (drei Loks zwischen Mai und Juli 1962) oder sind Werkslieferungen (April bis November 1962), und nach Nürnberg gehen schließlich auch alle Loks wieder zurück. Ein kleiner Kreislauf also.
Die letzten V 100 sind noch nicht eingetroffen, da gehen die ersten Maschinen bereits wieder nach Nürnberg ab. Neun Loks sind Ende 1962 noch auf den Nebenbahnen nach Windsbach, Neustadt/Aisch und Rothenburg im Einsatz. 1966 verlassen zwei weitere V 100 Ansbach in Richtung Nürnberg, die übrigen tun dies mit Auslaufen des Winterfahrplans 1966/67. Letzter Tag ist der 27. 5. 67. Fortan stellt Nürnberg die Loks für die genannten Nebenbahnen.

Bw Nürnberg Hbf (Nürnberg 1)
Nürnberg bekommt zunächst einen etwa gleichgroßen Bestand an V 100[10] zugewiesen wie die anderen Bws des Direktionsbezirkes. Bald schon jedoch nimmt der Fahrzeugbestand eine andere Entwicklung als etwa in Bamberg oder Bayreuth.

Die beim Bw Nürnberg Hbf beheimatete 211 167 ist am 14. 7. 73 unterwegs zwischen Neumarkt und Beilngries.

Knapp 40 V 100^{10} und 25 V 100^{20} haben in Nürnberg zwischen 1962 und 1984 Dienst getan, eine vergleichsweise große Zahl, wenn man die Nachbar-Bws danebenhält.

Zehn V 100^{10} kommen ab Werk nach Nürnberg, neun zwischen Januar und Juni 1962, eine zehnte Lok im Dezember. Zunächst bleibt der Bestand von zehn bis zwölf Loks trotz zahlreicher Ab- und Zugänge in etwa erhalten. Die Übernahme des Ansbacher Bestandes in den Jahren 1966/67 und die massiven Abgänge in Richtung Bamberg in den Jahren 1969/70 halten sich ungefähr die Waage, so daß Ende 1970 noch immer zwölf 211er in Nürnberg beheimatet sind. Während der siebziger Jahre dann vergrößert sich der Bestand schrittweise auf 24 Loks zum Jahresende 1980. Schwandorf ist „Hauptlieferant", doch auch Bamberg und Bayreuth tragen zum Anwachsen der Nürnberger 211er bei.

Die 23 am letzten Tag (28. 5. 83) in Nürnberg beheimateten 211er gehen zu annähernd gleichen Teilen nach Hof (zwölf) und Würzburg 1 (elf).

In den Jahren 1960 und 1961 ist die V 100 006, später 2001, oft zu Gast beim Bw Nürnberg Hbf. Am 13. 8. 60 verrichtet sie – vom Versuchsamt München kommend – erstmals Dienst in Nürnberg. Sie bleibt dort (Probe-/Meßfahrten?) bis zum 25. 1. 61 und geht anschließend an das BZA München zurück. Für kürzere Zeit sieht man die Lok dann noch während des Jahres 1961 beim Bw Nürnberg.

Einen eigenen V 100^{20}-Stamm baut Nürnberg erst ab 1963/64 auf. Zwischen Dezember 1963 und Januar 1964 treffen sechs fabrikneue Loks in Nürnberg ein, und zwischen Juni und Oktober 1965 sind es nochmals sechs Maschinen, darunter die V 100^{20} mit den höchsten Betriebsnummern (Reihe V 100 2378–2381), die dennoch nicht die letztgelieferten V 100^{20} sind (diese Ehre trifft die V 100 2331).

Durch Zugänge aus Mühldorf im Jahre 1970 (plus fünf, die jedoch bald schon nach Aschaffenburg und Hanau weitergereicht werden) und Plattling (plus drei 1977, plus drei 1983) nimmt der Nürnberger Bestand zu und so kommt es, daß am letzten Betriebstag der 212 in Nürnberg (28. 5. 83) 16 Maschinen abgegeben werden können: nach Würzburg acht, Freiburg fünf und Darmstadt drei.

Im Gegensatz zu den umliegenden Bws der BD Nürnberg setzt Nürnberg einen Teil seiner V 100 auch im Eilzugdienst ein, namentlich die stärkere V 100^{20}. Daneben fallen natürlich auch in Nürnberg die „üblichen" Nahverkehrszüge auf Nebenbahnen an, an denen gerade der Großraum Nürnberg reichlich gesegnet ist, und wo – durch die V 36-Einsätze – eine lange Diesellok-Tradition besteht. Zunächst mischt hier natürlich auch noch die Baureihe 86 mit. Mit Nürnberger V 100 werden die letzten Reisezüge nach Unterbibert-Rügland gefahren, und auch Neumarkt – Beilngries gehört zum Einsatzgebiet des Bw Nürnberg.

Daneben sind Nürnberger V 100 aber auch in größerer Entfernung von ihrem Heimat-Bw tätig. Sie bespannen Ende der sechziger Jahre, ehe wendezugfähige V 100 vom Bw Hof diese Dienste übernehmen, u. a. die Eilzüge Schnabelwaid – Marktredwitz – Schirnding.

Wendezüge auf Hauptbahnen, Eilzugleistungen und schwerere Güterzüge sind denn auch in den siebziger Jahren die wichtigsten Einsätze für die stärkere 212. Bis zum Winter 1973/74 verdingen sie sich z. B. vor Güterzügen auf der Nebenbahn Steinach – Rothenburg/T, ehe hier Nürnberger 290 einspringen. Die Nahverkehrszüge werden hier übrigens in jenen Jahren von Schienenbussen gestellt. Ausnahmsweise befördern sie sogar Schnellzüge, wie den DC 964 zwischen Nürnberg und Crailsheim am 19. 2. 74, als die vorgesehene Villinger 221 ausfällt.

Nachdem mit den Bielefelder 211 021/022 ab

Der Nürnberger Wendezug mit 211 137 verläßt am 30. 3. 69 Marktredwitz in Richtung Schirnding.

28. 5. 78 erstmals auch V 100 mit Vielfachsteuerung in Nürnberg beheimatet sind, werden die Verwendungsmöglichkeiten der V 100 weiter ausgedehnt.
Die Zuteilung der ehemals Nürnberger V 100 an die Bws Hof und – vor allem – Würzburg verdeutlicht, wie seit der Aufgabe der Unterhaltung von 211/212 beim Bw Nürnberg die Aufgabenteilung in der „neuen" BD Nürnberg abläuft: den Westen des Direktionsbezirks besorgt das Bw Würzburg, den weitaus gewichtigeren Osten hingegen das Mammut-Bw Hof mit seinen mittlerweile mehr als siebzig Maschinen.

Bw Regensburg

Regensburg war nie ein bedeutendes V 100-Bw. Für die Bedienung der in seinem Einzugsbereich liegenden Nebenstrecken nach Falkenstein, Kehlheim und Alling reichen durchweg vier, fünf Maschinen aus. Ansonsten haben seit dem Verschwinden der 01 und P 8 auf der Hauptstrecke Regensburg – Weiden – Hof hier allemal die Regensburger Großdieselloks der Baureihen 217/218 das Sagen.
Insgesamt weist die Tabelle zehn verschiedene V 100[10] in Regensburg nach, sieben von ihnen ab Werk im Juli (vier) und Oktober 1962 (drei) überstellt. Die meisten Zugänge bleiben nur kurz, der Bestand von sechs, sieben Loks bleibt die Regel. Letzter Tag ist der 31. 12. 76. Ab dem folgenden Tag sind die vormals sechs Regensburger 211 beim Bw Plattling beheimatet.
Von der stärkeren V 100[20] ist nur eine Lok, die 2024 von Griesheim, im Sommer 1965 für zwei Monate in Regensburg stationiert. Ansonsten weist das Betriebsbuch einiger Plattlinger V 100[20] im Jahre 1965 maximal zwei Tage Dienst beim Bw Regensburg nach. Was der Sinn dieser Maßnahme war, ist nicht bekannt.

Bw Schwandorf

Von den insgesamt knapp 30 V 100[10] des Bw Schwandorf sind zwölf Werkslieferungen, die zwischen November 1961 und Oktober 1962 hier eintreffen. Noch während dieser Aufbauphase wechseln drei Maschinen im April zum Bw Frankfurt/M-Griesheim über. Ansonsten gibt es bis Ende der sechziger Jahre wenig Fahrzeugbewegungen. Zugänge vermerkt die Statistik nur vier im Zeitraum 1967–1970. Ende 1970 besitzt das Bw Schwandorf 13 V 100.
Mitte der siebziger Jahre gerät der Bestand deutlich in Bewegung. Jeweils zum Beginn eines neuen Fahrplanabschnitts wird der Schwandorfer Bestand durch Zugänge aus anderen Bws des „neuen" Direktionsbezirks Nürnberg aufgestockt (Bayreuth, Hof und Plattling), gleichzeitig aber gehen viele der „alten" oder „neuen" Schwandorfer Loks in diesen Jahren 1975–1977 wieder von dort fort, namentlich nach Nürnberg Hbf und – etwas weniger – Richtung Hof und Gießen. Die Bilanz – zehn gegen zehn Loks – bleibt gleich. Ende 1980 haben weitere Umbeheimatungen die Gesamtzahl in Schwandorf auf zehn verringert. Letzter Betriebstag ist dann der 2. 6. 84. Ab Sommerfahrplan 1984 sind die zuletzt vorhandenen acht Schwandorfer 211 beim Bw Hof beheimatet.
Der Bedeutungsverlust der Schwandorfer V 100 wird leicht einsichtig, wenn man die Streckenkarten von 1960 und 1985 miteinander vergleicht. Von den Nebenstrecken entlang der von Schwandorf ausgehenden Eilzugstrecke nach Furth im Wald – einstmals wichtiges Einsatzgebiet der Schwandorfer V 100 – ist nicht mehr viel übriggeblieben. Für Schwandorf – Furth selber aber lohnt die Vorhaltung eines eigenen Bestandes nicht.

Bw Plattling

Plattling ist das einzige Bw der damaligen BD Regensburg, das ab Werk mit beiden Varianten der V 100 ausgestattet worden ist. Der Grund liegt in den z. T. schwierigen Streckenverhältnissen im südöstlichen Bayerischen Wald, wo die stärkere Bauform der V 100 angebracht erschien. Gut 20 V 100[10] und 14 V 100[20] sind in Plattling zu Hause gewesen. Die sechs einzigen fabrikneuen V 100[10] treffen zwischen April und August 1962 dort ein. Sie werden zu gleichen Teilen während des Winters 1964/65 nach Passau und während des Sommers 1966 nach Hof überstellt.

Von Passau kommt dann eine erste V 100^{10} ab 6. 1. 68 zurück. Trotzdem erfolgt in den nächsten Monaten nicht der konsequente Aufbau eines neuen Bestandes in Plattling, sondern die 211 283 bleibt zunächst ohne Gesellschaft. Massive Zugänge gibt es erst mit der Zuteilung der vormals in Regensburg beheimateten Maschinen zum Jahreswechsel 1976/77 (sechs), am 26. 9. 81 dann nochmals durch Zugänge aus Aschaffenburg (vier). Die Bestandszahlen: Ende 1970: eine, Ende 1975: vier, Ende 1980: sieben. Abgaben erfolgen überwiegend in Richtung Hof. Dorthin wechseln auch zum Sommer 1985 die dann noch vorhandenen zehn 211er über. Letzter Tag in Plattling ist der 31. 5. 85.

Die V 100^{20} treffen in Plattling mit einer Ausnahme direkt ab Werk in insgesamt drei Schüben ein: September bis Dezember 1963: fünf, Januar 1965: drei, Juni/Juli 1966: fünf. Der Grundbestand von etwa einem Dutzend Maschinen hält sich bis Mitte der siebziger Jahre. Seither befindet sich die 212 in Plattling nur noch auf dem Rückzug. Karlsruhe, Kaiserslautern und Nürnberg sind aufnehmende Bws, und letztgenanntes Bw bekommt auch die mit Ablauf des Winterfahrplans 1982/83 in Plattling freiwerdenden 212er. Letzter Tag für die drei Loks ist der 31. 5. 83.

Plattlings V 100 verkehren vor allem auf der Eilzugstrecke Plattling – Bayerisch Eisenstein und auf den von hier abgehenden Nebenstrecken, wobei Richtung Eging – Kalteneck auch Passauer V 100 beteiligt sind.

Bw Passau

Unmittelbar an den Einzugsbereich des Bw Plattling grenzt im Osten das vom Bw Passau bediente Streckennetz an, ausschließlich Nebenstrecken, kaum Langläufe mit mehr als 50 km. Zudem ist der Schienenbus in dieser Region noch recht stark beteiligt, sind die Züge selten einmal sehr lang. Von daher verwundert die Zuteilung von gleich 15 fabrikneuen V 100^{10} an das Bw Passau, wie sie zwischen Oktober 1961 und Dezember 1962 erfolgt. Durch frühzeitige Umbeheimatungen nach Hof (drei Loks im März 1962), Zugänge aus Plattling im Winter 1964/65 (drei) und die Umbeheimatung von insgesamt vier Loks in der zweiten Hälfte der sechziger Jahre (nach Plattling, Hof und Schwandorf) bleiben zum Ende 1970 elf Maschinen übrig. Am letzten Betriebstag, dem 27. 5. 78, sind es immer noch neun Maschinen, die alle zur BD München – Bw Mühldorf – übergehen.

Es hat den Anschein, als hätten mit den reichlich zugeteilten V 100 zu Anfang der sechziger Jahre sämtliche Nebenstrecken rund um Passau zügig auf Dieselbetrieb umgestellt werden sollen, eingeschlossen die teils im Zahnradbetrieb befahrene KBS 417n Erlau – Wegscheid. Doch auch Schienenbus und V 100 haben letztlich nicht zur „Nebenbahnrettung" beitragen können, sondern gerade im Bereich des Bw Passau ist es zu einem unvergleichlichen Kahlschlag gekommen, sind mittlerweile neben der Verbindungsbahn Deggendorf – Kalteneck – Passau die Strecken nach Freyung und Haidmühlen, nach Erlau – Wegscheid/Hauzenberg und die beiden in Vilshofen von der Hauptbahn Plattling – Passau abgehenden Nebenbahnen Richtung Aidenbach und Ortenburg ganz oder in Teilen von der Bildfläche verschwunden oder es hat sich allenfalls ein teilweiser Restbetrieb im Güterverkehr erhalten können. Da gab es auch für die Passauer V 100 nicht mehr genügend zu tun.

Bw Hof

Über 100 V 100^{10} waren zwischen 1962 und 1986 in Hof zu Hause, 71 von ihnen nennt die Bestandsliste für Mitte 1986. Nur acht Loks sind Werkslieferungen; erste V 100 in Hof sind jedoch drei im März 1962 von Passau zugeteilte, „gebrauchte" V 100. Zur Personalschulung ist die Schwandorfer V 100 1032 von Mitte Februar bis Mitte März 1962 in Hof eingesetzt. Ende der sechziger Jahre ist der Hofer Bestand auf 15 Loks

Auf der Hauptbahn Regensburg – Weiden – Hof sind diesellokbespannte Personenzüge (hier: P 1272) im Winter 1968/69 noch etwas Ungewöhnliches. Die Hofer 211 314 ist am 30. 3. 69 unterwegs zwischen Neustadt/W und Weiden.

angewachsen. In den Jahren 1973–76 kommt Bewegung in den Bestand. Insgesamt 14 Loks treffen aus Bamberg ein (allein sechs von ihnen ab 15. 12. 75), 1973 stoßen drei Loks aus Hagen-Eckesey hinzu, ab 28. 9. 75 vier Loks aus Schwandorf und „Einzelstücke" aus Bayreuth und Plattling, alles in allem 25 Zugänge. Gleichzeitig gehen gegen Ende Winter 1975/76 neun Loks von Hof fort (je drei nach Düren und Schwandorf, zwei nach Tübingen und eine nach Nürnberg).

Im Zusammenhang mit der Bw-Konzentration der achtziger Jahre dann „erbt" Hof die Bestände aus Schwandorf (ab 3. 6. 84 acht Maschinen) und Plattling (ab 1. 6. 85 zehn), darüber hinaus für zumeist nur wenige Wochen ab 29. 5. 83 elf Loks aus Nürnberg. Zehn dieser elf Loks werden nämlich am 17./18. 6. gegen sechs Zugänge aus Aschaffenburg und drei aus Würzburg getauscht. Zum Sommer 1984 wird der Bestand durch Zugänge aus Würzburg (vier) und Gießen (drei) erweitert, und alle diese großen und kleinen Umbeheimatungen nach Hof bringen es mit sich, daß dieses Bw nunmehr 71 Lokomotiven der Baureihe 211 im Bestand hat.

Damit ist Hof heute das einzige V 100-Bw im östlichen Teil der BD Nürnberg, oder – wenn man an die alte Direktionsabgrenzung denkt – das einzige V 100-Bw im Bereich der ehemaligen BD Regensburg. Entsprechend groß ist sein Aktionsfeld. Was früher von Regensburg, Plattling, Schwandorf oder Nürnberg aus bespannt worden ist, kommt nun von Hof. Ähnlich wie bei den Schienenbussen, die ebenfalls zentral von Hof aus eingesetzt werden, müssen dabei lange Anfahrten in Kauf genommen werden, wenn Fahrzeugtausch erforderlich ist. In gewisser Weise mag die Konzentration so vieler V 100 gerade im äußersten Nordosten Bayerns auch eine politische Entscheidung sein. Das große Dampflok-Bw von einst muß weiterbeschäftigt werden; hier haben auch unter betriebswirtschaftlichen Gesichtspunkten unrentable Nebenstrecken noch eine Aussicht auf Bestand, denn im Zonenrandgebiet muß eine gewisse Infrastruktur aufrecht erhalten werden, wenn die im Grundgesetz verankerte Gleichbehandlung realisiert werden soll, auch wenn diese sich eigentlich nicht trägt. Der Standort Hof und die V 100 profitieren davon.

BD München

Bw Augsburg (1)

Zwischen den Bws Augsburg, Nördlingen und Kempten hat es in den zurückliegenden zwanzig Jahren zahlreiche Umbeheimatungen von V 100 gegeben. So geht der Aufbau eines Bestandes von

Die Augsburger 211 119 kommt am 9. 6. 73 mit ihrem Güterzug bis nach Ulm.

fünf V 100[10] in Augsburg ab Februar 1965 auf die Zuteilung von ehemals in Kempten und Nördlingen eingesetzten Maschinen zurück. Der kleine Bestand wächst in den folgenden Jahren um einige Maschinen an, namentlich durch die Übernahme des Restbestandes aus Ingolstadt ab 26. 5. 74. Andererseits verlassen einige Augsburg zugewiesene Maschinen dieses Bw wieder, so daß letztlich ein durchschnittlicher Bestand von acht bis zehn Loks erhalten bleibt. Ende 1980 ist er auf zwölf angestiegen, und dieser Wert hält sich bis Winter 1984/85. Zu Ende 1985 neun, dann – zum Sommer 1986 – durch fünf Zuteilungen aus Krefeld auf 14 angewachsen; das ist der Stand von Mitte 1986.

Neben den insgesamt 27 V 100[10], die bisher in

Augsburg zu Hause gewesen sind, sind die gut zwanzig V 100[20] zu erwähnen, die dort ab 1971 beheimatet gewesen sind. Auch hier sind Nördlingen und Kempten abgebende Bws, angefangen mit der ersten Ex-Nördlinger Maschine, die ab Sommer 1971 in Augsburg dient, über die acht Zugänge aus Kempten per 6. 6. 72, bis hin zu den in zwei Schüben von Nördlingen zum Sommer 1980 (ab 1. 6. 80: drei) und während des darauf folgenden Winters (ab 1. 2. 81: fünf) überstellten Loks. Unter Berücksichtigung der übrigen Fahrzeugbewegungen wächst der Bestand an Augsburger 212ern bis zum Sommer 1982 auf 19 Maschinen an, verringert sich bis zum Winter 1983/84 auf 17 Fahrzeuge und wird Anfang 1986 nochmals um sechs Loks verkleinert, so daß Mitte 1986 nur noch elf 212er übrigblieben.

Augsburgs V 100 reichen in den *siebziger Jahren* bis hinüber nach Ulm. Darüber hinaus findet man sie natürlich dort, wo früher die V 100 der Bws Nördlingen und Ingolstadt zu Hause gewesen sind. Die 211er besitzen seit Jahren – im *Sommer 1984* z. B. mit einem sechstägigen Umlaufplan – ihr Schwergewicht im Großraum Ingolstadt und auf der KBS 911 Augsburg – Ingolstadt, wobei z. T. recht interessante Leistungen anfallen. In diesem Plan mit durchschnittlich 228 km/BT gibt es jedoch auch Dienste westlich und südwestlich von Augsburg, bis Gessertshausen, bis Buchloe und Kaufbeuren. Durchweg handelt es sich um Übergabezüge, im Fall des Üg 68774 Wolznach Bf – Ingolstadt mit 290er-Vorspann. Unter den wenigen verbliebenen Reisezügen fallen samstags Doppelbespannungen in Richtung Ingolstadt – Augsburg auf, die jedoch in erster Linie dem Fahrzeugtausch dienen.

Für die 212er besteht *1984* und *1984/85* ein zwölftägiger Plan mit durchschnittlich 199 bzw. (Winter 1984/85) 202 km/BT. Auch hier also wird den V 100 relativ wenig abgefordert. Haupteinsatzstrecken sind die KBS 970/980 Augsburg – Buchloe – Kaufbeuren – Kempten bzw. Kaufering – Buchloe – Türkheim – Memmingen sowie die davon abzweigenden Strecken Kaufering –

Die samstags praktizierte Doppelbespannung des N 5118 nach Augsburg dient der Rückführung einer zweiten V 100. Am 23. 7. 83 warten in Ingolstadt abfahrbereit: 212 094 und 211 117.

Schongau (KBS 982) und Türkheim – Bad Wörishofen (KBS 985). Befördert werden vor allem Güterzüge, vielfach in Doppelbespannung mit einer weiteren 212, einer 290 oder einer 218. Hervorzuheben sind die bis Frühjahr 1985 beförderten Öl-Ganzzüge zwischen Schongau und Kaufering, ebenso die lokbespannten Reisezüge mit Kurswagen nach Bad Wörishofen, denen bei einigen Zügen am Zugschluß ein Akkutriebwagen beigestellt ist (z. B. E 3757 Bad Wörishofen – Buchloe an Samstagen). Erwähnt werden soll auch der sonntägliche Nahgüterzug 63466 Augsburg – Kempten mit 212 und 218. 212er bedienen darüber hinaus die einstmals durchgehende Strecke 984 bis Markt Wald und stellen die Bespannung für die Nahgüterzüge Nördlingen – Donauwörth (KBS 917).

Bw Nördlingen

Die Nördlinger V 100 hatten in den zwanzig Jahren ihres Einsatzes ein überschaubares Tätigkeitsfeld, das vor allem die von dort ausgehenden, vorzüglich ausgebauten Nebenbahnen Richtung Dinkelsbühl – Dombühl, Gunzenhausen – Pleinfeld, den Anschluß nach Donauwörth und die Nebenstrecke nach Wemding umfaßte. Ähnlich groß war seinerzeit der Einsatzbereich der Nördlinger Akkutriebwagen.
Der Schwerpunkt des V 100-Einsatzes in Nördlingen liegt auf der stärkeren Variante V 100^{20}. V 100^{10} hat es nur fünf Maschinen in Nördlingen gegeben, 1963/64 von Kempten überstellt, ab Sommer 1964 sämtlich im Einsatz und schon während des Winters 1964/65 wieder von dort abgezogen. Die letzte Lok geht am 14. 2. 65 nach Augsburg. Von den rund 20 V 100^{20} haben nur drei vorher schon bei anderen Bws Dienst getan. Insgesamt 18 Maschinen treffen zwischen Oktober 1963 und Juni 1964 ab Werk in Nördlingen ein. Durchschnittlich 15 Loks bleiben bis Anfang der achtziger Jahre in Nördlingen betriebsbereit. Zu ersten massiven Umbeheimatungen kommt es zum Sommer 1980. Zehn Loks verlassen am 31. 5. 80 ihr altes Bw und tun vom folgenden Tag an Dienst in z. T. weit entfernten Bws. Nur Augsburg bekommt drei dieser Maschinen, bis zum 31. 1. 81 dann auch die über den Sommer hinaus in Nördlingen verbliebenen fünf Loks. Seit dem 1. 2. 81 stellt das Bw Augsburg 1 die in begrenztem Umfang immer noch auf ihren alten Strecken eingesetzten 212er.

Bw Kempten

Kempten hat in den sechziger Jahren beide Varianten der V 100 ab Werk bezogen. Letztlich erhalten geblieben ist aber nur die V 100^{10}. Mehr als 30 dieser Loks sind in Kempten seither zu Hause gewesen. Allein 20 von ihnen treffen zwischen November 1961 und September 1962 ab Werk ein, doch schon wenige Jahre später sind einige von ihnen nicht mehr in ihrem angestammten Bw anzutreffen. Der Bestand von etwa zwölf V 100^{10} hält sich von 1965 bis Mitte der siebziger Jahre nahezu unverändert. Neuzuteilungen bleiben vielfach nur kurz in Kempten. Nachdem die V 100^{20} nach Augsburg abgegeben worden sind, wächst der Kemptener Bestand an V 100^{10} leicht an, bis zu jenen 17 Maschinen, die Mitte 1986 dort beheimatet sind.
Von den neun Kemptener V 100^{20} sind sechs Werkslieferungen, die zwischen Januar und März 1966 in ihrem neuen Bw eintreffen. Durch den Zugang von drei Ex-Nördlinger V 100^{20} im Mai 1965 erhöht sich der Bestand auf acht Fahrzeuge, die bis zum 5. 2. 72 in Kempten bleiben und dann nach Augsburg überwechseln. Kemptens V 100 haben ihr Haupteinsatzgebiet auf den Nebenbahnen im Allgäu. Da in diesem Raum auch stets leistungsfähige Großdiesellloks beheimatet gewesen sind, fällt den V 100 vor allem die Bespannung leichterer Züge zu. Die Reisebüro-Sonderzüge nach Oberstdorf sind lange Zeit hindurch ihre Domäne gewesen. Auch auf den mittlerweile für den Personenverkehr geschlossenen Nebenbahnen hatten sie zu tun, nicht selten mit „Kurz-Zügen", wie auf der Strecke nach Ottobeuren, die nur zur Festspielzeit, wenn Sonderzüge aus München anrollten, zu neuem Leben erwachte.

Links: Im Kopfbahnhof Oberstdorf wartet die Kemptener V 100 1147 am 25. 5. 68 vor einer Garnitur aus alten Eilzugwagen.

Unten: Kleine Strecke – kleiner Zug. Viel ist nicht mehr los in Ottobeuren, als am 19. 8. 66 die Kemptener V 100 1153 dort Dienst hat.

Nach Nordosten hin überschneiden sich die Kemptener Dienste mit denen des Bw Augsburg 1. So stellt Kempten die Zuglok für etliche der Eilzüge nach Bad Wörishofen, fährt mit Nahverkehrs- und Nahgüterzügen auch Buchloe an, hat ansonsten aber sein Haupteinsatzgebiet im Bereich der KBS 975 Richtung Memmingen/Ulm, 980 Richtung Wangen und Oberstdorf sowie der Nebenbahnen nach Reutte (973) und Füssen (971). In dem im *Winter 1984/85* geltenden elftägigen Umlaufplan werden im Schnitt 219 km/BT erbracht.

Bw Ingolstadt

Ähnlich wie bei den benachbarten Bahnbetriebswerken (mit Ausnahme von Augsburg) wird auch in Ingolstadt frühzeitig schon ein Bestand von fabrikneuen V 100^{10} angelegt. Zehn der insgesamt 26 in Ingolstadt zwischen 1962 und 1974 beheimateten Loks treffen zwischen Juni und Juli 1962 ab Werk dort ein. Für kürzer oder länger teilen die Bws München Hbf und Rosenheim zwischen 1963 und 1965 insgesamt 14 weitere Loks zu. Dadurch erreicht der Ingolstädter Bestand zum Ende 1965 (zwischenzeitlich waren einige Loks von Ingolstadt aus umbeheimatet worden) beachtliche 20 Maschinen. In den Jahren 1967–71 reduziert sich der Bestand an 211ern in Ingolstadt in dem Maße, wie er vordem angewachsen war. Wichtigstes aufnehmendes Bw ist München-Ost. Über den 22. 5. 71 hinaus verbleiben in Ingolstadt nur mehr sechs Loks. Als dann am 25. 5. 74 endgültig mit der V 100-Unterhaltung in Ingolstadt Schluß ist, treten die restlichen fünf 211er die Reise zum benachbarten Bw Augsburg an.

Hauptgrund für den Rückzug der V 100 aus Ingolstadt dürften die eingeschränkten Einsatzmöglichkeiten dort gewesen sein. Die Elektrifizierung der „Ölbahn" Regensburg – Ingolstadt – Donauwörth, die teilweise oder vollständige Schließung der Nebenbahnen Richtung Riedenburg und von

Die Reisebürosonderzüge nach Oberstdorf werden 1968 zumeist mit Kemptener V 100 bespannt. Hier hält V 100 2302 am 25. 5. 68 im Bahnhof Immenstadt.

Wolznach aus Richtung Mainburg und Langenbach, darüber hinaus die Nähe zu den Bws Augsburg und Nördlingen (anfangs noch BD Augsburg!) ließen das Bw Ingolstadt als selbständiges Einsatz-Bw für die V 100 überflüssig werden.

Bw München Hbf
Von den beiden Münchner V 100-Bws ist München Hbf das ältere. Das benachbarte Bw München-Ost „erbte" von München Hbf; beide Bws haben nur wenige Jahre nebeneinander bestanden. Der Vergleich mit den beiden Hamburger Bws Altona und Harburg drängt sich auf. In der Tat gibt es einige Parallelen.
Der Einsatz von V 100^{10} wird in München Hbf zunächst nur halbherzig betrieben. Ab Winter 1962/63 sind im Schnitt fünf bis sechs Loks im Einsatz, doch schon im Sommer 1963 bröckelt deren Zahl langsam ab, bis ab September 1963 nur noch eine einzige V 100^{10} in München übrigbleibt. Ab Mai 1965 dann sind wieder maximal fünf V 100^{10} in München Hbf beheimatet, bis zum endgültig letzten Tag, dem 30. 9. 68. München-Ost (vier) und Ingolstadt sind aufnehmende Bws. Wie die V 100^{10} erreicht auch die Gesamtzahl der in München Hbf in den sechziger Jahren eingesetzten V 100^{20} kaum zweistellige Größenordnungen. Bei elf der zwölf Maschinen ist München Hbf erstes Bw überhaupt. Die Loks treffen zwischen Juni und September 1963 (acht) bzw. Mai und August 1965 (drei) ein. Der 30. 9. 68 ist – wie bei der V 100^{10} – letzter Betriebstag. München-Ost führt die letzten zehn 212er ab dem folgenden Tag im Bestand.

Links: Ende 1966 werden Eilzüge in Richtung Bad Tölz noch mit V 100 vom Bw München Hbf bespannt. Am 17. 12. 66 ist die V 100 2050 bei Großhesselohe zu sehen.

Rechts: Das benachbarte Bw München-Ost stellt zum gleichen Zeitpunkt die Zugloks für die Wendezüge auf der Strecke in Richtung Kreuzstraße. V 100 2357 fährt am 26. 11. 66 in den Bahnhof Neubiberg ein.

Es ist anzunehmen, daß das Schwergewicht der Einsätze von München Hbf aus auf den damaligen KBS 429 (Bad Tölz) und 429a (Bayrischzell) lag. Zumindest existieren Fotos aus Mitte der sechziger Jahre, die diese Einsätze belegen. Während der kurzen Zeit, in der die V 100-Bws München Hbf und Ost nebeneinander bestanden, gab es eine räumliche Trennung in die Bedienung der KBS 429/429a vom Bw Hbf aus und 429d (Richtung Kreuzstraße) vom Bw Ost aus.

Bw München-Ost

Die annähernd 30 in München-Ost stationierten V 100^{10} rekrutieren sich in erster Linie aus Zuteilungen der Bws München Hbf, Ingolstadt und Rosenheim. Den Anfang machen zum Winter 1967/68 drei aus Ingolstadt und Rosenheim überstellte Loks. Im Winter des folgenden Jahres sind dann bereits zwölf V 100^{10} in München-Ost im Einsatz. Während der siebziger Jahre – bis etwa 1976 – kommen insgesamt 15 Loks hinzu, gehen andererseits aber auch einige V 100 an andere Bws ab. Der Bestand schwankt zwischen 19 V 100^{10} (Ende 1974), 15 (Ende 1975) und 16 (Ende 1976). Die damals noch vorhandenen 16 Loks bleiben in München-Ost bis zum 31. 7. 77 und laufen vom folgenden Tag an beim Bw Mühldorf.

Wesentlich weniger lang halten es die V 100^{20} in München-Ost aus. Im Juni 1965 werden dem Bw aus Werkslieferungen drei Maschinen zugeteilt; es folgen dann die von München Hbf abgegebenen zehn Maschinen 1967/68, zugleich aber trennt sich München-Ost ab 1968 von einigen seiner 212er. Karlsruhe bekommt fünf Maschinen, Mühldorf in den Jahren 1969 und 1970 vier bzw. fünf, und mit dem 31. 5. 70 ist Schluß mit der Unterhaltung der 212 beim Bw München-Ost. 211/212 von München-Ost sind bis zur Elektrifizierung auf der KBS 429d (heute 991) Richtung Kreuzstraße zu sehen, darüber hinaus vor allem auf der KBS 427 (heute 940) samt Zweigbahn nach Erding.

Bw Rosenheim

Das Bw Rosenheim war lange Zeit hindurch zuständig für die Bedienung der meisten entlang der KBS 427 (München – Freilassing, heute KBS 950) liegenden Nebenstrecken. Frühzeitig hatte sich hier neben dem Schienenbus auch der diesellokbespannte Zug mit V 36 durchgesetzt, dessen Nachfolge die V 100 ab 1961 weitaus effektiver antrat.

In Rosenheim hat es 23 Loks V 100^{10} gegeben. Gleich 16 von ihnen sind Werkslieferungen, zwischen November 1961 und Februar 1962 (dreizehn) bzw. Dezember 1962 und Januar 1963 (drei) eingetroffen. Durch frühzeitige Abgänge pendelt sich der Einsatzbestand bei durchschnittlich einem Dutzend Fahrzeuge ein. Im Winter 1965 verläßt die Hälfte der verbliebenen V 100^{10} Rosenheim in Richtung Ingolstadt. Mit den übrigen sechs Loks wird bis Ende Winter 1968/69 ein bescheidener Restbetrieb abgewickelt. Am 31. 5. 69 sind die vier Loks letztmalig in Rosenheim geführt. Ab Juni gehören sie zum Bw München-Ost.

Von den sechs Rosenheimer V 100^{20} entstammen fünf einer Werkslieferung von April bis Juni 1965. Schon 1966 wird der Bestand schrittweise abgebaut, so daß der Höchstbestand von sechs Maschinen nur den Winter 1965/66 über erhalten bleibt. Die drei letzten Rosenheimer 212er wechseln zum Sommer 1969 nach Mühldorf über. Letzter Tag in Rosenheim ist der 31. 5. 69.

Bw Mühldorf

Beim Bw Mühldorf sind bis Mitte 1986 rund 40 verschiedene V 100^{10} und in zwei Perioden insgesamt rund 20 V 100^{20} im Einsatz gewesen.

Der Bestand an V 100^{10} ist noch relativ jung. Erst durch Zugänge aus München-Ost per 1. 8. 77 (16) und Passau per 28. 5. 78 (neun) sind hier die 25 Loks versammelt worden, die mit leichten Schwankungen bis Mitte 1986 noch vorhanden gewesen sind. Innerhalb der BD München und im Austausch mit Bws der benachbarten BD Nürnberg hat es während dieser Zeit ein beachtliches Hin und Her gegeben, vor allem nach der Überstellung von insgesamt sieben Maschinen aus dem Bereich der BD Stuttgart im Laufe des Winters 1985/86, wo die durch diese Zugänge in Mühldorf freiwerdenden Loks gleich nach Hof weitergereicht wurden. An der Bestandszahl von 25 211ern änderte sich dadurch nichts.

Die 212er werden beim Bw Mühldorf in einer ersten Phase nur von Sommer 1969 bis Anfang Winter 1970/71 eingesetzt. Im Schnitt sind es damals sechs bis acht Maschinen. Den Anfang machen ab 1. 6. 69 fünf Loks von München-Ost und drei aus Rosenheim. Zum Sommer 1970 treffen weitere vier Maschinen aus München-Ost ein, teilweise im Tausch gegen andere Mühldorfer Loks. Mitte 1970 weist Mühldorf einen Einsatzbestand von acht 212ern auf, der bis Ende September auf Null heruntergeschraubt wird. Letzter Tag für die 212er ist der 13. 11. 70, aufnehmendes Bw ist Hanau.

Im Zuge massiver Umstrukturierungen des V 100-Parks während des Winters 1985/86 erhält Mühldorf erneut die stärkere Variante der V 100. Im Tausch gegen sechs 211er bekommt Mühldorf zum 1. 1. 86 sechs Augsburger 212. Drei davon werden im Mai 1986 gegen Wuppertaler 212 getauscht, so daß während des Winters durchgängig sechs 212er zur Verfügung stehen.

Im *Sommer 1984* verteilen sich die 18 planmäßig verwendeten 211er auf fünf Dienstpläne. Plan 51 mit neun Fahrzeugen erreicht durchschnittlich 247 km/BT. Den Schwerpunkt bildet die KBS 946 Mühldorf – Passau, wo die 211er vor allem im Güterzugdienst verwendet werden. Plan 52 enthält den Einsatz von fünf 211ern mit plantäglich durchschnittlich 194 km vor allem auf der KBS 921 Dachau – Altomünster, wo die Loks Wendezüge und Güterzugleistungen übernehmen. In diesem Dienstplan enthalten sind auch einige Leistungen um München-Ost sowie der N 7733 Fürstenfeldbruck – München Hbf auf der KBS 970. Im eintägigen Plan 53 (190 km/BT) verdingt sich eine Lok vornehmlich im Übergabeverkehr zwischen Traunstein und Traunreuth. Im zweitägigen Plan 54 (409 + 103 km/BT) werden rund um Rosenheim Übergabefahrten vorgenommen, und die im Plan 55 eingesetzte 211 verrichtet im Verein mit einer Mühldorfer 218 Übergabefahrten zwischen Rosenheim und Kufstein.

V 100-Bws für einige Tage

Neben den bisher aufgeführten V 100-Bws gibt es einige Stützpunkte, die wahrscheinlich nur in den Betriebsbüchern, niemals aber an den Loks selber festgehalten worden sind. Zumeist nur für einige Tage oder Wochen wurden nämlich auch bei anderen Bws V 100 zur Erprobung oder in Erwartung weiterer Anlieferungen eingesetzt, und dann schließlich doch umdirigiert.

Im Grunde gehört auch *Uelzen,* das im Zusammenhang mit dem Bw Hannover abgehandelt worden ist, zu diesen „Eintagsfliegen". Hier dienen die von Delmenhorst überstellten V 100 2002 (20. 2.–31. 3. 65) und 2003 (2. 3.–13. 4. 65), ehe sie nach Hannover weitergegeben werden. Das Betriebsbuch der V 100 1003 vermerkt für die Münsteraner Lok Aufenthalte beim *Bw Hamm* von Dezember 1960 bis Februar 1961 und nochmals von März bis April 1961.

In *Betzdorf* wird die Dürener V 100 1073 vom 15. 5. bis 27. 5. 65 eingesetzt. Beim *Bw Plochingen* ist es die Kemptener V 100 1117, die – mit Ausnahme des Aufenthaltes beim Bw Kornwestheim zwischen dem 18. und 23. 3. – vom 1. 2. bis zum 25. 5. 62 im Bestand geführt wird.

Auf der Vorderen Westerwaldbahn bedient die 212 110 am 29. 9. 83 den Anschluß Hedwigsthal bei Raubach.

Ausmusterungen und Verkäufe

Im Sommer 1986 sind die V 100-Bestände noch weitgehend komplett, zumindest, wenn man die Zahl der Ausmusterungen an den übrigen Nebenbahn-Fahrzeugen, den Schienenbussen und ETA 150 mißt. So kann denn auch dieses Kapitel kurz gehalten werden. Erinnert werden soll jedoch an die im Eingangskapitel gemachte Aussage bezüglich des Überhangs an Diesel-Streckenloks. Hieraus allein ist bereits ablesbar, daß die Blüte der V 100 vorbei sein dürfte.

Ausmusterungen und Verkäufe der V 100 lassen auf den ersten Blick nur zum Teil eine gewisse Logik erkennen. Daß die DB sich zunächst von ihren Vorserienloks trennt, ist leicht einsichtig. Sie sind die ältesten Fahrzeuge, besitzen die größten Abweichungen gegenüber den Serienloks.

Daß aber gerade die neueren V 100[10] an die Türkei vermietet und dann verkauft worden sind, gibt zunächst keinen Sinn. Erst wenn man die Untersuchungsfristen mit ins Spiel bringt und die irgendwann in näherer Zukunft für gerade diese V 100 anstehenden Hauptuntersuchungen, dann bekommt das Ganze einen Sinn.

Bisher waren *Ausmusterungen von Serien-V 100* zumeist eine Folge von allzu großen Unfallschäden. Die Nürnberger 212 379, eine der höchsten Betriebsnummern überhaupt, verunglückt bereits 1971, wird zum Jahreswechsel auf Z gestellt und Mitte Juni 1972 ausgemustert.

Anfang der achtziger Jahre kommt es dann gleich zu mehreren *Unfällen* mit V 100: 211 007 fährt am 14. November 1980 mit einem Kesselwagenzug

212 001 vom Bw Hagen 1 ist derzeit die letzte bei der DB erhalten gebliebene Erprobungs-V 100. Mit ihrem N 6170 nach Lüdenscheid passiert sie am 24. 8. 82 das Stellwerk in Brügge.

auf einen in Hanekenfähr bei Lingen stehenden, leeren Autozug auf. Die schwer beschädigte Lok wird am 18. November nach Bremen geschleppt und am 21. März 1981 ausgemustert. Bei einem Erdrutsch bei Overath im März 1981 erfährt die Dieringhausener 211 231 so starke Beschädigungen, daß die Lok abgestellt werden muß und am 29. April 1982 ebenfalls aus dem Bestand gestrichen wird. Unfallok ist auch die 211 017 (30. 11. 83), ebenso die 211 171 des Bw Gießen, die auf der Aartalbahn mit einem Akku-Triebwagen zusammenstößt und mit Datum vom 30. September 1985 ausgemustert wird.

Hinzuzufügen sind bisher vier weitere Serien-V 100: 211 292 wird per 31. 7. 84 ausgemustert, 211 273 per 28. 2. 86 und 211 131 per 22. 4. 86 Z-gestellt. 211 224 wird am 31. 5. 86 beim Bw Osnabrück 1 außer Dienst gestellt. Alle anderen Ausmusterungen sind „planmäßige" Außerdienststellungen, einerseits der übrigen fünf Vorserien-V 100, andererseits der 15 an die Türkei vermieteten bzw. (14 von ihnen) verkauften Loks.

Die fünf beim Bw Osnabrück zusammengezogenen *Vorserien-V 100* erhalten ab 1983 keine Untersuchungen mehr. Bedarfsausbesserungen bedürfen fortan der Zustimmung des Zentralen Werkstättendienstes. Im Zusammenhang mit den Vorserien-V 100 werden vom ZW auch Direktiven für die übrigen 211er erlassen. So sind in Zukunft bei den Loks ohne Wendezugsteuerung sämtliche Untersuchungen U3 mit erhöhtem Aufwand nur mit Genehmigung des ZW möglich. Hauptuntersuchungen U4 werden an den 211ern nicht mehr vorgenommen.

Die fünf Vorserienloks können sämtlich verkauft werden. Die Firma Layritz tritt bei wenigstens vier dieser Loks als Zwischenhändlerin auf. 211 002 und 003 behalten ihren DB-Anstrich und werden erst vom Zweitbesitzer in Udine umlakkiert. Italien dürfte auch Ziel der übrigen Vorserien-V 100 gewesen sein. 211 001 ist im Dezember 1983, also noch vor der offiziellen Ausmusterung, dorthin überstellt worden, und bei 211 004 und 005 kann der gleiche Weg angenommen werden. Ob die 211 017 – wie gelegentlich gemeldet – ebenfalls nach Italien verkauft worden ist, läßt sich nicht eindeutig sagen. Hingegen ist der neue Besitzer der 211 292 bekannt: ein Unternehmen in Süditalien. Wie schon bei der V 80 und der V 200 zeigt sich unser südliches Nachbarland als dankbarer Abnehmer von bei der DB überflüssigen Fahrzeugen.

Die Deutsche Eisenbahn-Gesellschaft kauft im Juli 1986 die 211 273, um sie als V 125 auf ihrer Rinteln-Stadthagener Eisenbahn einzusetzen.

Käme schließlich das Kapitel Türkei: Die *Türkische Staatsbahn TCDD* profitiert vom Fahrzeug-Überhang bei der DB. Im Jahre 1982 kommt ein Vertrag zwischen DB und TCDD zustande, der die Vermietung von 15 V 100 zum Gegenstand hat. Mietdauer ist zunächst ein Jahr. Eine Verlängerung des Mietvertrags um weitere Jahre ist möglich, ebenso der Kauf zu einem späteren Zeitpunkt.

Über die Modalitäten dieses Vertrages ist – verständlicherweise – nicht allzuviel an die Öffentlichkeit gedrungen. Immerhin hieß es, die vermieteten Loks sollten neu untersucht bzw. seither nur wenige Kilometer gelaufen sein. Sieht man sich die Fristen der in Frage kommenden Loks an, so ist dies nicht ganz zutreffend. Für die in der Türkei vorwiegend im Rangierdienst im asiatischen Landesteil eingesetzten Loks übernimmt MaK die Überwachung der Wartungsarbeiten.

Die 15 Loks werden vor allem von süddeutschen Bws abgezogen. Am 5. Oktober 1982 ist der Lokzug komplett, muß aber wegen fehlender Papiere fürs erste in Rosenheim Station machen. Erst am 30. Oktober setzt er seine Fahrt via Freilassing fort.

Sieben der insgesamt 15 V 100 werden dem Bw Halkali bei Istanbul zugeteilt, die übrigen acht dem Bw Izmir-Halkapinar. Von Istanbul aus laufen die Loks vornehmlich im Reisezugdienst in Richtung bulgarische und griechische Grenze, bedienen die Stichbahn von Alpulla nach Kirklareli und lösen teilweise die wesentlich schwerere

Das Bw Istanbul-Halkali beheimatet im Sommer 1984 sieben V 100. Am 3. 6. 1984 haben die 211 348 und 211 067 Pause, ebenso zwei DE 24, deren teilweise Ablösung die V 100 vorgenommen hatte (Foto: Veith).

türkische Standardlok DE 24 vor Güterzügen ab. Laufleistungen von 100 000 km im Jahr sind keine Seltenheit, der Spitzenwert liegt sogar bei 140 000 km/Jahr.

Der Einsatz der V 100 im Großraum Izmir hingegen dauert nicht allzu lange. Hier sieht man die Loks im Vorortverkehr ab Izmir-Basmane in Richtung Bornova und Cigli, jedoch sind auch einige Dienste vor Expreßzügen Richtung Soma und Bandirma zu nennen. Die langen Steigungen von maximal 25‰ lassen die V 100 hier allerdings als weniger geeignet erscheinen. Die Umbeheimatung der acht Maschinen aus Izmir nach Istanbul dürfte jedoch eher vor dem Hintergrund einer Konzentration dieser Loks auf nur einen Stützpunkt zu sehen sein.

Eine Zeitlang hat es den Anschein, als würden diesen ersten 15 V 100 weitere Maschinen folgen. Die Türkische Staatsbahn zeigt Interesse an weiteren Loks, maximal 50 V 100. Die im Fall einer Übernahme ausbedungene Garantie für Motor und Getriebe kann die DB jedoch verständlicherweise nicht übernehmen und so zerschlagen sich die Verhandlungen. Statt dessen wird eine leichte Streckendiesellok ausgeschrieben, für die Krauss-Maffei den Zuschlag erhält. Mit dem Eintreffen der ersten DE 11 sinkt das Interesse an den verbliebenen V 100.

211 339 brennt in der Türkei aus, wird in das AW Nürnberg geschleppt und dort ausgemustert. Die übrigen 14 Loks gehen mit Kaufvertrag per 1. August 1985 in den Besitz der TCDD über. Schon 1984 hatten die Loks an den Führerhäusern türkische Betriebsnummern aufgemalt bekommen; bis Frühjahr 1986 erstrahlen die vormalige 211 095 (TCDD DH 11 505) und die 211 364 (TCDD DH 11 514) im neuen Farbkleid.

Oben: In Izmir laufen 1984 acht V 100 im Vorortverkehr und vor einzelnen Expreßzügen. 211 342 wartet mit einem Vorortzug in Izmir-Basmane auf das Zeichen zur Abfahrt (22. 6. 1984, Foto: Veith).

Rechts: Das neue Farbkleid steht der vormaligen 211 095 vorzüglich. Bleibt zu hoffen, daß die am 13. 2. 1986 im Bw Istanbul-Halkali fotografierte DH 11 505 kein Einzelstück bleibt (Foto: Veith).

Vorgesehen ist eine Umzeichnung aller verbliebenen 14 V 100, und zwar in numerischer Reihenfolge als DH 11501–514: 211067, 211071, 211078, 211086 (bereits seit Frühsommer 1984 defekt abgestellt), 211095, 211337, 211340, 211342, 211348, 211351, 211352, 211353, 211354, 211364.

Ob alle Loks noch Neulack erhalten werden, ist mehr als fraglich. Im Spätsommer 1986 sind im Bw Halkali acht der insgesamt 14 V 100 mit größeren Defekten abgestellt, an drei Maschinen werden täglich Wartungsarbeiten vorgenommen, und nur drei Loks laufen auf Strecke. Es fehlen Ersatzteile, es fehlt an Devisen und hinzu kommt, daß mit der DE 11 von Krauss-Maffei längst etwas Neues zur Verfügung steht, die V 100 – als TCDD DH 11.5 – damit schon wieder etwas Altes ist.

Die Privatbahn-V 100 (V 100 PA)

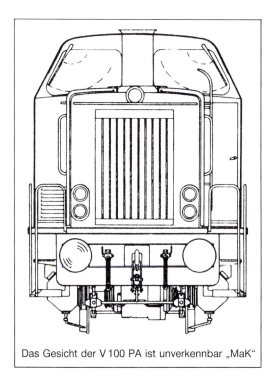

Das Gesicht der V 100 PA ist unverkennbar „MaK"

Thema dieses Buches ist die Bundesbahn-V 100. Dabei soll aber nicht vergessen werden, daß es neben dieser typischen Nebenstrecken-Lokomotive auch eine Privatbahnversion gibt, die in immerhin zehn Exemplaren bis heute im Einsatz ist. Wesentliche Elemente der klassischen V 100 tauchen auch bei dieser V 100 PA (**P**rivatbahn-**A**usführung) wieder auf: Lokomotivrahmen, Drehgestelle, Kraftübertragung und Achstrieb sind identisch mit denen der V 100. Sondereinrichtungen – wie die Zugheizanlage – sind aus Kostengründen herausgenommen worden, ebenso hat MaK besonders bei der elektrischen Ausrüstung Vereinfachungen vorgenommen, die die Lok erschwinglicher machten, ohne daß der Besteller auf technischen Komfort verzichten mußte. Neu ist der serienmäßig eingebaute MaK-Dieselmotor MA 301 FAK mit 1300 PS bei 900 U/min. Der Einbau dieses bewährten Achtzylinder-Dieselmotors ermöglicht schmalere Vorbauten und damit direkte Sicht auf die Puffer. Rein optisch wirkt diese V 100 PA schlanker als die Bundesbahn-Ausführung. Letztes Unterscheidungsmerkmal gegenüber dieser: das MaK-Standard-Führerhaus mit seinem kompakter wirkenden Dachüberstand.

Die zehn Privatbahn-V 100 werden bei MaK intern als V 100 PA O .. bezeichnet. An der lange Zeit hindurch für Vorführfahrten genutzten PA 02 ist diese Nummer sogar angeschrieben. Am 20. 5. 64 stellt sie sich im Bahnhof Friedrich-Wilhelm-Straße in Minden dem Fotografen.

Die Lieferung der zehn Loks erstreckt sich über einen relativ langen Zeitraum, nämlich mehr als fünf Jahre. So recht konnte sich die zweifelsohne gelungene Lok also nicht durchsetzen. V 100 PA 02 macht 1964 die Runde bei Deutschlands Privatbahnen. Im Mai läuft sie bei der Mindener Kreisbahn zur Probe. Im Juni/Juli (10. 6.–6. 7.) findet man sie auf der benachbarten Teutoburger Wald-Eisenbahn. Während erstere sich nicht für die 1300-PS-Lok entscheidet, kommt es im Fall der TWE tatsächlich zu einem Festauftrag, wenngleich erst drei Jahre später. Während des Sommers 1968 werden dann die bestellten drei Loks ausgeliefert.

Die Liste der gelieferten V 100 PA (Seite 127 oben) zeigt, daß nur die finanzstarken Privatbahnen mit gesichertem, hohen Verkehrsaufkommen sich eine solche Lok leisten konnten. Die Bayerbahn und die Peine-Ilseder Eisenbahn sind Werksbahnen von Bayer-Leverkusen bzw. der Ilseder Hütte (heute Stahlwerke Peine-Salzgitter), die Hersfelder Kreisbahn, später Abnehmer so mancher Bundesbahn-Großdiesellok, besitzt einen traditionell starken (Kali-)Güterverkehr, Hohenzollerische Landesbahn und Teutoburger Wald-Eisenbahn gehören zu den großen Privatbahnen im Lande, sind alles andere als typische Kleinbahnen, und die Nora Bergslags Järnväg in Schweden war bis zum dramatischen Niedergang Mitte der siebziger Jahre neben der TGOJ eine der ganz großen, stolzen Privatbahnen in Schweden.

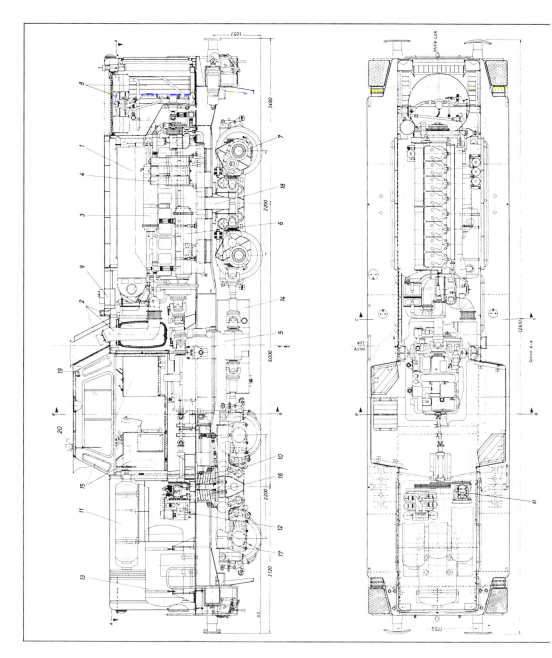

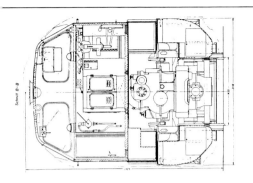

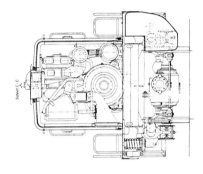

Schnittzeichnung der V 100 PA

1 Dieselmotor
2 Abgasanlage mit Schalldämpfer
3 Wärmetauscher für Motorschmieröl
4 Nebenstromfilter für Motorschmieröl
5 Turbogetriebe
6 Wärmetauscher für Turbogetriebeöl
7 Achsgetriebe
8 Kühlanlage
9 Ausgleichbehälter Kühlwasser-Hauptkreislauf
10 Hochdruckkompressor für Anlaßluft
11 Anlaßluft-Flaschen
12 Bremsluft-Kompressor
13 Bremsluft-Behälter
14 Kraftstoff-Behälter
15 Führerstandstisch
16 Lokkastenfederung
17 Achslenker
18 Drehturm
19 Typhon
20 Läutewerk

Übersicht über die zehn V 100 PA

V 100 PA	Abliefe-rung	Fabr.-Nr.	Empfänger
01	2. 64	100 243	Bayer Leverkusen, V 105
02	3. 64	1000 247	Hohenzollerische Landesbahn, V 122
03	3. 10. 66	1000 248	Nora Bergslags Järnväg, T 26*
04	22. 10. 65	1000 244	Nora Bergslags Järnväg, T 25*
05	24. 7. 65	1000 245	Hersfelder Kreisbahn, V 32
06	19. 9. 66	1000 246	Peine-Ilseder Eisenbahn, V 41
07	6. 9. 68	1000 255	Teutoburger Wald-Eisenbahn, V 131
08	22. 10. 68	1000 256	Teutoburger Wald-Eisenbahn, V 132
09	13. 11. 68	1000 257	Teutoburger Wald-Eisenbahn, V 133
10	4. 12. 69	1000 258	Hohenzollerische Landesbahn, V 124

* 6. 78 (T 26) bzw. 12. 78 (T 25) verkauft an Odsherreds Jernbane (45 bzw. 46).

Bei den Fahrzeugbestellungen fallen einige Unterschiede im Detail auf. Bei den neueren PA-Loks überwiegt ein Lokgewicht von 72 t. NBJ T 25 bringt es auf 64 t, NBJ T 26 auf 66 t, ebenso wie die HzL V 122.
Das Voith-Getriebe L 216 rsb (mit Umschaltstufe) besitzen die beiden HzL-Loks, die NBJ-Loks und die Lok für Hersfeld. Das einfachere L 216 rb (ohne Umschaltstufe) haben die übrigen Loks eingebaut bekommen. Alle Loks – mit Ausnahme der beiden „Werksbahnlokomotiven" für Bayer und Peine – sind für zwei Geschwindigkeitsbereiche ausgelegt; im Schnellgang sind maximal 79 km/h angegeben, im Langsamgang 54 km/h. Bayer und Peine begnügen sich mit der Standardausführung von maximal 54 km/h.
Für die verschiedenen Lokgewichte ergeben sich nachstehende *Anfahrzugkräfte:*

V_{max} (km/h)	Größte Anfahrzugkräfte in kp bei Dienstgewicht	
	64 t	72 t
54	19 200	21 600
54/79	19 200	21 000
73		14 500
107		19 200
73/107		19 200

Die Daten für die Zeilen 3–5 entstammen Werksangaben. Die zugehörigen Loks sind nicht gebaut worden.

NBJ-T 25 verdingt sich am 15. 10. 78 vor einem Sonderzug in Nora (Foto: L.-O. Karlsson).

Die zehn PA-Loks gehören auch heute noch lange nicht zum alten Eisen, obwohl die Fortschritte im Lokomotivbau seither beachtlich sind. Abgesehen von der TWE, wo die V 131–133 mittlerweile das Rückgrat der Güterzugförderung bilden, sind die PA-Loks in gewisser Weise Einzelstücke

Bei der Hersfelder Kreisbahn hat R. Todt im Februar 1967 die V 32 vor die Kamera bekommen (Wehrhausen – Ransbach).

Mit gleich drei Privatbahn-V 100 ist die Teutoburger Wald-Eisenbahn der größte Abnehmer dieser Loktype. V 133 läuft am 27. 7. 82 mit ihrem Güterzug aus Niedick in den Bahnhof Iburg ein.

geblieben, gibt es neben ihnen noch manch andere und mitunter (etwa HzL) modernere Dieselloktype dort. Zwei Loks haben gar schon ihren Besitzer gewechselt, verdingen sich nun zumeist im Personenzugdienst im Norden Seelands. Den großen Durchbruch hat MaK mit der V 100 PA nicht geschafft, aber dessen ungeachtet sei nochmals unterstrichen: Von der Konstruktion her war diese Lok damals wohl mit das Solideste, was Deutschlands Lokbau für große Privatbahnen mit den dort anfallenden, unterschiedlichsten Leistungen zu bieten hatte.

Literatur

Baur, Helmut: Der Heizdampfkessel der V 100. ETR (Eisenbahntechnische Rundschau) 1961, Nr. 10/11, S. 498–509.

Englmann, Max u. Ludwig, Herbert: Handbuch der Dieseltriebfahrzeuge der Deutschen Bundesbahn (GdL-Verlag). Frankfurt 1963.

Friedrich, Kurt u. Fürst, Walter: Die Nebenbahn-Diesellokomotive V 100 der Deutschen Bundesbahn. (ZEV)GA 84, Nr. 1, S. 1–18, Nr. 6, S. 194–203 u. Nr. 11, S. 572–586.

Friedrich, Kurt: Der Gesamtentwurf der V 100. ETR 1961, Nr. 10/11, S. 454–457.

Friedrich, Kurt: Die Bauvariante der DB-Diesellokomotive V 100 mit hydraulischer Bremse für Steilstreckenbetrieb. Der Eisenbahningenieur (17) 1966, Nr. 11, S. 287–297.

Links: Das Zeitalter der Knotenbahnhöfe hat durchgehende Güterzüge Kreuztal – Erndtebrück – Laasphe – Marburg Vergangenheit werden lassen. Inzwischen gibt es selbst dies nicht mehr: 212 162 vom Bw Siegen mit Nahgüterzug nach Erndtebrück abfahrbereit im Bahnhof Laasphe (7. 7. 83).

Rechts: Der Güterverkehr auf der Rheinischen Strecke Wuppertal-Vohwinkel – Mettmann – Düsseldorf hat auch schon bessere Zeiten erlebt. Am 23. 3. 67 ist die Wuppertaler V 100 2136 mit ihren beiden Kalktransportwagen sichtlich unterbeschäftigt (bei Mettmann-Ost).

GLATTE, Wolfgang: Diesellokomotiven deutscher Eisenbahnen. (Transpress) Ost-Berlin 1981.
KLEINSORGE, Helmut: Betriebserfahrungen mit den Probelokomotiven der Baureihe V 100. ETR 1962, Nr. 3, S. 101–109.
LIPPL, Eugen: Die Kraftübertragungsanlage der V 100. ETR 1961, Nr. 10/11, S. 483–497.
MERKBUCH für die Schienenfahrzeuge der Deutschen Bundesbahn DV 939 – III. Brennkrafttriebfahrzeuge einschl. Steuer- und Beiwagen. Ausgabe 1952 (939c).

MERKBUCH für die Schienenfahrzeuge der Deutschen Bundesbahn DV 939c – Brennkrafttriebfahrzeuge einschl. zugehöriger Steuer-, Mittel- und Beiwagen. Gültig ab 1. Januar 1970.
PFLUG, Erhard: Die Dieselmotorenanlage der V 100. ETR 1961, Nr. 10/11, S. 479–482.
SCHMÜCKER, Bernhard: Die V 100 als Fahrzeug. ETR 1961, Nr. 10/11, S. 457–479.

MaK-INFORMATIONEN (Maschinenbau AG, Kiel) Ein Großteil der Aufsätze zur V 100 existiert auch

In der Halle des Lübecker Hauptbahnhofs wartet die Lübecker 212 142 mit ihren Vorkriegs-Eilzugwagen auf das Zeichen zur Abfahrt (29. 8. 73).

in Sonderdrucken der MaK, teils im Original-Satzspiegel der als Vorlage dienenden Zeitschriften, teils auch neu umbrochen und bebildert.

-16L vom Januar 1961: Aufsatz K. Friedrich/ W. Fürst: Die Nebenbahn-Diesellokomotive V 100 der Deutschen Bundesbahn. Aus (ZEV)GA von 1960, 41 Seiten.

-17L vom November 1961: Die dieselhydraulische Lokomotive V 100 der DB für den Reise- und Güterzugdienst auf Nebenbahnen, mit den Aufsätzen von K. Friedrich, B. Schmükker, E. Pflug, E. Lippl und H. Baur, Aus Nr. 10/11 der ETR von 1961 im Original-Satzspiegel, 59 Seiten.

-20L vom März 1962: Aufsatz H. Kleinsorge aus ETR Nr. 3 von 1962, 8 Seiten.

-23L: wie 17L, aber mit geändertem Titel (und teilweise modifiziertem Text) des Beitrags von B. Schmücker (Von der V 100^{10} zur V 100^{20}), neu gesetzt auf 66 Seiten.

-24L: wie 23L, aber zusätzlich mit dem Beitrag von H. Kleinsorge aus Nr. 3 der ETR von 1962, 78 Seiten.

-26L: Dieselhydraulische Lokomotive V 100 PA. 47 Seiten.

-27L: Betriebserfahrungen mit den Lokomotiven der Baureihe V 100. Überarbeitete Fassung des Aufsatzes von H. Kleinsorge, 8 Seiten.

ATLAS-MAK-INFORMATION
Die Bauvariante der DB-Diesellokomotive V 100 mit hydraulischer Bremse für Steilstreckenbetrieb. Sonderdruck des Aufsatzes von K. Friedrich aus dem „Eisenbahningenieur" von 1966, 15 Seiten.

Baureihe V 100^{10} – Übersicht über die einzelnen Fahrzeuge

Vorbemerkung: Die nach der Umzeichnung gebildeten Betriebsnummern lassen sich nicht leicht aus den ursprünglichen Betriebsnummern umsetzen. V 100 1001 wird zu 211 001-3. Die Ergänzungsziffer steht in Spalte 2. In Klammer gesetzte Bw-Angaben in der letzten Spalte betreffen zu diesem Zeitpunkt ausgemusterte Loks. Zu den halbfett gedruckten Loknummern befinden sich am Tabellenschluß weitere Angaben (Ausmusterung, Verbleib usw.).

Betr.-Nr.	Hst.	Fabr.-Nr.	Abnahme	1. Bw	Bw 30.6.86	Betr.-Nr.	Hst.	Fabr.-Nr.	Abnahme	1. Bw	Bw 30.6.86
1001 -3	MaK	1000 020	01.10.58	Münster	(Osnabrück 1)	1046 -8	MaK	1000 064	26.04.62	Hmb-Harburg	Hof
1002 -1	MaK	1000 021	08.01.59	Münster	(Osnabrück 1)	1047 -6	MaK	1000 065	27.04.62	Hmb-Harburg	Hof
1003 -9	MaK	1000 022	19.02.59	Münster	(Osnabrück 1)	1048 -4	MaK	1000 066	16.05.62	Köln-Nippes	Würzburg 1
1004 -7	MaK	1000 023	21.04.59	Münster	(Osnabrück 1)	1049 -2	MaK	1000 067	28.05.62	Düren	Hof
1005 -4	MaK	1000 024	04.06.59	Münster	(Osnabrück 1)	1050 -0	MaK	1000 068	24.05.62	Düren	Würzburg 1
1007 -0	MaK	1000 019	09.10.59	Bielefeld	(Osnabrück 1)	1051 -8	MaK	1000 069	30.05.62	Düren	Würzburg 1
1008 -8	MaK	1000 025	15.01.61	Bielefeld	Osnabrück 1	1052 -6	MaK	1000 070	07.06.62	Düren	Würzburg 1
1009 -6	MaK	1000 027	12.07.61	Bielefeld	Osnabrück 1	1053 -4	MaK	1000 071	13.06.62	Hagen-Eck.	Würzburg 1
1010 -4	MaK	1000 028	03.08.61	Bielefeld	Osnabrück 1	1054 -2	MaK	1000 072	13.06.62	Hmb-Harburg	Hof
1011 -2	MaK	1000 029	03.08.61	Bielefeld	Osnabrück 1	1055 -9	MaK	1000 073	22.06.62	Hmb-Harburg	Hof
1012 -0	MaK	1000 030	10.08.61	Bielefeld	Osnabrück 1	1056 -7	MaK	1000 074	27.06.62	Hmb-Harburg	Hof
1013 -8	MaK	1000 031	18.08.61	Bielefeld	Osnabrück 1	1057 -5	MaK	1000 075	29.06.62	Hmb-Harburg	Hof
1014 -6	MaK	1000 032	15.09.61	Köln-Nippes	Osnabrück 1	1058 -3	MaK	1000 076	05.07.62	Hmb-Harburg	Hof
1015 -3	MaK	1000 033	22.09.61	Marburg	Osnabrück 1	1059 -1	MaK	1000 077	05.07.62	Hmb-Harburg	Hof
1016 -1	MaK	1000 034	28.09.61	Köln-Nippes	Osnabrück 1	1060 -9	MaK	1000 078	20.07.62	Hagen-Eck.	Würzburg 1
1017 -9	MaK	1000 035	17.10.61	Köln-Nippes	(Osnabrück 1)	1061 -7	MaK	1000 079	12.07.62	Hagen-Eck.	Hof
1018 -7	MaK	1000 036	02.11.61	Köln-Nippes	Würzburg 1	1062 -5	MaK	1000 080	20.07.62	Hagen-Eck.	Hof
1019 -5	MaK	1000 037	02.11.61	Köln-Nippes	Würzburg 1	1063 -3	MaK	1000 081	26.07.62	Hagen-Eck.	Hof
1020 -3	MaK	1000 038	21.11.61	Köln-Nippes	Würzburg 1	1064 -1	MaK	1000 082	03.08.62	Dieringshsn.	Krefeld 1
1021 -1	MaK	1000 039	21.11.61	Rosenheim	Würzburg 1	1065 -8	MaK	1000 083	30.07.62	Münster	Krefeld 1
1022 -9	MaK	1000 040	29.11.61	Rosenheim	Würzburg 1	1066 -6	MaK	1000 084	11.08.62	Düren	Krefeld 1
1023 -7	MaK	1000 041	29.11.61	Bamberg	Würzburg 1	**1067** -4	MaK	1000 085	17.08.62	Braunschweig	(Kaiserslautern)
1024 -5	MaK	1000 042	08.12.61	Rosenheim	Würzburg 1	1068 -2	MaK	1000 086	20.08.62	Hmb-Harburg	Hof
1025 -2	MaK	1000 043	03.01.62	Rosenheim	Würzburg 1	1069 -0	MaK	1000 087	24.08.62	Hmb-Harburg	Kaiserslautern
1026 -0	MaK	1000 044	12.01.62	Rosenheim	Würzburg 1	1070 -8	MaK	1000 088	30.08.62	Hmb-Harburg	Tübingen
1027 -8	Jung	13 301	11.10.61	Passau	Trier	**1071** -6	MaK	1000 089	31.08.62	Braunschweig	(Mühldorf)
1028 -6	Jung	13 302	01.11.61	Passau	Trier	1072 -4	MaK	1000 090	06.09.62	Düren	Trier
1029 -4	Jung	13 303	14.11.61	Passau	Trier	1073 -2	MaK	1000 091	06.09.62	Düren	Tübingen
1030 -2	Jung	13 304	29.11.61	Schwandorf	Trier	1074 -0	MaK	1000 092	17.09.62	Münster	Tübingen
1031 -0	Jung	13 305	06.12.61	Schwandorf	Hof	1075 -7	MaK	1000 093	17.09.62	Münster	Mühldorf
1032 -8	Jung	13 306	22.12.61	Schwandorf	Trier	1076 -5	MaK	1000 094	24.09.62	Hmb-Harburg	Osnabrück 1
1033 -6	Jung	13 307	28.12.61	Rosenheim	Trier	1077 -3	MaK	1000 095	24.09.62	Hmb-Harburg	Osnabrück 1
1034 -4	Jung	13 308	12.01.62	Rosenheim	Trier	**1078** -1	MaK	1000 096	27.09.62	Braunschweig	(Kaiserslautern)
1035 -1	Jung	13 309	22.01.62	Rosenheim	Trier	1079 -0	MaK	1000 097	28.09.62	Braunschweig	Osnabrück 1
1036 -9	Jung	13 310	29.01.62	Rosenheim	Hof	1080 -7	MaK	1000 098	04.10.62	Hmb-Harburg	Osnabrück 1
1037 -7	Jung	13 311	05.02.62	Rosenheim	Hof	1081 -5	MaK	1000 099	09.10.62	Hmb-Harburg	Osnabrück 1
1038 -5	Jung	13 312	14.02.62	Rosenheim	Hof	1082 -3	MaK	1000 100	12.10.62	Hmb-Harburg	Kaiserslautern
1039 -3	Jung	13 313	23.02.62	Rosenheim	Hof	1083 -1	MaK	1000 101	12.10.62	Hmb-Harburg	Trier
1040 -1	Jung	13 314	02.03.62	Jünkerath	Hof	1084 -9	MaK	1000 102	29.10.62	Hmb-Harburg	Krefeld 1
1041 -9	Jung	13 315	12.03.62	Jünkerath	Hof	1085 -6	MaK	1000 103	19.10.62	Flensburg	Kaiserslautern
1042 -7	Jung	13 316	02.04.62	Jünkerath	Hof	**1086** -4	MaK	1000 104	29.10.62	Hmb-Harburg	(Kaiserslautern)
1043 -5	Jung	13 317	03.04.62	Jünkerath	Hof	1087 -2	MaK	1000 105	02.11.62	Hmb-Harburg	Hof
1044 -3	MaK	1000 062	16.04.62	Hmb-Harburg	Hof	1088 -0	MaK	1000 106	02.11.62	Krefeld	Hof
1045 -0	MaK	1000 063	13.04.62	Hmb-Harburg	Hof	1089 -8	MaK	1000 107	08.11.62	Braunschweig	Kornwestheim

Betr.-Hst. Nr.	Fabr.-Nr.	Abnahme	1. Bw	Bw 30. 6. 86	Betr.-Hst. Nr.	Fabr.-Nr.	Abnahme	1. Bw	Bw 30. 6. 86
1090 -6 MaK	1000 108	08.11.62	Braunschweig	Kornwestheim	1149 -0 Deutz	57 386	30.07.62	Kempten	Kempten
1091 -4 MaK	1000 109	16.11.62	Bielefeld	Kornwestheim	**1150** -8 Deutz	57 387	08.08.62	Marburg	Kempten
1092 -2 MaK	1000 110	16.11.62	Braunschweig	Kornwestheim	1151 -6 Deutz	57 388	14.08.62	Kempten	Kempten
1093 -0 MaK	1000 111	27.11.62	Braunschweig	Kaiserslautern	1152 -4 Deutz	57 389	14.08.62	Kempten	Kempten
1094 -8 MaK	1000 112	27.11.62	Braunschweig	Osnabrück 1	1153 -2 Deutz	57 390	20.08.62	Kempten	Kempten
1095 -5 MaK	1000 113	03.12.62	Braunschweig	(Kaiserslautern)	1154 -0 Deutz	57 391	24.08.62	Kempten	Kempten
1096 -3 MaK	1000 114	30.11.62	Münster	Osnabrück 1	1155 -7 Deutz	57 392	04.09.62	Kempten	Kempten
1097 -1 MaK	1000 115	07.12.62	Münster	Osnabrück 1	1156 -5 Deutz	57 393	10.09.62	Kempten	Kempten
1098 -9 MaK	1000 116	14.12.62	Passau	Osnabrück 1	1157 -3 Deutz	57 394	13.09.62	Kempten	Augsburg 1
1099 -7 MaK	1000 117	17.12.62	Münster	Osnabrück 1	1158 -1 Deutz	57 395	19.09.62	Kempten	Augsburg 1
1100 -3 MaK	1000 118	21.12.62	Münster	Krefeld 1	1159 -9 Deutz	57 396	05.10.62	Bayreuth	Hof
1101 -1 MaK	1000 119	21.12.62	Flensburg	Hof	1160 -7 Deutz	57 397	04.10.62	Bayreuth	Würzburg 1
1102 -9 MaK	1000 120	15.01.63	Flensburg	Krefeld 1	1161 -5 Deutz	57 398	10.10.62	Bayreuth	Hof
1103 -7 MaK	1000 121	12.02.63	Flensburg	Krefeld 1	1162 -3 Deutz	57 399	16.10.62	Bamberg	Würzburg 1
1104 -5 MaK	1000 122	23.01.63	Krefeld	Osnabrück 1	1163 -1 Deutz	57 400	23.10.62	Bamberg	Hof
1105 -2 MaK	1000 123	21.01.63	Krefeld	Osnabrück 1	1164 -9 Deutz	57 401	30.10.62	Bayreuth	Würzburg 1
1106 -0 MaK	1000 124	25.01.63	Krefeld	Osnabrück 1	1165 -6 Deutz	57 402	06.11.62	Bayreuth	Würzburg 1
1107 -7 MaK	1000 125	01.02.63	Krefeld	Osnabrück 1	1166 -4 Deutz	57 403	16.11.62	Ansbach	Würzburg 1
1108 -6 MaK	1000 126	11.02.63	Krefeld	Augsburg 1	1167 -2 Deutz	57 404	28.11.62	Ansbach	Würzburg 1
1109 -4 MaK	1000 127	16.02.63	Krefeld	Augsburg 1	1168 -0 Deutz	57 405	28.12.62	Ansbach	Würzburg 1
1110 -2 MaK	1000 128	19.02.63	Krefeld	Augsburg 1	1169 -8 Hensch.	30 518	24.10.61	Marburg	Gießen
1111 -0 MaK	1000 129	25.02.63	Krefeld	Augsburg 1	1170 -6 Hensch.	30 519	31.10.61	Marburg	Gießen
1112 -8 MaK	1000 130	01.04.63	Krefeld	Krefeld 1	**1171** -4 Hensch.	30 520	14.11.61	Marburg	(Gießen)
1113 -6 MaK	1000 131	22.05.63	Krefeld	Kempten	1172 -2 Hensch.	30 521	16.11.61	Marburg	Gießen
1114 -4 Deutz	57 351	23.11.61	Kempten	Augsburg 1	1173 -0 Hensch.	30 522	30.11.61	Marburg	Gießen
1115 -1 Deutz	57 352	05.12.61	Kempten	Augsburg 1	1174 -8 Hensch.	30 523	11.12.61	Marburg	Gießen
1116 -9 Deutz	57 353	11.12.61	Kempten	Mühldorf	1175 -5 Hensch.	30 524	18.12.61	Marburg	Gießen
1117 -7 Deutz	57 354	20.12.61	Kempten	Kempten	1176 -3 Hensch.	30 525	03.01.62	Marburg	Gießen
1118 -5 Deutz	57 355	20.12.61	Kempten	Augsburg 1	1177 -1 Hensch.	30 526	22.01.62	Marburg	Gießen
1119 -3 Deutz	57 356	10.01.62	Kempten	Augsburg 1	1178 -9 Hensch.	30 527	29.01.62	Marburg	Tübingen
1120 -1 Deutz	57 357	10.01.62	Kempten	Augsburg 1	1179 -7 Hensch.	30 528	12.02.62	Marburg	Gießen
1121 -9 Deutz	57 358	31.01.62	Rosenheim	Gießen	1180 -5 Hensch.	30 529	12.02.62	Marburg	Gießen
1122 -7 Deutz	57 359	22.01.62	Nürnberg Hbf	Fulda	1181 -3 Hensch.	30 530	15.02.62	Marburg	Gießen
1123 -5 Deutz	57 360	09.02.62	Nürnberg Hbf	Würzburg 1	1182 -1 Hensch.	30 531	23.02.62	Marburg	Fulda
1124 -3 Deutz	57 361	09.02.62	Nürnberg Hbf	Würzburg 1	1183 -9 Hensch.	30 532	02.03.62	Marburg	Fulda
1125 -0 Deutz	57 362	14.02.62	Hanau	Gießen	1184 -7 Hensch.	30 533	07.03.62	Marburg	Gießen
1126 -8 Deutz	57 363	23.02.62	Hanau	Gießen	1185 -4 Hensch.	30 534	24.04.62	Bamberg	Gießen
1127 -6 Deutz	57 364	02.03.62	Hanau	Gießen	1186 -2 Hensch.	30 535	30.03.62	Nürnberg Hbf	Gießen
1128 -4 Deutz	57 365	06.03.62	Hanau	Gießen	1187 -0 Hensch.	30 536	29.03.62	Bayreuth	Würzburg 1
1129 -2 Deutz	57 366	03.04.62	Hanau	Gießen	1188 -8 Hensch.	30 537	09.04.62	Bamberg	Würzburg 1
1130 -0 Deutz	57 367	11.04.62	Hanau	Gießen	1189 -6 Hensch.	30 538	09.04.62	Bamberg	Würzburg 1
1131 -8 Deutz	57 368	27.04.62	Hanau	(Gießen)	1190 -4 Hensch.	30 539	25.04.62	Bayreuth	Würzburg 1
1132 -6 Deutz	57 369	18.04.62	Hanau	Gießen	1191 -2 Hensch.	30 540	07.05.62	Bayreuth	Gießen
1133 -4 Deutz	57 370	04.05.62	Hanau	Tübingen	1192 -0 Hensch.	30 541	07.05.62	Fulda	Fulda
1134 -2 Deutz	57 371	04.05.62	Bamberg	Würzburg 1	1193 -8 Hensch.	30 542	21.05.62	Fulda	Fulda
1135 -9 Deutz	57 372	16.05.62	Bamberg	Fulda	1194 -6 Hensch.	30 543	21.05.62	Fulda	Hof
1136 -7 Deutz	57 373	15.05.62	Nürnberg Hbf	Würzburg 1	1195 -3 Hensch.	30 544	29.05.62	Fulda	Mühldorf
1137 -5 Deutz	57 374	25.05.62	Nürnberg Hbf	Würzburg 1	1196 - Hensch.	30 545	14.06.62	Fulda	Mühldorf
1138 -3 Deutz	57 375	18.05.62	Nürnberg Hbf	Würzburg 1	1197 -9 Hensch.	30 546	14.06.62	Fulda	Mühldorf
1139 -1 Deutz	57 376	24.05.62	Nürnberg Hbf	Würzburg 1	1198 -7 Hensch.	30 547	22.06.62	Fulda	Mühldorf
1140 -9 Deutz	57 377	04.06.62	Bamberg	Tübingen	1199 -5 Hensch.	30 548	22.06.62	Bamberg	Karlsruhe 1
1141 -7 Deutz	57 378	14.06.62	Nürnberg Hbf	Würzburg 1	1200 -1 Hensch.	30 549	28.06.62	Bamberg	Hof
1142 -5 Deutz	57 379	13.06.62	Bamberg	Hof	1201 -2 Hensch.	30 550	12.07.62	Bayreuth	Hof
1143 -3 Deutz	57 380	21.06.62	Ansbach	Würzburg 1	1202 -7 Hensch.	30 551	12.07.62	Bayreuth	Hof
1144 -1 Deutz	57 381	22.06.62	Nürnberg Hbf	Würzburg 1	1203 -5 Hensch.	30 552	19.07.62	Bayreuth	Hof
1145 -8 Deutz	57 382	02.07.62	Bamberg	Fulda	1204 -3 Hensch.	30 553	26.07.62	Kornwestheim	Tübingen
1146 -6 Deutz	57 383	06.07.62	Kempten	Kempten	1205 -0 Hensch.	30 554	02.08.62	Kornwestheim	Karlsruhe 1
1147 -4 Deutz	57 384	12.07.62	Kempten	Kempten	1206 -8 Hensch.	30 555	09.08.62	Kornwestheim	Mühldorf
1148 -2 Deutz	57 385	23.07.62	Kempten	Kempten	1207 -6 Hensch.	30 556	15.08.62	Kornwestheim	Mühldorf

Betr.-Nr.	Hst.	Fabr.-Nr.	Abnahme	1. Bw	Bw 30. 6. 86	Betr.-Nr.	Hst.	Fabr.-Nr.	Abnahme	1. Bw	Bw 30. 6. 86
1208 -4	Hensch.	30 557	24.08.62	Kornwestheim	Mühldorf	1267 -0	Krupp	4 377	28.04.62	Ansbach	Würzburg 1
1209 -2	Hensch.	30 558	30.08.62	Kornwestheim	Tübingen	1268 -8	Krupp	4 378	25.05.62	Bielefeld	Mühldorf
1210 -0	Hensch.	30 559	04.09.62	Kornwestheim	Tübingen	1269 -6	Krupp	4 379	17.05.62	Düren	Augsburg 1
1211 -8	Hensch.	30 560	14.09.62	Kornwestheim	Tübingen	1270 -4	Krupp	4 380	25.02.62	Dieringshsn.	Köln 1
1212 -6	Hensch.	30 561	20.09.62	Kornwestheim	Tübingen	1271 -2	Krupp	4 381	25.05.62	Dieringshsn.	Köln 1
1213 -4	Hensch.	30 562	27.09.62	Kornwestheim	Tübingen	1272 -0	Krupp	4 382	08.06.62	Dieringshsn.	Köln 1
1214 -2	Hensch.	30 563	04.10.62	Kornwestheim	Tübingen	**1273** -8	Krupp	4 383	14.06.62	Dieringshsn.	(Köln 1)
1215 -9	Hensch.	30 564	22.10.62	Kornwestheim	Tübingen	1274 -6	KrMaf	18 870	08.03.62	Passau	Mühldorf
1216 -7	Hensch.	30 565	01.11.62	Kornwestheim	Tübingen	1275 -3	KrMaf	18 871	08.03.62	Passau	Kempten
1217 -5	Hensch.	30 566	08.11.62	Kornwestheim	Tübingen	1276 -1	KrMaf	18 872	20.03.62	Passau	Mühldorf
1218 -3	Hensch.	30 567	08.11.62	Kornwestheim	Trier	1277 -9	KrMaf	18 873	06.04.62	Plattling	Mühldorf
1219 -1	Hensch.	30 568	15.11.62	Landau	Kaiserslautern	1278 -7	KrMaf	18 874	06.04.62	Plattling	Mühldorf
1220 -9	Hensch.	30 569	04.12.62	Landau	Kaiserslautern	1279 -5	KrMaf	18 875	16.04.62	Plattling	Mühldorf
1221 -7	Hensch.	30 570	06.12.62	Landau	Kaiserslautern	1280 -3	KrMaf	18 876	25.04.62	Passau	Mühldorf
1222 -5	Hensch.	30 571	04.01.63	Landau	Kaiserslautern	1281 -1	KrMaf	18 877	01.05.62	Passau	Mühldorf
1223 -3	Hensch.	30 572	30.01.63	Landau	Osnabrück 1	1282 -9	KrMaf	18 878	08.05.62	Passau	Mühldorf
1224 -1	Krupp	4 334	09.10.61	Siegen	(Osnabrück 1)	1283 -7	KrMaf	18 879	10.05.62	Passau	Hof
1225 -8	Krupp	4 335	13.10.61	Siegen	Osnabrück 1	1284 -5	KrMaf	18 880	21.05.62	Ingolstadt	Tübingen
1226 -6	Krupp	4 336	13.10.61	Siegen	Osnabrück 1	1285 -2	KrMaf	18 881	28.05.62	Ingolstadt	Kempten
1227 -4	Krupp	4 337	19.10.61	Siegen	Osnabrück 1	1286 -0	KrMaf	18 882	04.06.62	Ingolstadt	Mühldorf
1228 -2	Krupp	4 338	26.10.61	Siegen	Osnabrück 1	1287 -8	KrMaf	18 883	05.06.62	Ingolstadt	Tübingen
1229 -0	Krupp	4 339	16.10.61	Siegen	Osnabrück 1	1288 -6	KrMaf	18 884	05.06.62	Ingolstadt	Mühldorf
1230 -8	Krupp	4 340	09.11.61	Siegen	Osnabrück 1	1289 -4	KrMaf	18 885	13.06.62	Ingolstadt	Augsburg 1
1231 -6	Krupp	4 341	09.11.61	Siegen	(Dieringhausen)	1290 -2	KrMaf	18 886	18.06.62	Ingolstadt	Karlsruhe 1
1232 -4	Krupp	4 342	16.11.61	Siegen	Osnabrück 1	1291 -0	KrMaf	18 887	22.06.62	Ingolstadt	Karlsruhe 1
1233 -2	Krupp	4 343	24.11.61	Siegen	Osnabrück 1	**1292** -7	KrMaf	18 888	04.07.62	Ingolstadt	(Osnabrück 1)
1234 -0	Krupp	4 344	26.11.61	Siegen	Augsburg 1	1293 -6	KrMaf	18 889	04.07.62	Ingolstadt	Hof
1235 -7	Krupp	4 345	30.11.61	Siegen	Krefeld 1	1294 -4	KrMaf	18 890	12.07.62	Regensburg	Hof
1236 -5	Krupp	4 346	11.12.61	Siegen	Würzburg 1	1295 -1	KrMaf	18 891	10.07.62	Regensburg	Hof
1237 -3	Krupp	4 347	18.12.61	Siegen	Würzburg 1	1296 -9	KrMaf	18 892	23.07.62	Regensburg	Hof
1238 -1	Krupp	4 348	21.12.61	Siegen	Kempten	1297 -7	KrMaf	18 893	24.07.62	Regensburg	Hof
1239 -9	Krupp	4 349	21.12.61	Trier	Osnabrück 1	1298 -5	KrMaf	18 894	28.07.62	Plattling	Hof
1240 -7	Krupp	4 350	21.12.61	Trier	Köln 1	1299 -3	KrMaf	18 895	02.08.62	Plattling	Hof
1241 -5	Krupp	4 351	12.01.62	Trier	Köln 1	1300 -9	KrMaf	18 896	08.08.62	Plattling	Mühldorf
1242 -3	Krupp	4 352	12.01.62	Trier	Tübingen	1301 -7	KrMaf	18 897	15.08.62	Schwandorf	Würzburg 1
1243 -1	Krupp	4 353	22.01.62	Trier	Tübingen	1302 -5	KrMaf	18 898	17.08.62	Schwandorf	Hof
1244 -9	Krupp	4 354	22.01.62	Jünkerath	Würzburg 1	1303 -3	KrMaf	18 899	23.08.62	Schwandorf	Hof
1245 -6	Krupp	4 355	29.01.62	Jünkerath	Kempten	1304 -1	KrMaf	18 900	05.09.62	Schwandorf	Hof
1246 -4	Krupp	4 356	28.01.62	Jünkerath	Köln 1	1305 -8	KrMaf	18 901	05.09.62	Schwandorf	Hof
1247 -2	Krupp	4 357	05.02.62	Simmern	Hof	1306 -0	KrMaf	18 902	19.09.62	Hof	Hof
1248 -0	Krupp	4 358	09.02.62	Simmern	Würzburg 1	1307 -4	KrMaf	18 903	18.09.62	Hof	Hof
1249 -8	Krupp	4 359	09.02.62	Simmern	Würzburg 1	1308 -2	KrMaf	18 904	18.09.62	Hof	Hof
1250 -6	Krupp	4 360	19.02.62	Simmern	Osnabrück 1	1309 -0	KrMaf	18 905	24.09.62	Hof	Hof
1251 -4	Krupp	4 361	19.02.62	Simmern	Osnabrück 1	1310 -8	KrMaf	18 906	01.10.62	Schwandorf	Hof
1252 -2	Krupp	4 362	23.02.62	Ffm-Griesh.	Osnabrück 1	1311 -6	KrMaf	18 907	03.10.62	Regensburg	Hof
1253 -0	Krupp	4 363	06.03.62	Ffm-Griesh.	Hof	1312 -4	KrMaf	18 908	12.12.62	Regensburg	Hof
1254 -8	Krupp	4 364	02.03.62	Hanau	Gießen	1313 -2	KrMaf	18 909	16.11.62	Regensburg	Hof
1255 -5	Krupp	4 365	14.03.62	Hanau	Gießen	1314 -0	KrMaf	18 910	21.10.62	Hof	Hof
1256 -3	Krupp	4 366	14.03.62	Hanau	Hof	1315 -7	KrMaf	18 911	31.10.62	Hof	Hof
1257 -1	Krupp	4 367	19.03.62	Hanau	Hof	1316 -5	KrMaf	18 912	31.10.62	Hof	Hof
1258 -9	Krupp	4 368	19.03.62	Ffm-Griesh.	Hof	1317 -3	KrMaf	18 913	05.11.62	Hof	Hof
1259 -7	Krupp	4 369	02.04.62	Ffm-Griesh.	Würzburg 1	1318 -1	KrMaf	18 914	15.11.62	Passau	Hof
1260 -5	Krupp	4 370	30.03.62	Schwandorf	Würzburg 1	1319 -9	KrMaf	18 915	23.11.62	Passau	Hof
1261 -3	Krupp	4 371	30.03.62	Schwandorf	Würzburg 1	1320 -7	KrMaf	18 916	03.12.62	Passau	Hof
1262 -1	Krupp	4 372	30.03.62	Schwandorf	Würzburg 1	1321 -5	KrMaf	18 917	07.12.62	Passau	Hof
1263 -9	Krupp	4 373	05.04.62	Ansbach	Würzburg 1	1322 -3	KrMaf	18 918	13.12.62	Münster	Karlsruhe 1
1264 -7	Krupp	4 374	13.04.62	Ansbach	Würzburg 1	1323 -1	KrMaf	18 919	14.12.62	Nürnberg Hbf	Kaiserslautern
1265 -4	Krupp	4 375	19.04.62	Ansbach	Würzburg 1	1324 -9	Jung	13 451	29.05.62	Landau	Würzburg 1
1266 -2	Krupp	4 376	24.04.62	Ansbach	Würzburg 1	1325 -6	Jung	13 452	07.06.62	Landau	Hof

Betr.-Nr.	Hst.	Fabr.-Nr.	Abnahme	1. Bw	Bw 30. 6. 86	Betr.-Nr.	Hst.	Fabr.-Nr.	Abnahme	1. Bw	Bw 30. 6. 86
1326 -4	Jung	13453	14.06.62	Landau	Kaiserslautern	1346 -2	Jung	13473	16.11.62	Villingen	Mühldorf
1327 -2	Jung	13454	26.06.62	Landau	Kaiserslautern	1347 -0	Jung	13474	28.11.62	Villingen	Mühldorf
1328 -0	Jung	13455	02.07.62	Landau	Kaiserslautern	**1348** -8	Jung	13475	03.12.62	Rosenheim	*(Mühldorf)*
1329 -8	Jung	13456	18.07.62	Landau	Kaiserslautern	1349 -6	Jung	13476	13.12.62	Rosenheim	Mühldorf
1330 -6	Jung	13457	23.07.62	Landau	Kaiserslautern	1350 -4	Jung	13477	14.01.63	Rosenheim	Hof
1331 -4	Jung	13458	30.07.62	Freiburg	Kaiserslautern	**1351** -2	Jung	13478	30.01.63	München Hbf	*(Mühldorf)*
1332 -2	Jung	13459	06.08.62	Freiburg	Kaiserslautern	**1352** -0	Jung	13479	04.02.63	München Hbf	*(Mühldorf)*
1333 -0	Jung	13460	13.08.62	Freiburg	Tübingen	**1353** -8	Jung	13480	20.02.63	München Hbf	*(Tübingen)*
1334 -8	Jung	13461	20.08.62	Freiburg	Tübingen	**1354** -6	Essl.	5291	20.07.62	Kornwestheim	*(Tübingen)*
1335 -5	Jung	13462	13.09.62	Freiburg	Tübingen	1355 -3	Essl.	5292	09.08.62	Kornwestheim	Tübingen
1336 -3	Jung	13463	06.09.62	Freiburg	Karlsruhe 1	1356 -1	Essl.	5293	10.09.62	Kornwestheim	Tübingen
1337 -1	Jung	13464	13.09.62	Villingen	*(Landau)*	1357 -9	Essl.	5294	08.10.62	Kornwestheim	Tübingen
1338 -9	Jung	13465	25.09.62	Landau	Karlsruhe 1	1358 -7	Essl.	5295	08.10.62	Kornwestheim	Tübingen
1339 -7	Jung	13466	01.10.62	Landau	*(Landau)*	1359 -5	Essl.	5296	12.11.62	Kornwestheim	Tübingen
1340 -5	Jung	13467	11.10.62	Landau	*(Landau)*	1360 -3	Essl.	5297	12.11.62	Kornwestheim	Tübingen
1341 -3	Jung	13468	15.10.62	Villingen	Tübingen	1361 -1	Essl.	5298	07.12.62	Kornwestheim	Tübingen
1342 -1	Jung	13469	19.10.62	Villingen	*(Tübingen)*	1362 -9	Essl.	5299	11.01.63	Kornwestheim	Tübingen
1343 -9	Jung	13470	30.10.62	Villingen	Tübingen	1363 -7	Essl.	5300	11.01.63	Kornwestheim	Tübingen
1344 -7	Jung	13471	06.11.62	Villingen	Tübingen	**1364** -5	Essl.	5301	18.02.63	Kornwestheim	*(Tübingen)*
1345 -4	Jung	13472	09.11.62	Villingen	Mühldorf	1365 -2	Essl.	5302	08.02.63	Kornwestheim	Tübingen

Anmerkungen V 100[10]

211 001-3	+ 01. 01. 84; 08. 12. 83 nach Italien überführt
211 002-1	+ 28. 06. 85; 10. 07. 84 verk. Fa. Layritz, an Friul Motor SRL, Udine
211 003-9	+ 28. 06. 85; 10. 07. 84 verk. Fa. Layritz, an Friul Motor SRL, Udine
211 004-7	+ 28. 06. 85; 10. 07. 84 verk. Fa. Layritz, 11. 85 noch gelb lackiert in Penzberg
211 005-4	+ 28. 06. 85; 10. 07. 84 verk. Fa. Layritz
211 007-0	+ 21. 03. 81; 14. 11. 80 Unfall Hanekenfähr
V 100 1015	ab 10. 11. 61 Bw Köln-Nippes
211 017-9	+ 30. 11. 83; Ausmusterung nach Unfall
211 067-4	+ 01. 08. 85; 04. 10. 82 – 30. 07. 85 vermietet TCDD, 01. 08. 85 verk.
211 071-6	+ 01. 08. 85; 04. 10. 82 – 30. 07. 85 vermietet TCDD, 01. 08. 85 verk.
211 078-1	+ 01. 08. 85; 04. 10. 82 – 30. 07. 85 vermietet TCDD, 01. 08. 85 verk.
211 086-4	+ 01. 08. 85; 04. 10. 82 – 30. 07. 85 vermietet TCDD, 01. 08. 85 verk.
V 100 1091	Bw Bielefeld für BZA Minden; ab 21. 12. 62 Bw Braunschweig 1
211 095-5	+ 01. 08. 85; 04. 10. 82 – 30. 07. 85 vermietet TCDD, 01. 08. 85 verk.
211 131-8	Z 22. 04. 86, +
V 100 1150	ab 27. 09. 62 Bw Kempten
211 171-4	+ 30. 09. 85; Unfall mit 515 574-2 Aartalbahn
211 224-1	+ 31. 05. 86, „sonstige Abgänge"
211 231-6	+ 29. 04. 82; Erdrutsch bei Overath 03. 81
211 273-8	+ 28. 02. 86; 07. 86 verk. an DEG (Rinteln – Stadthagener Eisenbahn V 125)
211 292-8	+ 31. 07. 84; verk. Fa. Layritz, gelb lackiert 28. 10. 85 nach Paola (Süditalien) überführt
211 337-1	+ 01. 08. 85; 04. 10. 82 – 30. 07. 85 vermietet TCDD, 01. 08. 85 verk.
211 339-7	+ 28. 06. 85; 04. 10. 82 – 09. 84 vermietet TCDD, 10. 84 in ausgebranntem Zustand im AW Nür abg.
211 340-5	+ 01. 08. 85; 04. 10. 82 – 30. 07. 85 vermietet TCDD, 01. 08. 85 verk.
211 342-1	+ 01. 08. 85; 04. 10. 82 – 30. 07. 85 vermietet TCDD, 01. 08. 85 verk.
211 348-8	+ 01. 08. 85; 04. 10. 82 – 30. 07. 85 vermietet TCDD, 01. 08. 85 verk.
211 351-2	+ 01. 08. 85; 04. 10. 82 – 30. 07. 85 vermietet TCDD, 01. 08. 85 verk.
211 352-0	+ 01. 08. 85; 04. 10. 82 – 30. 07. 85 vermietet TCDD, 01. 08. 85 verk.
211 353-8	+ 01. 08. 85; 04. 10. 82 – 30. 07. 85 vermietet TCDD, 01. 08. 85 verk.
211 354-6	+ 01. 08. 85; 04. 10. 82 – 30. 07. 85 vermietet TCDD, 01. 08. 85 verk.
211 364-5	+ 01. 08. 85; 04. 10. 82 – 30. 07. 85 vermietet TCDD, 01. 08. 85 verk.

Baureihe V 100[20] – Übersicht über die einzelnen Fahrzeuge

Vorbemerkung: Die nach der Umzeichnung gebildeten Betriebsnummern lassen sich leicht aus den ursprünglichen Betriebsnummern umsetzen. V 100 2001 wird zu 212 001. (Die Ergänzungsziffer steht in Spalte 2). Heraus fallen nur die V 100 2332-2341 – die Steilstreckenloks –, die als eigene Baureihe 213 332-341 bezeichnet werden.

Betr.-Nr.	Hst.	Fabr.-Nr.	Abnahme	1. Bw	Bw 30. 06. 86	Betr.-Nr.	Hst.	Fabr.-Nr.	Abnahme	1. Bw	Bw 30. 6. 86
2001 -2	MaK	1000 025	17.08.59	Nürnberg Hbf	Hagen 1	2047 -5	MaK	1000 183	13.08.63	München Hbf	Koblenz
2002 -0	MaK	1000 132	26.01.62	Delmenhorst	Braunschweig 1	2048 -3	MaK	1000 184	19.08.63	München Hbf	Hagen 1
2003 -8	MaK	1000 133	26.01.62	Delmenhorst	Braunschweig 1	2049 -1	MaK	1000 185	27.08.63	München Hbf	Koblenz
2004 -6	MaK	1000 134	26.01.62	Delmenhorst	Braunschweig 1	2050 -9	MaK	1000 186	02.09.63	München Hbf	Koblenz
2005 -3	MaK	1000 135	05.02.62	Delmenhorst	Braunschweig 1	2051 -7	MaK	1000 187	04.09.63	München Hbf	Koblenz
2006 -1	MaK	1000 136	05.02.62	Delmenhorst	Braunschweig 1	2052 -5	MaK	1000 188	05.09.63	Hmb-Altona	Flensburg
2007 -9	MaK	1000 137	12.03.62	Bielefeld	Braunschweig 1	2053 -3	MaK	1000 189	12.09.63	Hmb-Altona	Flensburg
2008 -7	MaK	1000 138	12.03.62	Delmenhorst	Braunschweig 1	2054 -1	MaK	1000 190	14.09.63	Lübeck	Flensburg
2009 -5	MaK	1000 139	08.03.62	Delmenhorst	Braunschweig 1	2055 -8	MaK	1000 191	20.09.63	Münster	Flensburg
2010 -3	MaK	1000 140	12.03.62	Münster	Lübeck	2056 -6	MaK	1000 192	27.09.63	Ffm-Griesh.	Flensburg
2011 -1	MaK	1000 141	02.04.62	Münster	Lübeck	2057 -4	MaK	1000 193	04.10.63	Ffm-Griesh.	Lübeck
2012 -9	MaK	1000 142	25.05.62	Münster	Braunschweig 1	2058 -2	MaK	1000 194	04.10.63	Ffm-Griesh.	Lübeck
2013 -7	MaK	1000 143	25.05.62	Münster	Lübeck	2059 -0	MaK	1000 195	11.10.63	Ffm-Griesh.	Lübeck
2014 -5	MaK	1000 144	26.04.62	Oldenburg Hbf	Kaiserslautern	2060 -8	MaK	1000 196	18.10.63	Ffm-Griesh.	Köln 1
2015 -2	MaK	1000 145	21.05.62	Oldenburg Hbf	Kaiserslautern	2061 -6	MaK	1000 197	25.10.63	Ffm-Griesh.	Köln 1
2016 -0	MaK	1000 146	18.06.62	Oldenburg Hbf	Kaiserslautern	2062 -4	MaK	1000 198	25.10.63	Bielefeld	Darmstadt 1
2017 -8	MaK	1000 147	02.04.62	Oldenburg Hbf	Kaiserslautern	2063 -2	MaK	1000 199	04.11.63	Bielefeld	Saarbrücken 1
2018 -6	MaK	1000 148	06.04.62	Oldenburg Hbf	Augsburg 1	2064 -0	MaK	1000 200	04.11.63	Münster	Köln 1
2019 -4	MaK	1000 149	03.04.62	Oldenburg Hbf	Siegen	2065 -7	MaK	1000 201	07.11.63	Münster	Köln 1
2020 -2	MaK	1000 150	02.08.62	Oldenburg Hbf	Augsburg 1	2066 -5	MaK	1000 202	15.11.63	Bielefeld	Kaiserslautern
2021 -0	MaK	1000 151	13.08.62	Oldenburg Hbf	Siegen	2067 -3	MaK	1000 203	23.11.63	Göttingen	Göttingen 1
2022 -8	MaK	1000 158	05.07.63	Ffm-Griesh.	Hagen 1	**2068** -1	MaK	1000 204	26.11.63	Nördlingen	Köln 1
2023 -6	MaK	1000 159	12.07.63	Ffm-Griesh.	Hagen 1	2069 -9	MaK	1000 205	03.12.63	Nördlingen	Köln 1
2024 -4	MaK	1000 160	11.04.63	Ffm-Griesh.	Flensburg	2070 -7	MaK	1000 206	10.12.63	Nördlingen	Köln 1
2025 -1	MaK	1000 161	19.04.63	Ffm-Griesh.	Göttingen 1	2071 -5	MaK	1000 207	11.12.63	Nördlingen	Köln 1
2026 -9	MaK	1000 162	26.04.63	Ffm-Griesh.	Göttingen 1	2072 -3	MaK	1000 208	17.12.63	Nördlingen	Darmstadt 1
2027 -7	MaK	1000 163	23.04.63	Lübeck	Flensburg	2073 -1	MaK	1000 209	23.12.63	Nördlingen	Darmstadt 1
2028 -5	MaK	1000 164	23.04.63	Lübeck	Flensburg	2074 -9	MaK	1000 210	24.12.63	Nürnberg Hbf	Köln 1
2029 -3	MaK	1000 165	02.05.63	Lübeck	Flensburg	2075 -6	MaK	1000 211	10.01.64	Nürnberg Hbf	Freiburg
2030 -1	MaK	1000 166	02.05.63	Lübeck	Göttingen 1	2076 -4	MaK	1000 212	15.01.64	Nürnberg Hbf	Freiburg
2031 -9	MaK	1000 167	27.05.63	Lübeck	Flensburg	2077 -2	MaK	1000 213	16.01.64	Nürnberg Hbf	Freiburg
2032 -7	MaK	1000 168	27.05.63	Lübeck	Flensburg	2078 -0	MaK	1000 214	22.01.64	Nürnberg Hbf	Freiburg
2033 -5	MaK	1000 169	30.05.63	Bielefeld	Flensburg	2079 -8	MaK	1000 215	29.01.64	Nürnberg Hbf	Freiburg
2034 -3	MaK	1000 170	30.05.63	Bielefeld	Göttingen 1	2080 -6	MaK	1000 216	23.01.64	Göttingen	Göttingen 1
2035 -0	MaK	1000 171	07.06.63	Ffm-Griesh.	Hagen 1	2081 -4	MaK	1000 217	28.01.64	Münster	Hagen 1
2036 -8	MaK	1000 172	12.06.63	Ffm-Griesh.	Flensburg	2082 -2	MaK	1000 218	05.02.64	Wt-Steinbeck	Mühldorf
2037 -6	MaK	1000 173	14.06.63	Ffm-Griesh.	Flensburg	2083 -0	MaK	1000 219	12.02.64	Wt-Steinbeck	Mühldorf
2038 -4	MaK	1000 174	19.06.63	Ffm-Griesh.	Flensburg	2084 -8	MaK	1000 220	18.02.64	Wt-Steinbeck	Mühldorf
2039 -2	MaK	1000 175	21.06.63	Ffm-Griesh.	Flensburg	2085 -5	MaK	1000 221	26.02.64	Göttingen	Göttingen 1
2040 -0	MaK	1000 176	27.06.63	München Hbf	Kornwestheim	2086 -3	MaK	1000 222	06.03.64	Ludwigshafen	Lübeck
2041 -0	MaK	1000 177	02.07.63	München Hbf	Kornwestheim	2087 -1	MaK	1000 223	13.03.64	Ludwigshafen	Lübeck
2042 -6	MaK	1000 178	18.07.63	München Hbf	Kornwestheim	2088 -9	MaK	1000 224	17.03.64	Ludwigshafen	Lübeck
2043 -4	MaK	1000 179	24.07.63	Lübeck	Flensburg	2089 -7	MaK	1000 225	20.03.64	Ludwigshafen	Koblenz
2044 -2	MaK	1000 180	25.07.63	Lübeck	Göttingen 1	2090 -5	MaK	1000 226	26.03.64	Ludwigshafen	Koblenz
2045 -9	MaK	1000 181	01.08.63	Göttingen	Göttingen 1	2091 -3	MaK	1000 227	08.04.64	Ludwigshafen	Karlsruhe 1
2046 -7	MaK	1000 182	01.08.63	Göttingen	Göttingen 1	2092 -1	MaK	1000 228	14.04.64	Nördlingen	Karlsruhe 1

Betr.-Nr.	Hst.	Fabr.-Nr.	Abnahme	1. Bw	Bw 30. 6. 86	Betr.-Nr.	Hst.	Fabr.-Nr.	Abnahme	1. Bw	Bw 30. 6. 86
2093 -9	MaK	1000 229	24.04.64	Nördlingen	Mühldorf	2152 -3	Hensch.	30 838	18.02.64	Osnabrück Rbf	Siegen
2094 -7	MaK	1000 230	28.04.64	Nördlingen	Mühldorf	2153 -1	Hensch.	30 839	11.03.64	Düren	Koblenz
2095 -4	MaK	1000 231	05.05.64	Wt-Steinbeck	Kaiserslautern	2154 -9	Hensch.	30 840	05.03.64	Krefeld	Koblenz
2096 -2	MaK	1000 232	13.05.64	Wt-Steinbeck	Wuppertal	2155 -6	Hensch.	30 841	12.03.64	Lübeck	Lübeck
2097 -0	MaK	1000 233	13.05.64	Wt-Steinbeck	Wuppertal	2156 -4	Hensch.	30 842	19.03.64	Lübeck	Lübeck
2098 -8	MaK	1000 234	26.05.64	Wt-Steinbeck	Wuppertal	2157 -2	Hensch.	30 843	22.03.64	Lübeck	Lübeck
2099 -6	MaK	1000 235	01.06.64	Wt-Steinbeck	Kaiserslautern	2158 -0	Hensch.	30 844	25.03.64	Lübeck	Braunschweig 1
2100 -2	MaK	1000 236	05.06.64	Nördlingen	Mühldorf	2159 -8	Hensch.	30 845	08.04.64	Krefeld	Göttingen 1
2101 -0	MaK	1000 237	12.06.64	Ludwigshafen	Köln 1	2160 -6	Hensch.	30 846	28.04.64	Düren	Siegen
2102 -8	MaK	1000 238	19.06.64	Ludwigshafen	Köln 1	2161 -4	Hensch.	30 847	05.05.64	Münster	Siegen
2103 -6	MaK	1000 239	03.07.64	Ludwigshafen	Köln 1	2162 -2	Hensch.	30 848	12.05.64	Wt-Steinbeck	Siegen
2104 -4	MaK	1000 240	10.07.64	Ludwigshafen	Köln 1	2163 -0	Hensch.	30 849	26.05.64	Wt-Steinbeck	Koblenz
2105 -1	MaK	1000 241	27.07.64	Wt-Steinbeck	Köln 1	2164 -8	Hensch.	30 850	03.06.64	Krefeld	Siegen
2106 -9	MaK	1000 242	20.08.64	Wt-Steinbeck	Göttingen 1	2165 -5	Jung	13 641	08.07.63	Ludwigshafen	Darmstadt 1
2107 -7	Hensch.	30 793	02.05.63	Lübeck	Darmstadt 1	2166 -3	Jung	13 642	12.07.63	Ludwigshafen	Darmstadt 1
2108 -5	Hensch.	30 794	08.05.63	Göttingen	Darmstadt 1	2167 -1	Jung	13 643	18.07.63	Ludwigshafen	Darmstadt 1
2109 -3	Hensch.	30 795	17.05.63	Köln-Nippes	Koblenz	2168 -9	Jung	13 644	23.07.63	Ludwigshafen	Kaiserslautern
2110 -1	Hensch.	30 796	28.05.63	Köln-Nippes	Koblenz	2169 -7	Jung	13 645	29.07.63	Ludwigshafen	Karlsruhe 1
2111 -9	Hensch.	30 797	22.05.63	Oldenburg Hbf	Darmstadt 1	2170 -5	Jung	13 646	07.08.63	Ludwigshafen	Karlsruhe 1
2112 -7	Hensch.	30 798	22.05.63	Oldenburg Hbf	Darmstadt 1	2171 -3	Jung	13 647	15.08.63	Ludwigshafen	Karlsruhe 1
2113 -5	Hensch.	30 799	07.06.63	Köln-Nippes	Kaiserslautern	2172 -1	Jung	13 648	22.08.63	Ludwigshafen	Karlsruhe 1
2114 -3	Hensch.	30 800	21.06.63	Köln-Nippes	Kaiserslautern	2173 -9	Jung	13 649	29.08.63	Ludwigshafen	Darmstadt 1
2115 -0	Hensch.	30 801	19.06.63	Göttingen	Darmstadt 1	2174 -7	Jung	13 650	09.09.63	Ludwigshafen	Karlsruhe 1
2116 -8	Hensch.	30 802	24.06.63	Lübeck	Darmstadt 1	2175 -4	Jung	13 651	16.09.63	Ludwigshafen	Karlsruhe 1
2117 -6	Hensch.	30 803	04.07.63	Lübeck	Koblenz	2176 -2	Jung	13 652	20.09.63	Ludwigshafen	Karlsruhe 1
2118 -4	Hensch.	30 804	04.07.63	Lübeck	Koblenz	2177 -0	Jung	13 653	27.09.63	Landau	Karlsruhe 1
2119 -2	Hensch.	30 805	12.07.63	Göttingen	Darmstadt 1	2178 -8	Jung	13 654	02.10.63	Landau	Karlsruhe 1
2120 -0	Hensch.	30 806	16.07.63	Köln-Nippes	Koblenz	2179 -6	Jung	13 655	09.10.63	Nördlingen	Augsburg 1
2121 -8	Hensch.	30 807	23.07.63	Köln-Nippes	Koblenz	2180 -4	Jung	13 656	17.10.63	Nördlingen	Augsburg 1
2122 -6	Hensch.	30 808	23.07.63	Oldenburg Hbf	Darmstadt 1	2181 -2	Jung	13 657	23.10.63	Nördlingen	Augsburg 1
2123 -4	Hensch.	30 809	14.08.63	Münster	Darmstadt 1	2182 -0	Jung	13 658	31.10.63	Nördlingen	Augsburg 1
2124 -2	Hensch.	30 810	14.08.63	Köln-Nippes	Darmstadt 1	2183 -8	Jung	13 659	07.11.63	Nördlingen	Augsburg 1
2125 -9	Hensch.	30 811	16.08.63	Köln-Nippes	Koblenz	2184 -6	Jung	13 660	13.11.63	Nördlingen	Augsburg 1
2126 -7	Hensch.	30 812	16.08.63	Göttingen	Karlsruhe 1	2185 -3	Jung	13 661	22.11.63	Nördlingen	Augsburg 1
2127 -5	Hensch.	30 813	05.09.63	Lübeck	Lübeck	2186 -1	Jung	13 662	27.11.63	Nördlingen	Haltingen
2128 -3	Hensch.	30 814	26.08.63	Lübeck	Augsburg 1	2187 -9	Jung	13 663	13.12.63	Haltingen	Haltingen
2129 -1	Hensch.	30 815	13.09.63	Lübeck	Augsburg 1	2188 -7	Jung	13 664	17.12.63	Haltingen	Haltingen
2130 -9	Hensch.	30 816	10.09.63	Göttingen	Darmstadt 1	2189 -5	Jung	13 665	19.12.63	Haltingen	Haltingen
2131 -7	Hensch.	30 817	20.09.63	Göttingen	Kaiserslautern	2190 -3	Jung	13 666	21.01.64	Haltingen	Haltingen
2132 -5	Hensch.	30 818	30.09.63	Köln-Nippes	Koblenz	2191 -1	Jung	13 667	31.01.64	Haltingen	Haltingen
2133 -3	Hensch.	30 819	30.09.63	Münster	Darmstadt 1	2192 -9	Jung	13 668	31.01.64	Haltingen	Haltingen
2134 -1	Hensch.	30 820	30.09.63	Münster	Darmstadt 1	2193 -7	Jung	13 669	31.01.64	Haltingen	Haltingen
2135 -8	Hensch.	30 821	07.10.63	Wt-Steinbeck	Siegen	2194 -5	Jung	13 670	06.02.64	Haltingen	Karlsruhe 1
2136 -6	Hensch.	30 822	16.10.63	Wt-Steinbeck	Kornwestheim	2195 -2	Jung	13 671	12.02.64	Haltingen	Kaiserslautern
2137 -4	Hensch.	30 823	16.10.63	Münster	Kornwestheim	2196 -0	Jung	13 672	20.02.64	Haltingen	Kaiserslautern
2138 -2	Hensch.	30 824	30.10.63	Münster	Kornwestheim	2197 -8	Jung	13 673	16.03.64	St. Wendel	Kaiserslautern
2139 -0	Hensch.	30 825	30.10.63	Krefeld		2198 -6	Jung	13 674	02.03.64	St. Wendel	Kaiserslautern
2140 -8	Hensch.	30 826	21.11.63	Delmenhorst	Braunschweig 1	2199 -4	Jung	13 675	18.03.64	St. Wendel	Kaiserslautern
2141 -6	Hensch.	30 827	14.12.63	Lübeck	Lübeck	2200 -0	Jung	13 676	25.03.64	St. Wendel	Kaiserslautern
2142 -4	Hensch.	30 828	03.12.63	Lübeck	Lübeck	2201 -9	Jung	13 677	02.04.64	St. Wendel	Kaiserslautern
2143 -2	Hensch.	30 829	14.12.63	Lübeck	Lübeck	2202 -6	Deutz	57 571	21.07.63	Fulda	Koblenz
2144 -0	Hensch.	30 830	19.12.63	Lübeck	Lübeck	2203 -4	Deutz	57 572	01.07.63	Fulda	Koblenz
2145 -7	Hensch.	30 831	19.12.63	Lübeck	Darmstadt 1	2204 -2	Deutz	57 573	02.07.63	Fulda	Koblenz
2146 -5	Hensch.	30 832	10.01.64	Krefeld	Darmstadt 1	2205 -9	Deutz	57 574	05.07.63	Marburg	Koblenz
2147 -3	Hensch.	30 833	19.01.64	Düren	Darmstadt 1	2206 -7	Deutz	57 575	19.07.63	Marburg	Darmstadt 1
2148 -1	Hensch.	30 834	27.01.64	Osnabrück Rbf	Darmstadt 1	2207 -5	Deutz	57 576	26.07.63	Marburg	Darmstadt 1
2149 -9	Hensch.	30 835	04.02.64	Wt-Steinbeck	Siegen	2208 -3	Deutz	57 577	06.08.63	Kornwestheim	Karlsruhe 1
2150 -7	Hensch.	30 836	11.02.64	Wt-Steinbeck	Siegen	2209 -1	Deutz	57 578	08.08.63	Kornwestheim	Karlsruhe 1
2151 -5	Hensch.	30 837	11.02.64	Osnabrück Rbf	Siegen	2210 -9	Deutz	57 579	08.08.63	Kornwestheim	Karlsruhe 1

Betr.-Nr.	Hst.	Fabr.-Nr.	Abnahme	1. Bw	Bw 30. 6. 86
2211 -7	Deutz	57 580	20.08.63	Kornwestheim	Karlsruhe 1
2212 -5	Deutz	57 581	23.08.63	Kornwestheim	Karlsruhe 1
2213 -3	Deutz	57 582	30.08.63	Kornwestheim	Karlsruhe 1
2214 -1	Deutz	57 583	06.09.63	Karlsruhe	Karlsruhe 1
2215 -0	Deutz	57 584	12.09.63	Kornwestheim	Karlsruhe 1
2216 -6	Deutz	57 585	24.09.63	Plattling	Karlsruhe 1
2217 -4	Deutz	57 586	12.11.63	Plattling	Karlsruhe 1
2218 -2	Deutz	57 587	14.11.63	Plattling	Darmstadt 1
2219 -0	Deutz	57 588	22.11.63	Plattling	Darmstadt 1
2220 -8	Deutz	57 589	02.12.63	Plattling	Darmstadt 1
2221 -6	Deutz	57 590	06.12.63	Kornwestheim	Karlsruhe 1
2222 -4	Deutz	57 591	13.12.63	Kornwestheim	Karlsruhe 1
2223 -2	Deutz	57 592	31.12.63	Kornwestheim	Karlsruhe 1
2224 -0	Deutz	57 593	20.01.64	Kornwestheim	Kornwestheim
2225 -7	Deutz	57 594	21.02.64	Kornwestheim	Kornwestheim
2226 -5	Deutz	57 595	24.01.64	Kornwestheim	Kornwestheim
2227 -3	Deutz	57 596	08.02.64	Kornwestheim	Kornwestheim
2228 -1	Deutz	57 597	14.02.64	St. Wendel	Kaiserslautern
2229 -9	Deutz	57 598	24.02.64	St. Wendel	Kaiserslautern
2230 -7	Deutz	57 599	18.03.64	St. Wendel	Kaiserslautern
2231 -5	Deutz	57 600	02.03.64	St. Wendel	Kaiserslautern
2232 -3	MaK	1000 279	04.02.65	Kempten	Wuppertal
2233 -1	MaK	1000 280	28.01.65	Kempten	Wuppertal
2234 -9	MaK	1000 281	25.01.65	Kempten	Wuppertal
2235 -6	MaK	1000 282	18.12.64	Oldenburg Hbf	Lübeck
2236 -4	MaK	1000 283	12.01.65	Münster	Kornwestheim
2237 -2	MaK	1000 284	25.01.65	Plattling	Wuppertal
2238 -0	MaK	1000 285	18.01.65	Plattling	Wuppertal
2239 -8	MaK	1000 286	18.01.65	Plattling	Wuppertal
2240 -6	MaK	1000 287	13.01.65	Oldenburg Hbf	Wuppertal
2241 -4	MaK	1000 288	18.01.65	Krefeld	Hagen 1
2242 -2	MaK	1000 289	28.01.65	Kornwestheim	Kornwestheim
2243 -0	MaK	1000 290	04.02.65	Kornwestheim	Kornwestheim
2244 -8	MaK	1000 291	11.02.65	Kornwestheim	Kornwestheim
2245 -5	MaK	1000 292	09.02.65	Hmb-Harburg	Lübeck
2246 -3	MaK	1000 293	16.02.65	Lübeck	Lübeck
2247 -1	MaK	1000 294	17.02.65	Delmenhorst	Kornwestheim
2248 -9	MaK	1000 295	24.02.65	Delmenhorst	Karlsruhe 1
2249 -7	MaK	1000 296	24.02.65	Krefeld	Hagen 1
2250 -5	MaK	1000 297	14.03.65	Hmb-Harburg	Lübeck
2251 -3	MaK	1000 298	04.03.65	Hmb-Harburg	Lübeck
2252 -1	MaK	1000 299	17.03.65	Delmenhorst	Köln 1
2253 -9	MaK	1000 300	24.03.65	Delmenhorst	Köln 1
2254 -7	MaK	1000 301	25.03.65	Krefeld	Hagen 1
2255 -4	MaK	1000 302	31.03.65	Düren	Hagen 1
2256 -2	MaK	1000 303	07.04.65	Wt-Steinbeck	Göttingen 1
2257 -0	MaK	1000 304	14.04.65	Kornwestheim	Kornwestheim
2258 -8	MaK	1000 305	30.04.65	Kornwestheim	Kornwestheim
2259 -6	MaK	1000 306	28.04.65	Lübeck	Lübeck
2260 -4	MaK	1000 307	04.05.65	Hmb-Harburg	Lübeck
2261 -2	MaK	1000 308	04.05.65	Delmenhorst	Karlsruhe 1
2262 -0	MaK	1000 309	11.05.65	Delmenhorst	Köln 1
2263 -8	MaK	1000 310	19.05.65	Krefeld	Hagen 1
2264 -6	MaK	1000 311	20.05.65	Oldenburg Hbf	Wuppertal
2265 -3	MaK	1000 312	25.05.65	Münster	Wuppertal
2266 -1	MaK	1000 313	02.06.65	Wt-Steinbeck	Wuppertal
2267 -9	MaK	1000 314	11.06.65	Kornwestheim	Kornwestheim
2268 -7	MaK	1000 315	10.06.65	Hmb-Harburg	Lübeck
2269 -5	MaK	1000 316	10.06.65	Hmb-Harburg	Lübeck
2270 -3	MaK	1000 317	23.06.65	Delmenhorst	Köln 1
2271 -1	MaK	1000 318	30.06.65	Hannover	Karlsruhe 1
2272 -9	MaK	1000 319	07.07.65	Düren	Hagen 1
2273 -7	MaK	1000 320	14.07.65	Münster	Hagen 1
2274 -5	MaK	1000 321	04.08.65	Wt-Steinbeck	Wuppertal
2275 -2	MaK	1000 322	28.07.65	Wt-Steinbeck	Wuppertal
2276 -0	MaK	1000 323	09.08.65	Kornwestheim	Kornwestheim
2277 -8	MaK	1000 324	04.08.65	Hmb-Harburg	Lübeck
2278 -6	MaK	1000 325	17.08.65	Hmb-Harburg	Lübeck
2279 -4	MaK	1000 326	12.08.65	Hannover	Wuppertal
2280 -2	MaK	1000 327	25.08.65	Delmenhorst	Hagen 1
2281 -0	MaK	1000 328	26.08.65	Düren	Hagen 1
2282 -8	MaK	1000 329	08.09.65	Osnabrück Rbf	Saarbrücken 1
2283 -6	MaK	1000 330	09.09.65	Münster	Wuppertal
2284 -4	MaK	1000 331	22.09.65	Hagen-Eck.	Hagen 1
2285 -1	MaK	1000 332	23.09.65	Kornwestheim	Hagen 1
2286 -9	MaK	1000 333	01.10.65	Hmb-Altona	Lübeck
2287 -7	MaK	1000 334	06.10.65	Delmenhorst	Wuppertal
2288 -5	MaK	1000 335	20.10.65	Düren	Wuppertal
2289 -3	MaK	1000 336	20.10.65	Kornwestheim	Hagen 1
2290 -1	MaK	1000 337	28.10.65	Münster	Hagen 1
2291 -9	MaK	1000 338	04.11.65	Hagen-Eck.	Hagen 1
2292 -7	MaK	1000 339	04.11.65	Hagen-Eck.	Hagen 1
2293 -5	MaK	1000 340	11.11.65	Hagen-Eck.	Hagen 1
2294 -3	MaK	1000 341	19.11.65	Kempten	Hagen 1
2295 -0	MaK	1000 342	25.11.65	Hmb-Altona	Lübeck
2296 -8	MaK	1000 343	01.12.65	Hannover	Lübeck
2297 -6	MaK	1000 344	30.11.65	Düren	Wuppertal
2298 -4	MaK	1000 345	14.12.65	Münster	Hagen 1
2299 -2	MaK	1000 346	15.12.65	Münster	Hagen 1
2300 -8	MaK	1000 347	22.12.65	Hagen-Eck.	Hagen 1
2301 -6	MaK	1000 348	16.02.66	Hagen-Eck.	Hagen 1
2302 -4	MaK	1000 349	25.02.66	Kempten	Lübeck
2303 -2	MaK	1000 350	02.03.66	Hmb-Harburg	Lübeck
2304 -0	MaK	1000 351	03.03.66	Hannover	Wuppertal
2305 -7	MaK	1000 352	09.03.66	Düren	Hagen 1
2306 -5	MaK	1000 353	09.03.66	Münster	Hagen 1
2307 -3	MaK	1000 354	18.03.66	Münster	Hagen 1
2308 -1	MaK	1000 355	17.03.66	Hagen-Eck.	Hagen 1
2309 -9	MaK	1000 356	23.03.66	Hagen-Eck.	Hagen 1
2310 -7	MaK	1000 357	24.03.66	Kempten	Lübeck
2311 -5	MaK	1000 358	31.03.66	Hmb-Harburg	Lübeck
2312 -3	MaK	1000 359	06.04.66	Hannover	Hagen 1
2313 -1	MaK	1000 360	06.04.66	Münster	Hagen 1
2314 -9	MaK	1000 361	14.04.66	Hmb-Harburg	Hagen 1
2315 -6	MaK	1000 362	20.04.66	Hannover	Hagen 1
2316 -4	MaK	1000 363	03.05.66	Wt-Steinbeck	Wuppertal
2317 -2	MaK	1000 364	03.05.66	Wt-Steinbeck	Wuppertal
2318 -0	MaK	1000 365	09.05.66	Wt-Steinbeck	Wuppertal
2319 -8	MaK	1000 366	09.05.66	Düren	Hagen 1
2320 -6	MaK	1000 367	19.05.66	Hagen-Eck.	Hagen 1
2321 -4	MaK	1000 368	17.05.66	Wt-Steinbeck	Wuppertal
2322 -2	MaK	1000 369	25.05.66	Siegen	Hagen 1
2323 -0	MaK	1000 370	02.06.66	Siegen	Wuppertal
2324 -8	MaK	1000 371	07.06.66	Siegen	Wuppertal
2325 -5	MaK	1000 372	15.06.66	Wt-Steinbeck	Wuppertal
2326 -3	MaK	1000 373	15.06.66	Hagen-Eck.	Lübeck
2327 -1	MaK	1000 374	23.06.66	Plattling	Wuppertal
2328 -9	MaK	1000 375	01.07.66	Plattling	Köln 1

Betr.-Nr.	Hst.	Fabr.-Nr.	Abnahme	1. Bw	Bw 30. 6. 86
2329 -7	MaK	1000 376	08.07.66	Plattling	Würzburg 1
2330 -5	MaK	1000 377	14.07.66	Plattling	Würzburg 1
2331 -3	MaK	1000 378	26.08.66	Plattling	Würzburg 1
2332 -0	MaK	1000 379	19.01.66	Karlsruhe	Gießen
2333 -8	MaK	1000 380	03.03.66	Karlsruhe	Gießen
2334 -6	MaK	1000 381	21.02.66	Karlsruhe	Gießen
2335 -3	MaK	1000 382	14.03.66	Karlsruhe	Gießen
2336 -1	MaK	1000 383	17.03.66	Karlsruhe	Gießen
2337 -9	MaK	1000 384	06.04.66	Karlsruhe	Gießen
2338 -7	MaK	1000 385	11.05.66	Karlsruhe	Gießen
2339 -5	MaK	1000 386	28.04.66	Karlsruhe	Gießen
2340 -3	MaK	1000 387	21.04.66	Karlsruhe	Gießen
2341 -1	MaK	1000 388	20.04.66	Karlsruhe	Gießen
2342 -0	Deutz	57 742	25.03.65	Saarbrücken	Saarbrücken 1
2343 -8	Deutz	57 743	25.03.65	Saarbrücken	Saarbrücken 1
2344 -6	Deutz	57 744	01.04.65	Saarbrücken	Saarbrücken 1
2345 -3	Deutz	57 745	01.04.65	Saarbrücken	Saarbrücken 1
2346 -1	Deutz	57 746	09.04.65	Saarbrücken	Saarbrücken 1
2347 -9	Deutz	57 747	15.04.65	St. Wendel	Saarbrücken 1
2348 -7	Deutz	57 748	23.04.65	Rosenheim	Kornwestheim
2349 -5	Deutz	57 749	26.04.65	Rosenheim	Kornwestheim
2350 -3	Deutz	57 750	26.04.65	Rosenheim	Karlsruhe 1
2351 -1	Deutz	57 751	05.05.65	Rosenheim	Karlsruhe 1
2352 -9	Deutz	57 752	05.05.65	Rosenheim	Karlsruhe 1
2353 -7	Deutz	57 753	12.05.65	München Hbf	Darmstadt 1
2354 -5	Deutz	57 754	12.05.65	München Hbf	Darmstadt 1
2355 -2	Deutz	57 755	20.05.65	München Hbf	Darmstadt 1
2356 -0	Deutz	57 756	01.06.65	München-Ost	Darmstadt 1
2357 -8	Deutz	57 757	16.06.65	München-Ost	Darmstadt 1
2358 -6	Deutz	57 758	11.06.65	München-Ost	Darmstadt 1
2359 -4	Deutz	57 759	16.06.65	Nürnberg Hbf	Darmstadt 1
2360 -2	Deutz	57 760	25.06.65	Nürnberg Hbf	Darmstadt 1
2361 -0	Deutz	57 761	30.06.65	Gießen	Darmstadt 1
2362 -8	Deutz	57 762	29.06.65	Gießen	Darmstadt 1
2363 -6	Deutz	57 763	05.07.65	Gießen	Darmstadt 1
2364 -4	Deutz	57 764	12.07.65	Gießen	Darmstadt 1
2365 -1	Deutz	57 765	12.07.65	Gießen	Darmstadt 1
2366 -9	Deutz	57 766	21.07.65	Hanau	Darmstadt 1
2367 -7	Deutz	57 767	30.07.65	Gießen	Darmstadt 1
2368 -5	Deutz	57 768	29.07.65	Gießen	Gießen
2369 -3	Deutz	57 769	11.08.65	Gießen	Gießen
2370 -1	Deutz	57 770	11.08.65	Gießen	Gießen
2371 -9	Deutz	57 771	11.08.65	Hanau	Gießen
2372 -7	Deutz	57 772	13.08.65	Hanau	Gießen
2373 -5	Deutz	57 773	23.08.65	Hanau	Gießen
2374 -3	Deutz	57 774	23.08.65	Hanau	Gießen
2375 -0	Deutz	57 775	01.09.65	Jünkerath	Saarbrücken 1
2376 -8	Deutz	57 776	07.09.65	Jünkerath	Saarbrücken 1
2377 -6	Deutz	57 777	10.09.65	Jünkerath	Saarbrücken 1
2378 -4	Deutz	57 778	16.09.65	Nürnberg Hbf	Würzburg 1
2379 -2	Deutz	57 779	01.10.65	Nürnberg Hbf	(Nürnberg Hbf)
2380 -0	Deutz	57 780	01.10.65	Nürnberg Hbf	Würzburg 1
2381 -8	Deutz	57 781	27.10.65	Nürnberg Hbf	Würzburg 1

Anmerkungen V 100[20]

212 001	ex V 100 1006
V 100 2007	ab 25. 05. 62 Bw Delmenhorst
V 100 2068	bis 20. 12. 63 BZA München
V 100 2355	bis 18. 08. 65 BZA Minden
V 100 2366	ab 13. 08. 65 Bw Gießen
212 379-2	+ 16. 06. 72 nach Unfall

Die *Compagnie Internationale des Wagons-Lits* war unter Führung von Georges Nagelmackers (geboren 1845 in Lüttich, gestorben 1905 in Villepreux) am 4. Dezember 1876 in Brüssel gegründet worden. 1883 – im Jahr der Inbetriebnahme des Orient-Express – wurde der Name der Gesellschaft erweitert mit „et des Grands Express Européens". Der Wandel der Zeiten ließ dann diesen anspruchsvollen Zusatz nicht mehr als angemessen erscheinen; Vom 2. Mai 1967 an lautete die neue Gesellschaftsbezeichnung *Compagnie Internationale des Wagons-Lits et du Tourisme*.

Die Pullman-Wagen der CIWL stellen einen Wagentyp dar, der für Tageszugdienste gehobener Ansprüche eigens entwickelt wurde. Der Pullman-Wagen entstand – darauf werden wir noch genauer zu sprechen kommen – in der Mitte der zwanziger Jahre dieses Jahrhunderts. Damit ist er keine Kreation der Luxuszüge der Belle Époque, wie manchmal irrtümlich angenommen wird. Dieser auch unter Fachleuten anzutreffende Irrtum ist sicher zum Teil auf eine gewisse Verwandtschaft zwischen den Pullman-Wagen und den früheren Salonwagen zurückzuführen. Doch es gibt einige sehr wesentliche Merkmale, die dem Pullman-Wagen eine andere Charakteristik geben. In erster Linie sind es Kriterien einer weitgehend einheitlichen Konstruktion – abgesehen von Details –, die es ermöglichten, einen recht homogenen Wagenpark zu schaffen.

Bei den Salonwagen gab es eine solche Einheitsbauweise nicht; sie wurden während eines Zeitraums von etwa 20 Jahren innerhalb verschiedener Kleinserien in jeweils geringen Stückzahlen gebaut, ohne daß die Entwicklungsingenieure an eine Vereinheitlichung des Wagenparks gedacht hätten. Man kann sogar sagen, daß jede einzelne Salonwagenserie als Konkurrenz zu der vorangegangenen präsentiert wurde.

Darüber hinaus wurden den Reisenden im Pullman-Wagen Speisen und Getränke an ihrem Platz, im bequemen Sessel, serviert. Kein Fahrgast hatte es nötig, in den Speisewagen zu gehen, um dann die Unbequemlichkeiten des Essens in aufeinanderfolgenden „Schichten" in Kauf nehmen zu müssen. Schließlich waren die Pullman-Wagen dazu bestimmt, homogene, ganze Zugeinheiten zu bilden mit dem erklärten Ziel, komfortable und schnelle Verbindungen mit günstigster tageszeitlicher Lage herzustellen.

Aus demselben Grund wurden die Pullman-Wagen allerdings auch als „isolierte Dienste", „Kurswagen" eingestzt. Auf weniger stark frequentierten und kommerziell daher weniger interessanten Verbindungen oder als Ergänzung anderer Zugzusammenstellungen wurden Pullman-Wagen in konventionellen Zügen eingesetzt.

Mit der Einführung der Pullman-Züge schieden die Salonwagen allmählich aus, auch aus ihrem Einsatz speziell in den Kompositionen der großen internationalen Expreßzüge. Doch nicht selten fand man die Salonwagen als unverzichtbare Ergänzung des Speisewagens, vor allem in den Luxusfernzügen.

Dies ist eine Leseprobe aus „Die Pullman-Wagen" von Renzo Perret, erschienen in der Franckh'schen Verlagshandlung, Stuttgart.

Überall dort, wo es Bücher gibt!

Rolf Löttgers
Der Uerdinger Schienenbus
Nebenbahnretter und Exportschlager
Der Autor, der sich als Eisenbahnhistoriker und Nebenbahnexperte bereits einen Namen gemacht hat, zeichnet die Geschichte der „Uerdinger" von Anfang bis zum (absehbaren) Ende nach; er beschreibt die verschiedenen Fahrzeugtypen, die in den einzelnen Ländern zum Einsatz gelangten, und weist sämtliche Fahrzeuge, mit ihren wesentlichen Daten lückenlos nach, von der Erprobung über Stationierung und Einsätze bis hin zu Umbauten, Verkauf und Ausmusterung.
160 Seiten, 135 Abbildungen, kartoniert

Rolf Löttgers
Die Akkutriebwagen der Deutschen Bundesbahn – ETA 150 und 176
Akkumulatoren – oder Speichertriebwagen fahren seit bald hundert Jahren auf Deutschlands Gleisen. Nirgendwo sonst erlangte diese Fahrzeuggattung eine vergleichbare Bedeutung. Mit zahlreichen Fotos und Streckenkarten erinnert das Buch an die Zeit, als diese umweltfreundlichen Triebwagen zwischen Husum und München im Einsatz waren, und nennt wesentliche Daten aller Fahrzeuge von der Abnahme bis zum Frühjahr 1985 bzw. bis zur Ausmusterung.
141 Seiten, 132 Abbildungen, kartoniert

Rolf Löttgers
Die Kleinbahnzeit in Farbe
Deutsche Privatbahnen in den sechziger Jahren
Bis Ende des Jahres 1960 gab es in der Bundesrepublik Deutschland noch 170 private Eisenbahnen, die Aufgaben des öffentlichen Verkehrs wahrnahmen. Mit annähernd 180 Farbfotos wird in diesem Band der vielfältige Fuhrpark vorgestellt, das bunte Spektrum der Kleinbahnzüge dokumentiert. Kein Eisenbahnfreund wird diese einmalige Zusammenfassung missen wollen, in der auf so eindrucksvolle Weise die Kleinbahnatmosphäre in Erinnerung gerufen wird.
159 Seiten, 178 farbige Abbildungen, gebunden

franckh Eisenbahnbibliothek

Dampflokomotiven bei der DB
Dieser Band enthält seltene Aufnahmen, wie die Abbildungen der bereits zur Legende gewordenen Gattung S 3/6 oder anderer ehemaliger Länderbahnlokomotiven, darüber hinaus aber auch eine Fülle herrlicher Fotos der letzten deutschen Dampflokomotiven aus der Zeit 1965-1977. Jedes einzelne der 174 meist ganzseitigen Farbfotos ist ein einmaliges Dokument deutscher Eisenbahngeschichte!
192 Seiten, 174 Abbildungen, gebunden

Alfred B. Gottwaldt
Baureihe 05 – Schnellste Dampflok der Welt
Die Geschichte einer Stromlinienlokomotive der dreißiger Jahre
Die langwierige Entwicklungsgeschichte dieser Dampflokomotiven, ihr Bau bei Borsig und ihre Erprobung, die Rekordfahrt und der Betriebseinsatz zwischen Hamburg und Berlin sind in diesem großzügig ausgestatteten Bildband mit vielen unbekannten Details dokumentiert: Werkfotos und Pressebilder, Konstruktionsskizzen und Meßwagendiagramme.
128 Seiten, 197 Abbildungen, gebunden

Theodor Düring
Die deutschen Schnellzug-Dampflokomotiven der Einheitsbauart
Die Baureihen 01 bis 04 der Typenreihe 1925
Nach einer Einführung in die Vorgeschichte, die zur Entstehung der Einheitslokomotiven geführt hat, werden die Grundsätze von Normung, Standardisierung und Typisierung, die Entstehung, Bauart und Wirkungsweise dieser Baureihen dargestellt. In zahlreichen Abbildungen – technische Zeichnungen, Skizzen, Diagrammen und Fotos – werden die Maschinen in allen Details vorgestellt. Das Standardwerk für alle Eisenbahnfreunde!
360 Seiten, 282 Abbildungen, gebunden im Schuber

franckh EISENBAHNBIBLIOTHEK